Rudolf Böhm / Albrecht Börner

Geheimkommando Ciupaga

Rudolf Böhm

Albrecht Börner

Geheimkommando Ciupaga

Erzählung

Nach dem gleichnamigen Fernsehfilm
von Rudolf Böhm

Bild und Heimat

ISBN 978-3-95958-184-4

1. Auflage

(Der Roman erschien erstmals 1976 im Verlag der Nation, Berlin.)
Umschlaggestaltung: fuxbux, Berlin
Umschlagabbildung: Deutsches Rundfunkarchiv (DRA)
Druck und Bindung: CPI Moravia books s. r. o.

Ein Verlagsverzeichnis schicken wir Ihnen gern:
BEBUG mbH / Verlag Bild und Heimat
Alexanderstr. 1
10178 Berlin
Tel. 030 / 206 109 – 0

www.bild-und-heimat.de

Das Flugzeug gleitet durch die Nacht. Wolken liegen über dem weiten polnischen Land östlich der Weichsel. Manchmal wird das wässrig-trübe Grau unterbrochen von einem tiefen Dunkel, das ins Unendliche zu gehen scheint. Wenn man an den wolkenfreien Stellen genauer hinunterschaut, entdeckt man bisweilen ein aufblitzendes Licht, das aber sofort wieder erlischt. Werner Schütt weiß, dort unten herrscht emsige Geschäftigkeit. Die Lampen abgeblendet und die Geräusche gedämpft, bewegen sich lange Kolonnen westwärts. Panzer, Geschütze, Lastwagen, Tausende, Zehntausende. Sie unterstehen dem Kommando des Marschalls Konjew und rücken in ihre Bereitstellungsräume für den nächsten Vorstoß ein. Wann werden sie über die Weichsel setzen?

Wann deutsches Gebiet erreichen? Sicher ist nur eins – Toni und er müssen vor ihnen dort sein!

Werner Schütt wendet sich seinem Begleiter Toni Burian zu, der sich zurückgelehnt und die Augen geschlossen hat.

Er hat recht, ein bisschen zu entspannen, denkt Werner Schütt. Toni ist überhaupt ein richtiger Tat- und Gegenwartsmensch. Er vermeidet sinnlose Grübeleien und packt zu, wo er gebraucht wird. Was helfen alle Klagen über das Schicksal der deutschen Landsleute, die in ihrer Not Hilfe brauchen, über die Genossen und Freunde, die im Untergrund kämpfen oder die in Kerkern und Konzentrationslagern gequält und gemordet werden, über die vielen Irregeleiteten, die im guten Glauben einer schlechten Sache dienen. Auch von den sowjetischen Soldaten, die dort unten marschieren, werden Tausende Berlin nicht erreichen. Die Zahl der Opfer zu verringern sind wir unterwegs. Ja, auch deswegen.

»Du schläfst doch nicht? Wir überfliegen bald die Weichsel!«

Toni atmet tief ein, öffnet die Augen und erwidert nach einer Pause: »'n Katzensprung, und man wäre zu Hause – in Berlin. Wie's da jetzt aussehen mag? Meine Hilde schläft sicher schon … Oder sie sitzt mit ihrem Köfferchen im Luftschutzkeller, das kleine Murkel.« Er lächelt.

»In einer halben Stunde springen wir«, stellt Werner sachlich fest und schaut prüfend aus dem Fenster, als wolle er feststellen, ob die Luft noch so lange trägt.

»Verdammt, da reißt die Wolkendecke auf. Das gibt ein Fressen für die Flak.«

»Aus dieser Höhe spucken wir darauf!«, winkt Werner ab. Er ist überzeugt, dass die beiden Piloten sie schon heil hinüberbringen werden.

Tatsächlich reißt die Wolkendecke umso mehr auf, je näher sie der Weichsel kommen. Der Kopilot wendet sich lächelnd den beiden zu und fordert sie auf, sich festzuhalten, denn es werde ein Tänzchen geben.

»Da hörst du es«, bemerkt Toni mit Genugtuung.

»Ihr könnt vorher aussteigen«, ruft der Kopilot den beiden schmunzelnd zu.

»Bitte nach euch«, kontert Werner.

»Gäste haben den Vortritt«, erwidert der sowjetische Flieger. Dann aber zwingt ihn das einsetzende Flakfeuer zu voller Konzentration. Die Maschine wird von den explodierenden Geschossen heftig geschüttelt.

»Für Ersatzreserve zwei schießen die verdammt gut«, kommentiert Toni.

Endlich haben sie die Flaksperre hinter sich gelassen. Aber das Motorengeräusch klingt verändert. Werner und Toni gehen zur Kanzel, um zu hören, was passiert ist.

Die beiden sehen den Piloten fragend an. Der Flugzeugführer arbeitet voll konzentriert und kümmert sich nicht um sie. Er hat offenbar zu tun, die Maschine unter Kontrolle zu bringen. Auch der Kopilot ist ernst geworden. Das Flugzeug verliert an Höhe. Der Pilot fordert Werner und Toni auf, sich wieder zu setzen. Schweigend gehen die beiden auf ihre Plätze zurück.

»Mir legt sich so was immer auf den Magen. Da ist nischt zu machen«, sagt Toni und streicht über die Gurte des Fallschirms, als wolle er prüfen, ob alles in Ordnung ist.

»Wenn's dich tröstet, mir auch«, pflichtet ihm Werner bei.

»Das hilft, mir ist gleich wohler«, versucht Toni mit Galgenhumor den Ernst der Situation zu überspielen. Er nestelt immer noch an einem seiner Fallschirmgurte herum. Der Stern seiner Feldwebelschulterklappe hat sich verhakt, und er macht ihn frei.

Werner sieht ihm nachdenklich dabei zu, dann sagt er: »So ähnlich haben wir schon mal zusammengesessen, in diesem gottverdammten Schuppen. So lange ist das noch gar nicht her. Knapp zwei Monate. Man möcht's kaum glauben.«

Toni nickt. »Ja, jeder ein paar Stricke um die Händchen, aber wir haben's überlebt, Gottvater sei Dank.«

»Boris, unserm alten Kumpel Boris sei Dank! Ohne ihn säßen wir eine Etage höher«, dabei schaut er mit gerunzelter Stirn zur Decke des Flugzeugs. Ihre Lage erinnert sie an ihren letzten Einsatz. Keiner sagt etwas, und doch haben beide die gleichen Bilder vor Augen, wie zwei Menschen, die nebeneinander im Kino sitzen. Es begann mit einem Funkspruch von Oberstleutnant Schellner, der mit etwa zweihundert deutschen Soldaten hinter den Linien der Roten Armee in einem ausgedehnten Waldgebiet festsaß. Dem Rufe folgend, quälten sich Werner, Toni und Boris im Auftrage des Nationalkomitees »Freies Deutschland« und von der anderen Seite Maschmann, Essberger und der Exilrusse Sergej im Auftrage des Reichssicherheitshauptamtes der SS durch das sumpfige Gelände. Und ausgerechnet Werner und Toni mussten der sowjetischen Miliz eines abgelegenen Ortes in die Hände fallen. Gefesselt lagen sie in einem Schuppen, während ihre Rivalen frei operieren konnten. »Damals hat uns Boris rausgehauen; hier oben hilft kein Gott, kein Kaiser und Tribun«, murmelt Werner vor sich hin.

Toni versucht ihn zu trösten: »Die beiden da vorn sind auch keine heurigen Hasen. Wirst sehen, in einer Viertelstunde steigen wir der lädierten Dame aus dem Bauch und fallen – vom Himmel hoch, da komm ich her – dem alten Boris direkt um den Hals.«

Es vergeht aber keine Minute, bis der Kopilot nach hinten kommt und ihnen eröffnet: »Es hilft nichts, wir müssen zurückfliegen!«

»Was?«, fragt Werner ungläubig.

Der Flieger hebt bedauernd die Schultern und erläutert ihnen die Lage: »Wir haben zu viel Höhe verloren, und überdies ist eine Treibstoffleitung beschädigt. Wenn wir Glück haben, reicht's gerade noch, hinter die Weichsel zurückzurutschen. Haltet euch fest, wir wenden.«

Damit schickt sich der Pilot an, in die Kanzel zurückzuklettern. Toni hält ihn an der Schulter fest. Der sowjetische Offizier sieht erst Toni, dann Werner fragend an. Werner weiß, was Tonis Geste bedeutet. Kann man das riskieren? Einen Atemzug lang blickt Werner seinen Freund an. Er scheint nicht davor zurückzuschrecken, mitten in der Nacht im Wipfel einer Tanne zu landen oder, was schlimmer wäre, vor den MPi-Läufen der Feldgendarmen. Wenn wir zurückfliegen, ist das Unternehmen für diesmal geplatzt. Und später ist es womöglich zu spät.

»Wir springen, auf Biegen oder Brechen!«, sagt Werner dem Piloten, und Toni unterstreicht das durch einen Klaps auf die Schulter des sowjetischen Freundes, die er bis dahin festgehalten hatte. Der wiegt den Kopf, was offenbar bedeuten soll: Das ist eure Sache. Ihr müsst wissen, was ihr tun wollt. Er steigt in die Kanzel und unterrichtet den Flugzeugführer. Auch der wendet sich kurz um und scheint mit einem Blick zu fragen: Habt ihr euch das auch gut überlegt?

Werner nickt ihm zu.

»Macht euch fertig«, ruft der Flugzeugführer.

Werner und Toni fassen ihr Sprunggepäck, prüfen den Sitz der Fallschirme und gehen nach vorn zu den beiden Fliegern. Sie drücken ihnen dankbar die Hände.

»Kommt gut rüber!«

»Kommt gut runter!«

Der Kopilot begleitet sie zur Ausstiegluke. Sie klinken die Karabinerhaken der Reißleine ihrer Fallschirme an ein Drahtseil, das über der Ausstiegluke gespannt ist. Sie blicken hinaus. Es sind kaum noch Wolken zu sehen. Die Nacht ist klar, aber unter ihnen ist alles dunkel. Sie haben keine Ahnung, wo sie landen werden. Toni murmelt: »Der Himmel ist verdammt hell. Wir schaukeln wie die Glühwürmchen durch die Nacht und sehen selbst nicht die Bohne!«

»Im September fliegen keine Glühwürmchen mehr«, tröstet Werner seinen Genossen sarkastisch. Dann fügt er sachlich hinzu: »Dicht zusammenbleiben, das kann unten wichtig sein. Ich springe zuerst. Du mit deinem Gewicht überholst mich spielend. Ab geht's!«

Unmittelbar danach springt Toni. Der sowjetische Genosse brummt vor sich hin: »Macht's gut, Jungs!« Dann schließt er die Luke, nimmt seinen Platz ein, und die Maschine wendet mit einer weiten Kurve.

Sie ist längst verschwunden, als Werner und Toni auf einer buschbestandenen Waldwiese aufsetzen. Während sie ihre Fallschirme zusammenraffen, hören sie ziemlich nah eigenartige metallische Klänge. Nein, Glocken sind es nicht, eher Schmiedegeräusche. Aber der Rhythmus der Schläge hat mit einem Gehämmer nichts gemein. Plötzlich hören sie diese Geräusche auch aus anderen Richtungen. Das sind offenbar Alarmsignale, die ihr Absprung ausgelöst hat. Schnell entledigen sie sich ihrer Fallschirme und scharren sie unter einem Gebüsch ein. Dann rennen sie, von diesen merkwürdigen Tönen beunruhigt, in den Wald. Ein Stück Weges laufen sie durch einen Bach, für den Fall, dass sie von Spurenhunden verfolgt werden sollten. Am Fuße eines mit Sträuchern bewachsenen Berghanges bleiben sie stehen und verschnaufen. Gedeckt von einem dichten Gebüsch horchen sie, ob ihnen Verfolger auf den Fersen sind. Sie bemerken nichts Verdächtiges. Erschöpft lassen sie sich zu Boden fallen und ruhen sich von der atemberaubenden Flucht aus.

»Wohin mögen die uns bloß gescheucht haben?«, fragt Werner nach einer Weile.

»Vielleicht sind wir vor einem Phantom davongelaufen?«

»Hörte sich eigentlich ziemlich real an und war verdächtig nah.«

»Gottverlassene Gegend!«, murrt Toni.

Mühsam versuchen sie sich anhand ihrer Karte zu orientieren und stellen fest, dass sie sich in den nördlichen Beskiden, südöstlich von Kraków, befinden müssen. Danach zieht Werner den Kompass aus der Kartentasche und prüft die Himmelsrichtung. »Dieser Weg führt nach Südwesten«, sagt er und weist auf einen Bergpfad. »In dieser Richtung liegt die Hohe Tatra.«

»Das könnte hinhauen«, bekräftigt Toni, mehr aus dem Bedürfnis, ihr Unternehmen überhaupt fortgesetzt zu sehen, als aus der Überzeugung, dass sie auf diesem Bergpfad an ihr Ziel gelangen.

Janek Dubjenski ist ein schmächtiger, aber geschmeidiger und drahtiger Bursche Anfang Zwanzig, der in den polnischen Bergen und Wäldern aufgewachsen ist. Nach unstetem Umherwandern ist am Vortage der Trupp seines Vaters wieder in sein Heimatdorf eingeritten. Große Freude erfüllt alle, die vertrauten Berge wieder zu sehen, die alten Häuser wieder zu beziehen.

Aber mehr als alle anderen hat seine Schwester auf diesen Augenblick gewartet, denn der erste Tag in der alten Heimat sollte ihr Hochzeitstag sein. So hatte es der alte Dubjenski bestimmt. Er versteht sich darauf, Erwartungen zu wecken und ein Zeremoniell zu inszenieren.

Janek aber nimmt an dem allgemeinen Hochzeits- und Heimkehrtrubel nicht teil. Der alte Dubjenski wusste keinen geeigneteren Kundschafter, der ihm über den nächstgelegenen Standort der deutschen Wehrmacht zuverlässig und schnell Auskünfte verschaffen konnte. Janek ist über diesen Auftrag glücklich, denn die klare Nachtluft ist ihm lieber als die alkoholbeschwingte Fröhlichkeit der Menschen. Kurz vor dem Nachbarort, der einige Kilometer von seinem Heimatdorf entfernt liegt, bleibt er hinter einer dicken Fichte stehen. Er lauscht. Ein Flugzeug. Unverkennbar der Klang! Eine »Nebelkrähe«. Ein Russe also. Trotzdem, der Klang ist merkwürdig verändert. Da sieht er plötzlich im fahlen Mondlicht zwei Fallschirme. Sie trudeln wie zwei riesige Schneeflocken, wachsend und wachsend, zur Erde. Er beobachtet dieses Schauspiel eine Weile wie eine lauernde Katze, die zwei arglose Singvögel heranflattern sieht. Kurze Zeit später hört er das Alarmsignal der deutschen Posten. Sie schlagen mit einer Eisenstange an kurze Schienenstücke, die freischwebend an Seilen pendeln. Das Flugzeug hat gewendet und ist in östlicher Richtung verschwunden. Die nächtlichen Besucher gleiten lautlos zu Boden. Schemengleich hantieren die beiden Gestalten zwischen den Büschen. Offenbar vergraben sie die Fallschirme. Dann laufen sie davon. Was tun? Dubjenski berichten? Inzwischen sind die beiden auf und davon. Also dranbleiben! Wer sind diese beiden, und was wollen sie?

Werner und Toni gehen einen breiten Fahrweg entlang, nach allen Seiten spähend und lauschend. Dabei geben sie sich den Anschein, als marschierten sie einen vertrauten Pfad und seien ganz mit sich beschäftigt.

»Irgendein bewohntes Nest muss doch zu finden sein. Der Weg ist noch vor kurzem befahren worden«, sagt Werner leise.

Vor ihnen liegt eine Weggabelung. Ein breiter Pfad zweigt talwärts ab. Plötzlich hören sie die Geräusche eines Autos, das ihnen entgegenkommt. Beide springen in den Schutz der Felsen und Bäume, die längs der Straße stehen. Werner zieht die Pistole. Auch Toni hält seine Maschinenpistole schussbereit. Ein Kübelwagen der Wehrmacht rast heran, die Scheinwerfer sind mit Fliegerblenden abgedeckt. Nur aus einem schmalen Schlitz fällt spärliches Licht auf den Weg. Vor der Weggabelung, nur wenige Schritte von Werner und Toni entfernt, stoppt der Wagen. Beide erkennen vier Feldgendarmen. Die breiten silbrigen Metallschilder, die auf ihrer Brust hängen, von weitmaschigen Metallhalsketten gehalten, schimmern matt im Mondlicht. Offenbar eine Streife, ob aber auf einer Routinefahrt oder im Sondereinsatz, das kann man nicht wissen. Vielleicht sind sie ihnen schon auf der Spur?

Der Fahrer stoppt. »Geradeaus oder wieder runter, Herr Wachtmeister?«

»Mir langt's für heute. Ab ins Quartier!«

»Wenn Sie mich fragen, mir reicht's auch«, kommentiert der Fahrer die Entscheidung seines Vorgesetzten, während er die Kupplung durchtritt und den Rückwärtsgang zum Wenden einlegt.

Der Wagen fährt talwärts davon.

Toni atmet auf: »Ein Glück, dass die mit sich zu tun hatten.«

Werner steckt die Pistole ein. »Nun wissen wir wenigstens, dass dort unten die Kettenhunde sitzen. Also kehrt marsch, probieren wir die andere Richtung.«

Sie gehen auf dem Weg zurück, der am Berg entlangführt. Plötzlich hören sie hinter sich einen Stein ins Tal rollen, so als habe er sich unter den Füßen eines Menschen gelöst.

»Was war denn das?«, fragt Toni leise.

»Weiter«, flüstert Werner und fasst Toni am Ärmel. »Hinter der Biegung wär's günstig. Wer bleibt zurück?«

»Ich«, zischelt Werner.

An der bezeichneten Stelle gibt ihm Toni seine MPi, Werner verschwindet lautlos im Gestrüpp. Tatsächlich, da kommt jemand angeschlichen, kaum wahrzunehmen. Geschickt bewegt er sich auf dem Gras- und Moosrand des Bergweges vorwärts. Er ist nicht zu hören und vor dem dunklen Gebüsch zugleich gegen Sicht geschützt. Wegen der Dunkelheit ist nichts Genaueres zu erkennen. Jetzt geht er vorüber. Da springt Werner hervor, hebt die MPi und ruft: »Stehen bleiben!« Die Überrumpelung ist gelungen. Der Pole fährt herum. Werner steht jetzt dicht vor ihm.

Janek ist erstaunt, einen deutschen Oberleutnant vor sich zu sehen. An der Knopfleiste der Uniform und auf der linken Brustseite bemerkt er mehrere Auszeichnungen, darunter das EK I und das Verwundetenabzeichen. Merkwürdig, denkt er. Ist das einer der beiden aus der »Nebelkrähe«, die vor der Streife Deckung suchten? Sollte ich deren Spur verloren haben und nun einem anderen gegenüberstehen? Aber das kann nicht sein. Ich habe sie nie aus den Augen gelassen, kein Zweifel, das ist einer von ihnen.

Janek hat sich von dem Schreck wieder erholt. Er beobachtet Werner genau. Wie zwei Boxer stehen sich die beiden lauernd gegenüber. Janek hört hinter sich den zweiten Mann kommen. Wie ein Wiesel huscht er plötzlich ins Gebüsch. Werner richtet die MPi auf den dahinhuschenden Schatten. Aber er drückt nicht ab. In Windeseile ist Janek verschwunden – wie vom Erdboden verschluckt.

»Warum hast du nicht geschossen?«, fragt Toni.

»Konnte ein polnischer Partisan sein«, rechtfertigt sich Werner und gibt Toni die MPi zurück. Beide spähen und lauschen noch eine Weile in die Richtung, in die ihr Verfolger entkommen ist.

Toni gibt Werner nur zu gern recht. Es ist unangenehm, zu denken, dass der junge Mann natürlich auch die Gendarmerie alarmieren und ihnen auf den Hals hetzen kann. Nur den Teufel nicht an die Wand malen, denkt er. »Die Feldgendarmerie schickt uns eine Galakutsche zum Empfang, und die Partisanen zeigen uns den Rücken. Reizende Gegend!«

»Wundert dich das? Die Partisanen sind sicher ganz versessen darauf, einen deutschen Oberleutnant nebst seinem Feldwebel herzerfrischend an die Brust zu drücken. Wenn's hier Partisanen gibt, dann haben die keinen blauen Dunst von uns und unseren Absichten. Es würde denen nicht im Traum einfallen, uns erst nach der Erkennungsmarke zu fragen. Ein bisschen Dusel brauchen wir schon.«

Werner weist mit einer Kopfbewegung in die Richtung, in der sie weitergehen müssen. Toni klappt die Hacken zusammen und erwidert mit militärischer Höflichkeit: »Bitte nach Ihnen, Herr Oberleutnant!«

Verborgen hinter bewaldeten Bergrücken, abseits der großen Straßen liegt eine kleine polnische Waldsiedlung. Die Bauernhäuser haben alle einen massiven Unterbau aus mächtigen Gesteinsquadern. Der Oberbau ist aus Holz, wetterfest gefügt, das Dach sorgfältig mit Schindeln gedeckt. Einige der Firste und Fassaden weisen kunstvolle Schnitzereien auf. Dahinter stehen gleichfalls festgebaute Ställe und Schuppen.

Werner und Toni sind überrascht, als sich der Wald plötzlich vor ihnen lichtet und sie dieses kleine Dorf vor sich sehen. Die beiden gehen am Waldrand in Deckung und beobachten den Ort eine ganze Weile. Nichts rührt sich. Das Dorf scheint unbewohnt zu sein. Nur das Murmeln des Baches und das Rauschen des Waldes sind zu hören. Der Ort streckt sich lang im Tal hin, zwischen den einzelnen Gehöften liegen Wiesen und vereinzelt Felder. Dieses Bild unberührten natürlichen Lebens, das im Mondschein tot und erstarrt zu sein scheint, hat etwas Unheimliches an sich. Doch Werner und Toni haben keine Zeit für Beschaulichkeiten und Meditation, und an die friedliche Idylle vor ihnen glauben sie nicht!

»Wir müssen's riskieren«, sagt Werner. »Dort, das erste Haus. Du sicherst, einverstanden?«

Toni nickt.

Werner verlässt die Deckung, während Toni mit schussbereiter MPi in einer Buschreihe stehen bleibt. Werner erreicht das erste Haus, klopft an die Haustür, drückt auf die Klinke: Verschlossen! Nichts rührt sich. Toni sieht Werner hinter dem Haus verschwinden. Hoffentlich ist er nicht in eine Falle gelaufen. Toni wird unruhig. Endlich! Da taucht er wieder auf. Er gibt ein Handzeichen. Toni folgt ihm.

»Ich dachte schon, es wäre was mit dir«, sagt er erleichtert zu seinem Oberleutnant.

»Mit dem Haus stimmt etwas nicht. Keine Menschenseele ist da, alles verriegelt und verrammelt. Aber hinten im Stall stehen Pferde!«

»Pferde sind doch normalerweise längst requiriert!«

»Bei Leuten, die es nicht zu verhindern wissen.«

»Partisanen? Meinst du, die würden ihre Pferde unbewacht lassen?«

»Hier ist nichts unbewacht, sag ich dir, kein Haus, kein Stein. Aber für uns gibt es kein Zurück.«

Sie gehen weiter. Plötzlich hören sie Schritte hinter sich.

»Hab ich's nicht gesagt?«, raunt Werner Toni zu.

»Wollen wir?«, fragt Toni und blickt forschend auf seinen Kameraden.

»Nein, ruhig weitergehen.«

»Du hast Nerven. Wenn's Partisanen sind, dann schießen die uns zusammen, in unseren Uniformen.«

»Wenn wir türmen oder uns plötzlich umwenden, wahrscheinlich. So aber?«

»Die können doch jeden Moment abdrücken!«

»Könnten sie längst. Aber sie haben es nicht getan.«

»Sie lassen uns in eine Falle laufen!«

»Oder sie wollen uns lebendig haben. Das ist unsere Chance.«

»Wenn sie uns Zeit lassen, den Schnabel aufzumachen.«

Sie hören die Schritte hinter sich näher kommen. Trotzdem gehen sie im gleichen Tempo weiter, ohne sich umzuwenden.

»Jetzt sind sie ganz nahe, wir können uns nicht mehr taub stellen. Ich drehe mich um«, raunt Toni Werner zu.

»Aber nicht stehen bleiben! Weitergehen, als wären sie uns schnuppe«, erwidert der flüsternd.

Langsam dreht sich zunächst Toni, etwas später auch Werner im Gehen um. Sie erkennen in geringem Abstand zwei Männer und etwas zurück drei weitere. Werner und Toni setzen ihren Weg fort, als sei es für sie das Natürlichste von der Welt, diese Dorfstraße entlangzugehen und dabei auf Leute zu treffen. Ihre Verfolger scheinen auf dieses Spiel einzugehen. Nur haben sie, wer wollte es leugnen, die günstigere Position.

»Hast du gesehen, ob sie Waffen haben?«, fragt Toni.

»Ich bin sicher, dass sie bewaffnet sind«, erwidert Werner. Was kann die nur hindern, uns festzusetzen?, überlegt Toni weiter. Es kribbelt ihm in den Fingern, der quälenden Ungewissheit ein Ende zu machen. Was mag nur in Werner vorgehen. Der latscht – links, zwo, drei, vier – wie ein Rekrut beim ersten Ausgang.

»Wir könnten mit ihnen fertig werden!«, drängt Toni.

»Und erschießen Partisanen, was?«

»Danach sehen die mir nicht aus«, bezweifelt Toni Werners Vermutung. Aber er vermag ihn nicht umzustimmen.

Werner will klarsehen, bevor er etwas unternimmt, während Toni etwas tun möchte, um klar sehen. Und jeder weiß, dass der andere ebenso recht haben kann. Es gibt Situationen, in denen einfach andere das Spiel bestimmen. Werner und Toni kommen an einem Haus vorbei, an dessen Ecke sich zwei junge Männer lässig lehnen. Sie rauchen, scheinbar gelangweilt, und nehmen von Werner und Toni keine Notiz. Toni sieht provozierend lange und eindringlich auf die beiden Gestalten, was diese aber nicht stört. »Das sind gottverdammt nicht unsere Leute! Sieh dir die doch mal genau an!«

»Woran willst du das erkennen? Unsere Uniformen täuschen auch«, wehrt Werner ab, den Tonis Ungeduld allmählich reizt und ärgert.

Toni merkt es und lenkt ein: »Wem sagst du das!«

»Uns beiden. Wehe, wenn wir's bei den anderen vergessen!«

Kurz darauf bleibt Toni stehen und hält Werner am Ärmel fest: »Mensch, jetzt wird's ganz verrückt! Ich glaube, ich drehe langsam durch. Das ist doch … Hörst du nichts? Tanzmusik!«

Zwei Gebäude des Ortes unterscheiden sich deutlich von den üblichen Bauerngehöften: die Dorfkirche und die Schule. Sie sind aus massiven Steinen gefügt, mit Schiefer gedeckt und größer. Hinter der Schule rauscht der Bergbach, der reichlich Wasser führt, zu Tal. Eine breite Bohlenbrücke gestattet den Bergbauern, auch das jenseitige Gelände zu nutzen. Das raue Klima des Gebirges zwingt die Bewohner, möglichst alle Erwerbsquellen zu erschließen. Vor allem das Holz der stämmigen Fichten, die aus dem feuchten Talgrund hoch himmelwärts streben, bildet ein unschätzbares Kapital – wenn es genutzt werden kann. Der Schlüssel dazu ist der talwärts führende Fahrweg. Er ermöglicht selbst modernen Schleppern den Zugang zu diesem abseits gelegenen Dorf.

Im Augenblick allerdings scheint sich niemand von den Bergbewohnern um die Erwerbsquellen Sorgen zu machen, denn der große Raum der Einklassenschule ist in einen Tanzsaal verwandelt. Bänke und Stühle sind zur Seite gerückt, nach der Fensterfront hin entstand dadurch eine freie Fläche, auf der einige Paare tanzen. Vier kräftige Bauernburschen musizieren mit Geige, Klarinette, Bassgeige und einer Ziehharmonika. Sie spielen volkstümliche polnische Weisen, schwungvoll, routiniert.

In einem kleineren Nebenzimmer, das früher offensichtlich dem Lehrer als Aufenthaltsraum gedient hat, sitzen die Angehörigen der Dubjenskifamilie um einen blank gescheuerten Holztisch. Der alte Dubjenski, ein Mann etwa um die Fünfzig, von hünenhafter Gestalt und mit einem wind- und wettergegerbten Gesicht, dreht ein großes Schnapsglas zwischen den Fingern.

Ohne eine Miene zu verziehen, hat er sich Janeks Bericht angehört und auch davon Kenntnis genommen, dass Wanda und Janek verlangen, man solle mit den beiden merkwürdigen Deutschen, die bei Nacht und Nebel aus einem russischen Flugzeug über polnischem Gebiet abgesprungen sind, kurzen Prozess machen. Dubjenski überlegt: Wenn nun die Deutschen bloß ein Manöver veranstalten? Wenn sie uns so nebenbei auf den Zahn fühlen wollen? Dann sitzen wir schön in der Tinte. Andererseits – wenn es sich wirklich um Moskauer Leute handelt und die Deutschen nach ihnen fahnden und wir sie einfach laufen lassen …?

Plötzlich leuchtet es in seinen Augen auf. Er scheint einen Ausweg gefunden zu haben. Mit einem Ruck setzt er das Schnapsglas auf den Tisch, erhebt sich und sagt: »Warum sollen wir die zwei erschießen?«

Dann geht er zur Tür, wendet sich noch einmal um und

sagt: »Kommt, wir wollen sie erst einmal begrüßen, wie es sich gehört.«

Dubjenski hat sich mit einer Gruppe seiner Leute auf der Dorfstraße postiert. Er beobachtet die beiden Deutschen genau. Das scheinen keine Russen zu sein, die man in deutsche Uniformen gesteckt hat.

»Mann, geben Sie den Weg frei«, herrscht ihn der Oberleutnant an.

Kein Zweifel, das sind Deutsche, sagt sich Dubjenski. Er verbeugt sich leger. »Mein Name ist Dubjenski. Józef Dubjenski.«

Werner und Toni sind erstaunt.

»Will der Herr Offizier uns nicht die Ehre geben?«, spielt Dubjenski mit einer zum Schulhaus einladenden Geste den biederen Gastgeber.

Werner weiß nicht, was von diesem Auftritt zu halten ist.

»Was soll das? Vielleicht verschwinden Sie bald! Ein bisschen dalli!«, kommandiert er.

Janeks Hand fährt unwillkürlich unter das Jackett. Toni hebt die MPi.

Dubjenski legt mit einem Lächeln, aber nicht ohne Würde seine Linke begütigend auf Janeks Arm und sagt auf Deutsch, also mehr für Werner und Toni als für Janek bestimmt: »Wo der Herr Offizier doch nicht auf Polen schießt!« Und dann, als habe er sich ein Versäumnis zuschulden kommen lassen, das er nun ausbügelt: »Übrigens, Janek, mein Sohn. Ich glaube, der Herr Offizier kennt ihn bereits.«

Ein unheimlicher Patron, denkt Toni. Wie er diese Zurückweisung seines Sohnes in eine Vorstellung umgestaltet hat! Und wie er mit scheinbar freundlichen Worten die bedrohliche Andeutung macht, dass er mehr von ihnen weiß, als sie vielleicht annehmen.

»Was bedeutet das alles?«, fragt Werner, in einem Ton, der ein Einlenken, eine Verständigung nicht mehr ausschließt.

Dubjenski erwidert: »Ich stehe zu Diensten …«

»Ich brauche Ihre Dienste nicht!«

»Vielleicht doch, Herr Offizier?«

Werner betrachtet die Front der drohend schweigenden Männer vor sich, die eine beängstigende Kulisse bilden. Es bleibt keine andere Wahl, als die fragwürdige Einladung anzunehmen, in die der seltsame polnische Patriarch seine Festnahme zu kleiden beliebt.

Toni weiß, dass Werner darauf eingehen muss, aber er spürt zugleich, wie schwierig es für ihn ist, vom hohen Ross des Trägers deutscher Wehrhoheit wieder herunterzukommen. Und er verhilft ihm zu einem Übergang. »Die Leute feiern hier, da sollten es Herr Oberleutnant nicht so genau nehmen.«

»Was ist das für eine Feier?«, fragt Werner.

Dubjenski, der die Fäden sicher in seiner Hand weiß, lässt die entgegenkommende Herablassung des Deutschen gelten und spielt seine hintergründig-devote Rolle zu Ende: »Beim heiligen Kreuz, wir werden Sie für Gottes Lohn bewirten als Hochzeitsgäste seiner Schwester.« Dabei weist er mit ausgestrecktem Arm auf seinen Sohn Janek.

»Ihre Tochter heiratet also. Na schön«, willigt Werner ein, das Schulgebäude zu betreten. Noch immer weiß er nicht, was diese Komödie bedeuten soll.

Auch Janek und die anderen Leute Dubjenskis haben keine Ahnung, worauf der Alte hinauswill. Ob er sich einen Jux erlaubt? Aber niemand glaubt, dass es nur um ein Spiel geht.

Der Klassenraum, in dem die Feier stattfindet, ist schmucklos und kahl. Nur ein Tisch ist mit einem buntbestickten Tuch bedeckt und zu Ehren der Brautleute geschmückt. Wanda, Dubjenskis Tochter, sitzt neben ihrem Bräutigam an diesem Tisch. Sie trägt eine reich verzierte, bunte Tracht. Das junge Paar trinkt einen wohlschmeckenden Wein aus zwei kostbaren Römern, einem alten Familienbesitz der Dubjenskis. Auf den anderen Tischen stehen zahlreiche Wodkaflaschen und billige Wassergläser. Nur das Brautpaar hat sich gesetzt. Alle anderen – verwegen aussehende Männer und einige Frauen – stehen in Gruppen umher. Einige tanzen auch zu den rhythmischen Weisen der unermüdlichen Musikanten. Als Dubjenski mit den beiden deutschen Soldaten den Raum betritt, verstummen Musik und Unterhaltung.

Dubjenski bleibt in demonstrativer Pose am Eingang stehen und verkündet mit lautem Bariton »Ich bringe Gäste.« Dann winkt er dem Brautpaar und ruft: »He, Töchterlein, komm her mit deinem Mann, der Himmel hat dir einen Trauzeugen geschickt. Danke es ihm beim heiligen Kreuz, wie es sich gehört.«

Dubjenski scheint zu fürchten, dass seine eigensinnige Tochter die Vorstellung schmeißt. Die joviale Freundlichkeit auf seinem Gesicht erlischt für einen Augenblick und weicht unerbittlicher Entschlossenheit.

Toni, der diesen Vorgang genau beobachtet, bewundert erneut den Komödianten Dubjenski, der jetzt eine theatralische Entrüstung heuchelt.

»Was kommst du ohne Gläser! Wo bleibt der Wein?«, herrscht er seinen Schwiegersohn an, der auf dem Absatz kehrtmacht und an den Tisch zurückgeht, um für die Gäste Wein einzuschenken.

Dubjenski hakt seine Tochter unter und sagt, Werner

und Toni dabei nicht aus den Augen lassend: »Die Herren sind von weit hergekommen, dir die Ehre zu erweisen.«

Werner hat sich inzwischen ein bisschen gefasst und erwidert lächelnd: »Und nur damit ich der Braut … Ja, was wünscht man denn einer jungen Frau am Tage der Hochzeit? Feldwebel, Sie kennen sich da besser aus«, wendet er ich an Toni, allerdings mehr, um mit Toni wieder einmal einen Blick austauschen zu können.

Toni erwidert: »Bisher noch keine Gelegenheit gehabt, Herr Oberleutnant!«

Wanda bemerkt dazu: »Der Herr Feldwebel versteht sich wohl besser aufs Schießen als auf Frauen? Ist auch sicherer!« Dabei tippt sie mit dem Zeigefinger auf die Mündung von Tonis MPi.

Toni lächelt die Dubjenski-Tochter an, während er ihr antwortet: »Und treu ist so eine MPi und zuverlässig.« Mit wieder etwas gestraffterer Haltung und dem gebotenen Respekt fügt er, Werner zugewandt, hinzu: »Das wär's übrigens, was man Brautleuten wünschen könnte.«

Inzwischen ist der Bräutigam mit den Weingläsern zurückgekommen. Dubjenski holt sich ein mit Wodka gefülltes Schnapsglas. Dann ruft er in den Saal: »Trinken wir drauf. Beim heiligen Kreuz, wohl bekomm's!«

Dubjenski leert das Glas in einem Zug, dann fordert er Werner auf: »Trinken Sie, Herr Offizier, trinken Sie. Man muss das Leben auskosten bis zum letzten Tropfen.« Und dann wendet er sich an Toni: »Sie auch, Feldwebel! Die Hochzeit meiner Tochter sollen Sie nicht vergessen!«

Schließlich ruft er den Musikanten auf polnisch zu: »Und Ihr dort, spielt, bis euch die Saiten platzen!«

Die Kapelle beginnt einen temperamentvollen Tanz. Die Polen stampfen den Rhythmus mit ihren Stiefeln.

Werner und Toni trinken langsam, Schluck um Schluck, ihren Wein aus und beobachten dabei die kraftvollen Tanzbewegungen der Männer und Frauen. Dubjenski hat während der ersten Takte seinen Sohn Janek beiseite genommen und spricht leise mit ihm. Auch Wanda gesellt sich zu den beiden. Nur der Schwiegersohn bleibt bei Werner und Toni.

Familienrat oder Kriegsrat?, denkt Werner. Auf alle Fälle wird dort etwas ausgeheckt. Aus einigen heftigen Gesten der Tochter und aus dem verdrossenen Mienenspiel des Sohnes schließt Werner, dass sich die Dubjenskis nicht ganz einig sind. Aber dann spricht Dubjenski, wobei er Wanda und Janek beschwörend anblickt. Was er sagt, scheint beide zu überzeugen. Janek lächelt und schlendert zum Ausgang. Wanda nickt und kehrt zu ihrem Bräutigam zurück. Dubjenski steuert auf den mit Speisen und Getränken reich gedeckten Tisch der Brautleute zu, schiebt einen dicht daneben stehenden zweiten Tisch ein Stück beiseite, um Platz zu schaffen. Die beiden Deutschen treten näher. Werner blickt dabei auf seine Uhr und deutet mit einer bedauernden Geste der Braut gegenüber an, dass sie sich leider verabschieden müssten, so schwer es ihnen auch falle, sich von der heiteren Gesellschaft zu trennen. Aber Wanda lässt diese Abschiedsandeutung nicht zu. Sie protestiert energisch: »Sie werden uns doch wohl nicht kränken wollen?!«

Dieser Appell scheint Werner und Toni jedoch nicht zu beeindrucken, als sie Toni plötzlich zum Tanz auffordert.

»Der Braut schlägt man den Tanz nicht ab!«, unterstützt der Bräutigam ihre Bitte.

Während dieses Vorgangs sind mehrere Männer an die Vierergruppe herangerückt.

Toni wendet sich streng militärisch an Werner: »Gestatten, Herr Oberleutnant?« Erklärend für Wanda fügt er hinzu: »Ich bin im Dienst.«

Alle Blicke richten sich nun auf Werner. Der schaut um sich und erkennt: Die Situation ist unverändert. Wir werden nach wie vor mit aller Höflichkeit in Fesseln gehalten. Der Knoten scheint unlösbar. »Na schön, bei so viel Gastfreundschaft!« Damit gibt er Toni einen Brauttanz frei.

Werner beobachtet, wie Wanda und Toni sich nach anfänglichen Schwierigkeiten auf eine gemeinsame Tanzweise einigen. Die Gruppe, die sich um die Deutschen gebildet hatte, zerstreut sich wieder, und Werner erblickt im Hintergrund den lächelnden Dubjenski, der seine einladende Geste wiederholt. Der Kerl hat etwas Diabolisches!, flucht Werner in sich hinein. Aber auch der Teufel ist nicht allmächtig; und er muss an das Märchen denken, in dem ein Schmied den Teufel buchstäblich in den Sack steckt und jämmerlich verprügelt. Aber hier bleibt ihm vorerst keine andere Wahl, als sich mit dem Satan an einen Tisch zu setzen. Er schlendert, den Tanzenden ausweichend, an der Fensterfront entlang, auf Dubjenski zu. Da hört er Pferdestampfen und Wiehern und dann Janeks Stimme, der einem aufgeregten Pferd beruhigend zuzureden scheint. Dann galoppiert das Pferd davon. Werner stutzt einen Augenblick, will unwillkürlich hinausschauen, blickt aber nur auf die verdunkelten Scheiben. Dickes, dunkles Papier ist auf Rahmen genagelt, die einfach innen in die Fenster gestellt sind.

Inzwischen galoppiert Janek durch den Ort, den Weg zurück, auf dem Werner und Toni gekommen sind. Er freut sich, dass sein Vater das Ganze so schlau eingefädelt hat. Sogar Wanda, seine Schwester, ist beeindruckt. Sonst hält sie Dubjenski für einen alten Dorfpascha, der die neue Zeit nicht versteht. Sie hat viel gelesen, hört oft Radio. Sie kennt die Frontlage im Osten und Westen. Von ihr weiß Janek, dass die Russen die Vorberge der Karpaten erreicht und bereits im August die Weichsel überschritten haben und einen großen Brückenkopf bei Sandomierz bilden konnten. Auch von der Landung der Amerikaner und Engländer in der Normandie hat sie ihm erzählt. Und sie sprach sogar davon, dass die polnischen Regimenter des Generals Anders, die früher einmal in der Sowjetunion gestanden hätten, jetzt in Frankreich im Einsatz seien. Und dann soll es in Deutschland eine Offiziersrevolte gegen Hitler gegeben haben. Und das muss es gewesen sein, was ihr den Plan des Alten schmackhaft gemacht hat. Von Janek wollte sie wissen, ob es nicht auch eine englische oder amerikanische Maschine gewesen sein könnte, die er gesehen habe. Oder eine deutsche, hatte Dubjenski hinzugefügt. Er dachte daran, dass die Deutschen vielleicht ein Manöver inszenierten, um die Wachsamkeit ihrer Posten zu prüfen – und so nebenbei auch die Polen der umliegenden Dörfer auf die Probe zu stellen. Die Deutschen versuchen alles.

Dubjenski will nicht kurz vor Toresschluss Kopf und Kragen riskieren. Sollen die Deutschen selbst das Rätsel lösen, entscheidet er darum. Er wird die beiden bewirten, bis Janek die Feldgendarmerie alarmiert hat. Sind es den Deutschen angenehme Leute, dann wird er seine Gastfreundschaft herausstreichen. Sind es unangenehme, dann wird er betonen, dass er sie festgehalten und die Feldgendarmen benachrichtigt hat. So bleibt er mit seinen Leuten auf alle Fälle aus der Schusslinie. Im Saal wird weiter getanzt. Toni und Wanda verharren in Schweigen. Wanda überlegt schließlich, ob sie ihrer Neugier nachgeben und auf eigene Faust recherchieren darf. Warum eigentlich nicht? Was kann schon passieren? Deshalb sagt sie plötzlich: »Man könnte auf den Gedanken kommen, dass die Herren Janek laufen ließen, weil sie sich selbst in einer gefährlichen Lage befinden?«

Toni gerät in Verlegenheit. Was wissen die von ihnen? Was darf er zugeben, was nicht? Etwas leugnen, was sie wissen, ist genauso schlimm, wie etwas sagen, was sie nicht wissen. »Was für merkwürdige Gedanken so einer schönen Braut kommen«, weicht er zunächst aus. Aber dann möchte er doch gern herausbekommen, was man von ihnen weiß. Deshalb fragt er: »Woraus wollen Sie das übrigens schließen?«

Wanda erwidert lachend: »Das Scheppern der abgesägten Eisenbahnschienen war doch bis hierher zu hören!«

Auf seine Frage aber, wieso sie da einen Zusammenhang zu seinem Kameraden und sich sehe, lächelt Wanda nur zweideutig, als wolle sie ausdrücken: Wer weiß? Wir werden ja sehen!

Toni begreift, dass er hier auf Granit bohrt. Er wird nichts erfahren, was ihnen weiterhilft. »Für eine Polin sprechen Sie übrigens ausgezeichnet deutsch«, lenkt er dann das Gespräch wieder ins Unverbindliche.

»Ja, das mag sein. Den meisten fällt es schwer. Ich hab's gelernt.«

Toni nickt und kommentiert ihre Antwort mit einem Satz, der zugleich als ironisches Resümee ihres Geplänkels gewertet werden kann: »Zwei Sprachen, zwei Zungen.«

Wanda sieht Toni noch einmal prüfend an, dann löst sie sich von ihm und wendet sich einer Gruppe von jungen Polen zu, um mit ihnen weiterzutanzen.

Um Toni scheint sich niemand zu kümmern. Er lehnt sich einen Augenblick an die Wand, um ein wenig zu verschnaufen und sich einen Überblick zu verschaffen. Dabei betrachtet er genau, wie die Verdunklung befestigt ist.

Werner spricht und trinkt am Tisch der Brautleute noch immer mit Dubjenski. Plötzlich betritt ein kräftiger Bauer den Raum, bleibt neben der Tür stehen. Seine Mütze behält er auf dem Kopf. Als er Dubjenski entdeckt, will er auf ihn zueilen, aber dieser kommt ihm zuvor und geht ihm entgegen.

Toni benutzt die Gelegenheit, setzt sich neben Werner und mahnt ihn leise, aber eindringlich: »Sag, was du willst, das sieht hier nicht gut aus. Wir müssen raus!«

»Ich sehe auch nicht mehr durch, was das für eine seltsame Gesellschaft ist und welche Rolle dieser Dubjenski spielt. Er hat sie doch alle an der Strippe. Meine einzige Hoffnung ist, dass sie gegen die Faschisten sind – wie auch immer. Dann wird man uns auch weiterhelfen.«

»Das sieht mir nicht danach aus«, entgegnet Toni finster.

»Mir scheint allerdings, die ahnen, aus welcher Richtung wir kommen.«

»Die wissen ganz genau, was los ist, sag ich dir«, bekräftigt Toni Werners Vermutung. »Aber von wegen uns weiterhelfen! Die Tochter des gerissenen Alten wollte mich übrigens auch schon aushorchen.«

»Was hat sie gesagt?«

»Nichts Direktes, aber sie machte solche Anspielungen… Du, der Alte geht raus!«

Werner und Toni beobachten die Vorgänge an der Tür und im Saal. Toni schlägt vor, den Raum zu verlassen, solange sie den Alten los sind.

»Vorsicht, die Junge kommt her!«, warnt Werner.

»Die schnapp ich mir als Rückendeckung!«

Werner bemerkt, dass auch der Bräutigam näher kommt

und dass die anderen, die ihre Aufmerksamkeit zunächst auf die Vorgänge an der Tür konzentriert hatten, sich ebenfalls ihnen wieder zuwenden. »Warte noch«, hält er Toni deshalb zurück.

Dubjenski bleibt einen Augenblick stehen, als er mit dem Bauern, der zur Wache gehört, aus der Schule auf den Vorplatz tritt. Er schließt die Augen und öffnet sie wieder, um in der Dunkelheit besser sehen zu können. Trotzdem erkennt er nichts. Er blickt seinen Begleiter fragend an. Der deutet mit einer Kopfbewegung nach rechts auf einen der mächtigen Bäume. Dubjenski geht voran, der Bauer folgt ihm. Der Alte bemerkt das Mädchen mit dem schmalen und strengen Gesicht erst, als er dicht vor ihr steht. Sie trägt eine straffsitzende Windjacke, einen knappen Rock, der die Knie frei lässt, und ein Paar weiche, elegante Damenstiefel. Die Baskenmütze auf ihrem Kopf verrät Chic, ja fast eine gewisse Koketterie.

»Sie kommen vom Stab der Armija Krajowa?«

Statt zu antworten, knöpft sie ihre Windjacke auf, zieht aus der Innentasche einen Brief hervor und übergibt ihn Dubjenski. Der schaut aufmerksam auf ihre schmale, feste Hand. Er nimmt das Schreiben und betrachtet sie nochmals prüfend. Erst dann blickt er auf den Umschlag. Er kann das Siegel und die Schrift offenbar nicht genau erkennen, denn er hält ihn bald so und bald anders gegen das schwache Mondlicht. Sein Wächter, der sich bisher stumm im Hintergrund gehalten hat, tritt zwei Schritt näher heran und entzündet ein großes Feuerzeug, damit Dubjenski im flackernden Lichtschein lesen kann. Er prüft zunächst das Siegel. Es ist unversehrt. Die Botschaft selbst scheint kurz zu sein. Er weist den Bauern mit einer herrischen Bewegung wieder auf seinen Posten. Dann sagt er: »Übermitteln Sie den Herren vom Stab, ich halte mich für ihre Befehle bereit. Vielleicht habe ich ihnen heute schon einen ersten Dienst erweisen können. Aber wir müssen nicht unter freiem Himmel verhandeln. Kommen Sie!«

Während sie auf die Schule zugehen, erzählt er ihr von den beiden Deutschen, einem Offizier und einem Feldwebel, vermutlich Agenten aus Moskau, die aus einem russischen Flugzeug abgesprungen seien. Und er berichtet, dass sein Sohn Janek unterwegs sei, die deutsche Feldgendarmerie zu alarmieren. Das gebe ihm hier einen guten Start und wiege die Deutschen in Vertrauen. Und die Polen seien die lachenden Dritten, wenn sich die Deutschen gegenseitig an den Kragen gingen.

Joanna Weglowska, so heißt der nächtliche Kurier, horcht bei seiner Mitteilung auf. Sie findet den Plan nicht gut. Wenn er mit ihnen zusammenarbeiten wolle, hätte er diese Leute dem Stab der Armija Krajowa überstellen sollen. Und außerdem sei jetzt nicht mehr die Zeit, die deutsche Wehrmacht in Vertrauen zu wiegen, sondern sie zu bekämpfen.

Dubjenski übergeht Joannas Einwand mit nachsichtigem Lächeln. »Sie sind jung und müssen sich noch den Wind um die Nase wehen lassen. So war ich auch, damals. Die Jugend denkt immer, sie könne die Welt aus den Angeln heben. Man will alles selber machen, statt die Umstände für sich arbeiten zu lassen. Wer von den Stürmen dieser Zeit geschüttelt worden ist wie ich, der wird bedächtiger und vorsichtiger.«

Joanna erwidert zurückhaltend: »Man muss an den Erfolg seiner Politik glauben.«

Dubjenski weiß nicht, ob Joanna ihm damit beipflichtet

oder widerspricht, so hebt er nur resignierend die Schultern, als wolle er andeuten, wer weiß schon, was zum Erfolg führt. Dann strafft sich seine Haltung, und er ist wieder ganz er selbst, der bauernschlaue und bauernstolze Mittelpunkt seiner kleinen Welt.

Beim Hineingehen sagt Joanna zu ihm: »Ich möchte den deutschen Offizier einmal sprechen.«

»Den Offizier? Sie? Allein?«

»Ja. Vielleicht ist er mir gegenüber aufgeschlossener.«

Dubjenski atmet tief, sieht sie mit hochgezogenen Brauen an, dann geht er rasch weiter.

Joanna folgt ihm gespannt.

Während Dubjenskis Abwesenheit unterhielt man sich nur stockend mit Werner und Toni, oft traten Verlegenheitspausen ein. Er war der große Regisseur und arrangierte die Szene. Wenn er fehlte, wusste keiner recht, was gespielt werden sollte. Werner glaubte, das ausnutzen zu können. Er schickte sich abermals an, den Saal zu verlassen, doch wieder ohne Erfolg. So sitzen die beiden weiterhin im Patt, nicht unmittelbar bedroht, doch zu keiner Bewegung imstande.

Endlich kommt Dubjenski zurück. Er durchquert den Saal und geht auf Werner zu, während Joanna am Eingang stehen bleibt. Sie wird von allen aufmerksam gemustert. Offenbar gehört sie nicht zum Clan, folgert Toni. Dubjenski bleibt vor Werner stehen und sagt nach einem kaum merklichen Zögern: »Sie will mit Ihnen sprechen, Herr Offizier, mit Ihnen allein.« Dabei neigt er den Kopf gegen Joanna, die ernst und aufmerksam die Vorgänge im Raume registriert.

Werner zögert. Wollen die uns trennen, um ein leichteres Spiel mit uns zu haben? Aber sie hätten doch nie Schwierigkeiten, uns zu überwältigen. Wenn sie sich mit uns beschäftigen, dann bringt das Gefahren, aber auch Chancen. Aus ihren Fragen kann man auch Rückschlüsse ziehen. Was wollen sie wissen, was dagegen interessiert sie nicht? Und je mehr sie sich mit uns beschäftigen, desto mehr müssen auch sie ihre Karten aufdecken.

Während dieser Gedanken geht Werner langsam auf Joanna zu. Als er bei ihr ist, wendet sie sich wortlos um und verlässt mit ihm den Raum. Sie geht an der bewachten Haustür vorüber bis ans andere Ende des Korridors. Am Fenster bleibt sie stehen. Dem Fenster gegenüber befindet sich eine Tür ohne Klinke. Sie ist nur angelehnt. Der Schlüssel steckt. Joanna blickt zurück, ob ihnen jemand folgt. Aber sie sind allein im Flur. Dann fragt sie leise, aber ein wenig hastig: »Dubjenski vermutet, dass Sie aus einer sowjetischen Maschine abgesprungen sind; stimmt das?«

»Sie sind nun schon die dritte, die danach fragt. Wie kommen Sie darauf?«

»Sein Sohn will es gesehen haben.«

»Sein Sohn? Uns?«

»Es wäre gut, wenn Sie mir vertrauen würden.«

»Wer sind Sie? Wer schickt Sie?«, fragt Werner nach kurzer Überlegung. »Der Alte hält uns mit Wein und Gesang hier fest. Wir sitzen wie die Fliegen im Siruptopf.« Er betrachtet nochmals den Korridor. Schwer, hier rauszukommen, taxiert er.

»Was ist los, antworten Sie!«, drängt Joanna.

Werner sieht sie an und sagt: »Gut, fünf.«

Joanna ist erstaunt. »Fünf, das ist doch keine Antwort auf meine Frage!«

»Fünf ist die Antwort«, wiederholt Werner.

Joanna macht nochmals einen Versuch, Werner zu einem Eingeständnis zu bewegen: »Hören Sie, es bleibt keine Zeit zum Rätselraten!« Weiter kommt sie nicht. Draußen nähert sich ein Kübelwagen der Wehrmacht, bremst scharf und hält vor der Schule. Drei Feldgendarmen kommen mit Janek auf den Eingang zu.

»Fein eingefädelt«, sagt Werner. Mit einem raschen Griff packt er das Mädchen, schleudert sie zur Seite. Sie prallt mit dem Kopf auf den Fußboden und bleibt benommen liegen. Er ruft laut: »Toni, Achtung!« und will zurück in den Klassenraum. Er erkennt aber, dass ihm die Feldgendarmen im Flur den Weg abschneiden werden. Deshalb schlüpft er hinter die klinkenlose Brettertür, die in einen schmalen Abstellraum führt. Durch einen Spalt beobachtet er das weitere Geschehen. Die Feldgendarmen gehen rasch auf den Klassenraum zu, gefolgt von Janek und zwei weiteren Polen. Werner hat indessen seine Pistole gezogen und entsichert. Er versucht einen Feldgendarmen anzuvisieren. Aber Janek steht im Schussfeld.

Als Toni Werners Ruf hörte, sprang er in eine Fensternische. Mit der Rechten brachte er die MPi in Anschlag, mit der Linken riss er Wanda als Deckung vor sich.

Jetzt wird die Tür aufgestoßen, die drei Feldgendarmen und die beiden Polen drängen herein. Janek bleibt an der Tür zurück.

»Halt! Stehen bleiben! Eine Bewegung, und ich drücke ab!«, schreit Toni.

Die Feldgendarmen sind überrascht. Toni bedroht sie von der Flanke, sodass sie keine Schussmöglichkeit haben. Der Streifenführer versucht vorsichtig, sich Toni zuzuwenden.

»Nase nach vorn«, herrscht ihn dieser an.

Der Feldwebel folgt der Aufforderung zögernd. Mit gespielter Gelassenheit sagt er: »Mann, Sie verschlimmern nur Ihre Lage. Raus kommen Sie hier nicht mehr!«

»Waffen weg!«, kommandiert Toni.

»Seien Sie vernünftig, Mann! Geben Sie auf!«, mahnt der Streifenführer.

Aber Toni lässt sich nicht beeindrucken. »Waffen auf den Boden werfen, aber dalli!«

Der Streifenführer lässt seine Maschinenpistole zu Boden gleiten. Die anderen beiden Feldgendarmen folgen seinem Beispiel. Für einen Augenblick herrscht Kirchenstille. Dubjenski und seine Leute stehen reglos im Raum und warten ab. Während des Wortwechsels zwischen Toni und dem Wachtmeister tritt Janek plötzlich zurück in den Flur und schließt die Tür hinter sich. Als er sich umwendet, prallt er auf Werner Schütt, der seinem Freund zu Hilfe kommen will. Werner taumelt nach dem Zusammenstoß. Janek nutzt die Chance und tritt mit dem Stiefel zu, sodass Werner bewusstlos zu Boden stürzt. Janek steckt Werners Pistole ein und schleift den Bewusstlosen durch den Flur bis in den Abstellraum. Joanna ist wie vom Erdboden verschwunden. Janek lauscht. Aus dem Klassenraum hört er Tonis Stimme: »Wo ist der Oberleutnant?« Dann herrscht eine ganze Weile wieder diese beängstigende Stille. »Wird's bald?«, drängt Toni. Endlich antwortet der Wachtmeister: »Im Kübelwagen. Also seien Sie vernünftig. Sonst geht's ihm an den Kragen.«

Janek überlegt. Eines steht jetzt fest: Der Oberleutnant und sein Feldwebel sind die Fallschirmspringer, und sie kommen aus Richtung Ost. Den Oberleutnant hat er erst mal auf Nummer Sicher. Man wird weitersehen. Lächelnd dreht er den Schlüssel zum Abstellraum zweimal um.

Inzwischen hat sich Toni mit dem Fuß einen Stuhl herangeangelt und schiebt sich langsam an das Fenster. Er weiß, dass es jetzt um Bruchteile von Sekunden geht. Mit einem Ruck reißt er die Verdunklung herunter, drückt mit der Schulter das Fenster auf. Eine Scheibe springt. Toni ist draußen. Mit ein paar Sätzen ist er am Lattenzaun, der das Schulgrundstück von der Dorfstraße abgrenzt. Nur schnell aus dem Lichtkegel, sagt er sich. Und Werner loseisen, bevor mir die Meute auf den Fersen ist.

Der Fahrer der Feldgendarmen springt sofort aus dem Kübelwagen, als er den Lichtschein sieht und das Klirren einer Fensterscheibe vernimmt. Zugleich beginnt es in der Schule zu summen wie in einem Bienenstock, wenn eine Hornisse eingedrungen ist. Mit schussbereiter MPi schleicht er sich an den Lattenzaun heran, über den Toni vorsichtig späht, weil er Werner in dem Kübelwagen vermutet. Der Feldgendarm reißt die MPi hoch. Aber noch ehe er zielen kann, wird er von einem Pistolenschuss getroffen. Der tödlich verwundete Soldat reißt zwar noch den Abzug seiner MPi durch, aber seine Geschossgarbe peitscht in das weiche Erdreich.

Toni vermutet, dass Werner den Feldgendarmen erschossen hat, springt über den Lattenzaun, rennt auf den Kübelwagen zu und startet ihn.

Janek hat den Vorgang verfolgt. Er zieht die Pistole, die er Werner abgenommen hat, und will Tonis Flucht verhindern.

In diesem Augenblick stürzt der Wachtmeister aus der Haustür, gefolgt von seinen beiden Soldaten. Er vermutet in Janek den Mann, der seinen Fahrer niedergestreckt hat, und erschießt ihn, bevor der dazu kommt, etwas zu erklären. Inzwischen hat Toni den Wagen in Bewegung gesetzt und fährt mit Vollgas davon. Die beiden Feldgendarmen schießen hinter ihm her. Aber er hat bereits genügend Abstand und entkommt. Hinter sich hört er einen regelrechten Gefechtslärm. Das dauert ein, zwei Minuten. Dann herrscht Stille, absolute Stille. Toni fährt den Wagen in eine Waldschneise. Er überlegt. Wo ist Werner? Er muss noch in der Nähe der Schule gewesen sein, als ich wegfuhr. Ob die Schießerei ihm gegolten hat? Sicher. Wer sonst sollte den Fahrer der Feldgendarmen erschossen haben. Ich muss zurück, sehen, was los ist.

Toni steigt aus und schleicht sich im Wald, dicht am Straßenrand entlang, an das Dorf heran. Das Fenster in der Schule ist offenbar wieder verdunkelt worden, oder das Licht wurde gelöscht. Nach genauer Sicherung drückt sich Toni vorsichtig an den ersten Häusern vorbei. Plötzlich hört er hinter sich ein leises »Ssst«. Er bleibt wie angewurzelt stehen und blickt sich um. Nur mit Mühe kann er eine Frau erkennen. Es scheint die Polin zu sein, die Werner aus dem Klassenraum holte. Sie kommt näher. Toni hebt die MPi. Als sie dicht vor ihm steht, flüstert sie: »Ich wusste, dass Sie zurückkommen.«

»Ein kluges Kind. Dann können Sie mir sicher auch sagen, was mit dem Oberleutnant ist. Raus mit der Sprache, mein Fräulein!« Um seinen Worten den nötigen Nachdruck zu verleihen, fasst er die Maschinenpistole fester und hält sie ihr dicht vor die Brust.

Joanna erwidert ganz ruhig: »Ich weiß es nicht.«

In Toni keimt die Hoffnung auf, dass Werner sie überlistet hat. Die Polin aber zischt er an: »Sie haben ihn doch rausgelockt. Also was ist mit ihm? Reden Sie!«

Sie antwortet knapp: »Ich bin ebenfalls auf der Suche nach dem Genossen!«

Toni blickt ihr überrascht und etwas zweifelnd ins Gesicht. Immerhin ist es denkbar, dass sie Werner hat entwischen lassen. Aber was soll das Gerede vom Genossen. Von falscher Freundschaftswelle hat er heute genug. Misstrauisch fragt er zurück: »Und wozu suchen Sie ihn und wo, wenn ich fragen darf?«

»In der Schule.«

»In der Schule! Ausgerechnet in der Schule! Wollen wir das Spielchen vielleicht noch einmal von vorn beginnen? Wie kommen Sie denn darauf?«

»Dubjenskis Leute haben die Schule verlassen. Aber Ihr Freund müsste noch dort sein. Der junge Dubjenski hat ihn niedergeschlagen und in die Abstellkammer geschleppt. Ehe er ihn den Feldgendarmen ausliefern konnte, hat der Streifenführer Dubjenskis Sohn erschossen. Und dann begann der Kampf zwischen den Deutschen und Dubjenskis Leuten. Von den Feldgendarmen ist keiner davongekommen.«

Wäre möglich, sagt sich Toni. Kann man aber dieser jungen Polin trauen? Weshalb wiederum sollte sie jetzt noch Theater spielen? Die Fronten waren doch nun klar. Sie muss ein echtes Interesse an uns haben. Toni lenkt ein: »Also gut, gehen wir!«

Als sie vor der Schule angelangt sind und das Gebäude eine geraume Zeit beobachtet haben, fragt er: »Wer sind Sie?«

Sie sieht ihn nur kühl an und erklärt: »Das beste ist, wir klettern durch das offene Fenster. Diese Front ist offensichtlich nicht bewacht.«

Sie schleicht sich lautlos an die Mauer heran und schwingt sich auf das Fenstersims. Nachdem sie festgestellt hat, dass drinnen alles leer ist, folgt er ihr. Er leuchtet mit der Taschenlampe den Raum ab, der einen verwüsteten Eindruck macht. Sie hatten keine Zeit mehr aufzuräumen, nicht einmal das Fenster haben sie zugemacht. Der Aufbruch muss einer Flucht gleichgekommen sein.

Joanna flüstert Toni zu: »Es ist besser, wenn ich in den Flur vorausgehe. Falls die Luft rein ist, hole ich Sie.«

Vorsichtig öffnet sie die Tür. Toni horcht und wartet. Sie kommt zurück, fasst ihn am Ärmel und zieht ihn hinaus auf den Flur. Die Tür zum Abstellraum ist verschlossen, der Schlüssel ist weg, Toni lässt kurz die Taschenlampe aufblitzen. »Das Schloss kriege ich auf«, murmelt er und zieht einen Finnendolch hervor. Da spürt er unter seinem Fuß etwas Metallisches. Er bückt sich und hält ein Eisernes Kreuz erster Klasse in der Hand. »Das gehört Werner«, stellt er fest. Er steckt es in die Tasche und macht sich mit Geschick daran, die Tür zu öffnen.

Plötzlich hält er inne und lauscht. Joanna zieht eine Pistole. Toni ergreift schnell seine MPi und steckt den Dolch wieder ein. Auf der Straße nähern sich zwei Pferde im Galopp. Zwei von Dubjenskis Leuten reiten vorüber, Toni macht sich wieder an die Arbeit. Endlich schnappt das Schloss auf. Beide blicken in die Kammer und finden sie leer. Toni leuchtet jeden Winkel ab. Werners Feldmütze und Taschenlampe liegen da, von ihm selbst fehlt jede Spur. Toni ist niedergeschlagen. Nachdenklich trottet er durch den Flur zurück in den Klassenraum, in dem er Werner zuletzt gesehen hat. Joanna folgt ihm. Wo soll er seinen Freund nun suchen? Joanna betrachtet ihn schweigend. Er setzt sich auf den Stuhl, der ihm bei der Flucht diente und der immer noch unterm Fenster steht. Die MPi legt er auf die Knie und betrachtet sinnend seine Stiefelspitzen.

Nach geraumer Zeit sagt Joanna: »Ich gehe zu Dubjenski.«

»Wer sind Sie eigentlich und für wen arbeiten Sie? Als Dubjenskis Reiter vorhin nahten, zogen Sie Ihre Pistole, und jetzt wollen Sie zu dem Alten gehen? Das verstehe, wer will.«

Joanna übergeht den Vorwurf, der in Tonis Worten mitschwingt, und sagt nur ruhig und bestimmt: »Warten Sie auf mich. Sie werden noch alles verstehen.«

Dubjenski sitzt auf einem alten, abgewetzten Plüschsofa. Er stützt seinen Kopf in beide Hände. Seine Ellbogen ruhen auf einem alten, rissigen Eichentisch. Der Alte starrt vor sich hin. Auf dem Tisch liegt eine dicke Staubschicht, überall macht sie sich breit, auch auf dem halbhohen Vertiko, das sich lang an der einen Seite des Raumes hinstreckt. Eine vergilbte Fotografie von einer Frau in mittleren Jahren steht darauf. Sie hat große Ähnlichkeit mit Janek. Daneben ist eine Schale aus böhmischem Glas. Darüber hängt ein Kruzifix.

Dubjenski ist allein im Raum. Er blickt nicht nach rechts oder links, stiert nur vor sich hin. Minute um Minute. Die Zeit vergeht, auch wenn die große Standuhr im Winkel gegenüber dem Vertiko nicht geht. Es ist offenbar ein Familienerbstück der Dubjenskis wie das Vertiko auch. Für die niedrige Bauernstube sind diese Empiremöbel zu wuchtig.

Vorsichtig wird die Tür geöffnet. Ein bewaffneter Posten tritt mit Joanna ein. Erst nach einer geraumen Weile blickt Dubjenski auf. Mit einem müden Blick schickt er den Posten wieder hinaus. Eine kraftlose Geste weist Joanna auf einen Sessel, der nicht minder verschlissen und nicht weniger verstaubt ist als das große Sofa, das in seinen besten Zeiten einmal ein Schmuckstück gewesen sein muss.

Der Tod seines Sohnes hat ihn schwer getroffen, denkt

Joanna. Wird ihn das Leid verhärten oder versöhnlicher stimmen?

Langsam, resigniert hebt Dubjenski wieder den Kopf. Er sieht das Bild auf dem Vertiko an, offenbar seine Frau, dann wandert sein Blick zu dem Kruzifix. Schließlich rafft er sich auf und geht, die Hände auf dem Rücken verschränkt, im Zimmer auf und ab. Joanna lässt ihn gewähren. Er bleibt vor der Uhr stehen und scheint einen Augenblick unschlüssig zu sein, ob er sie in Gang bringen soll oder nicht. Dann setzt er seine Wanderung fort. Endlich wendet er sich Joanna zu.

»Sagen Sie den Herren vom Stab, dass ich morgen früh in die Berge abrücke. Ich werde von dort aus die Verbindung zu ihnen neu aufnehmen. Hier kann ich nicht bleiben.«

»Und was wird aus Ihrem Gefangenen?«

Dubjenski sieht Joanna einen Augenblick misstrauisch an. Dann sagt er: »Der wird erschossen. Morgen früh. Mitnehmen können wir ihn nicht. Und laufen lassen auch nicht.«

»Sie müssen ihn dem Stab übergeben!«, widerspricht ihm Joanna.

Dubjenski stutzt und unterbricht seine Wanderung. Dasselbe hat sie ihm vor einer Stunde schon gesagt. Da lebte Janek noch. Alles war angeblich so glänzend ausgedacht. Und was ist daraus geworden! Aber jetzt gibt es kein Zurück mehr.

»Meine Leute hätten kein Verständnis, wenn der Deutsche geschont würde. Wären die beiden hier nicht aufgetaucht, lebte Janek noch.«

»Sie müssen weiterdenken, Dubjenski. Der Mann kann für den Stab sehr wichtig sein. Ich denke, Ihnen liegt daran, mit uns zusammenzuarbeiten? Wenn nun jeder hier Privatrache üben wollte, wo kämen wir da hin!«

Jetzt strafft sich Dubjenski wieder etwas. »In Ihrer Order stand davon nichts. Lassen Sie das also meine Sorge sein.«

»Und wenn ich Ihnen eine Order des Stabes überbringe?«

»Das ist Ihre Sache. Wenn der Mann dann noch lebt, können Sie ihn haben.«

»Gut, Dubjenski, Sie garantieren mir also für sein Leben bis zu Ihrem Abmarsch. Wann brechen Sie auf?«

»Gegen sieben.«

»Das ist verdammt knapp.«

Dubjenski hebt bedauernd die Schultern. Joanna erkennt, dass dies das äußerste Zugeständnis ist, wozu sie Dubjenski bringen kann. Sie steht rasch auf und geht davon.

Zum zweiten Mal binnen einer Stunde sitzt Toni hinter dem Lattenzaun der Schule und späht auf die Dorfstraße. Im Freien fühlt er sich sicherer als in der Mausefalle des Klassenraumes. Er weiß nicht, was ihn erwartet, aber die Hoffnung, doch an Werner heranzukommen, lässt ihn auf die Polin warten. Trotzdem ist er sich nicht sicher, ob sie nicht Dubjenskis Leute heranholt. Tatsächlich hört er nach einer Weile Pferdegetrappel. Zwei von Dubjenskis Reitern sprengen heran und galoppieren vorüber. Plötzlich halten sie an und reden mit jemandem in polnischer Sprache. Eine Frauenstimme. Das scheint Joanna zu sein, die aus dem Ort zurückgekommen ist. Offenbar allein. Die beiden Reiter traben davon. Joanna kommt vorsichtig auf der anderen Seite hinter der Schule herum, sichert kurz und schwingt sich dann durch das Fenster. Toni beobachtet, dass ihr niemand folgt. Als Joanna wieder aus dem Fenster springt, wirkt sie nervös. Sie verletzt sich an einer Scherbe der Fensterscheibe und unterdrückt einen Schmerzenslaut. Da ist Toni an ihrer Seite und fragt: »Was ist los?« Er fasst ihre blutende Hand, reißt ein Verbandpäckchen auf und verbindet sie rasch und geschickt.

Aber sie ist ungeduldig: »Kommen Sie, wir müssen los. Wo steht das Auto? Wir brauchen es.«

Toni will erst wissen, woran er ist: »Was ist mit dem Oberleutnant?«

»Wenn wir uns nicht beeilen, ist er erledigt!«

»Das heißt, er lebt? Wo ist er!«

Joanna ahnt, dass Toni auf eigene Faust handeln möchte. Aber das wäre sinnlos. »Wir beide können nichts erreichen, selbst wenn ich wüsste, wo er ist.«

Toni zögert noch. Es fällt ihm schwer, sich von dem Ort zu entfernen, an dem er seinen Genossen in Gefahr vermutet.

»Uns bleiben knapp sechs Stunden. Jede Minute ist kostbar!«, drängt Joanna.

»Also gut«, entscheidet Toni und schleicht voran in Richtung Dorfausgang.

Joanna folgt ihm. Sie tasten sich durch einen verwilderten Garten, dann laufen sie über ein Stück Feld. Endlich haben sie das Dorf hinter sich gelassen und kommen im Schutz des Waldes schneller voran. Sie erreichen den Wagen ungehindert. Toni setzt sich an das Lenkrad, lässt den Motor anlaufen und fragt Joanna, die sich auf dem Beifahrersitz niederlässt: »Wohin?«

Joanna weist in die dem Ort entgegengesetzte Richtung.

»Wie weit?«

»Mit dem Auto eine halbe Stunde.«

Toni lenkt den Wagen vorsichtig auf die Straße. Dann fährt er mit hoher Geschwindigkeit davon. Nachdem sie ein paar Minuten stumm nebeneinander gesessen haben, will Toni Genaueres wissen. »Sie sagen, Janek, der Sohn Dubjenskis, hätte Werner niedergeschlagen. Wann war das? Während des Gefechts? Oder danach?«

»Davor!«, korrigiert Joanna.

»Davor?«, fragt Toni ungläubig.

Da Joanna nichts weiter dazu sagt, tritt abermals eine Pause in der Unterhaltung ein. Ob sie selbst auf den Feldgendarmen vor der Schule geschossen hat?, denkt Toni. Oder ob es jemand von Dubjenskis Truppe war? Das ist kaum anzunehmen. Toni sieht Joanna interessiert an. Was ist das für ein Mädchen?

»In welcher Richtung fahren wir überhaupt?«

»Zum Sägewerk Beskowica. Man kennt es in dieser Gegend gut«, antwortet sie.

Plötzlich sieht Toni Lichtzeichen vor sich auf der Straße. Eine Taschenlampe wird hin und her geschwenkt. Rotes Licht. Das bedeutet: Anhalten!

»Eine Streife«, stellt Toni fest.

Joanna entsichert die Pistole und fordert ihn auf: »Biegen Sie ab!«

»Dann haben wir sie mit Sicherheit auf dem Hals. Nee, is nich. Stecken Sie die Pistole weg. Rasch!«

Joanna zögert zunächst, macht aber dann, was er sagt.

Toni bremst. Ein Unteroffizier, Stahlhelm auf dem Kopf, MPi umgehängt, tritt an den Wagen heran. Am Straßenrand stehen zwei weitere Soldaten mit schussbereiten Waffen. Der Fahrer sitzt hinter dem Lenkrad des Streifenwagens, den er schräg mitten auf der Fahrbahn geparkt hat.

»Wohin?«, fragt der Unteroffizier.

»Zum Sägewerk«, antwortet Toni.

»Ihren Marschbefehl«, verlangt der Streifenführer. Toni holt ein gefaltetes Papier aus seiner Brusttasche, öffnet es und übergibt es dem Kontrollierenden. Der schaltet das rote Signallicht seiner Taschenlampe auf Gelb um und prüft das Dokument sehr genau. Dann gibt er es zurück und fragt mit einem kurzen Seitenblick auf Joanna: »Und die? Was ist mit der?«

»Das hat schon seine Richtigkeit!«, antwortet Toni, in einer Art, die eine weitere Erörterung dieses Themas ausschließt.

Der Unteroffizier zaudert einen Augenblick. Offenbar ist er in Versuchung, dem überlegenen Auftreten Tonis zu trotzen. Aber dann folgt er doch der tiefgreifenden Einsicht und Vorsicht des ausgebufften Hoheitsträgers dritter Garnitur: Nicht ärgern, nur wundern. Dieser nervenschonenden und postenerhaltenden Maxime eingedenk, entscheidet er: »Na schön!«

Toni tritt die Kupplung durch, aber ehe er den Gang einlegt, lässt er nochmals los und ruft dem Unteroffizier, der sich bereits abgewendet hat, nach: »Kamerad, ich brauche noch 'n Kanister Benzin. Rückt mal was von euren eisernen Beständen raus!«

Der Unteroffizier antwortet brummig: »Na, hörn Sie mal. Wir sind doch nicht vom Heeresbeschaffungsamt. Benzin ist knapp!«

»Eben. Und ich habe, verdammt noch mal, 'nen kleinen Umweg hinter mir. Nicht zum Spaß, versteht sich. Also langt mal so 'ne Klamotte rüber. 'ne Bescheinigung könnt ihr haben«, sagt Toni in kumpelhaftem Ton.

»Geschenkt«, winkt der Unteroffizier ab. »'n halben Kanister können Sie haben. Mehr is nich.«

Damit winkt er mit dem Kopf dem Fahrer seines Wagens zu. Der steigt aus, füllt einen halben Kanister ab, bringt ihn Toni und stellt ihn, auf dessen Geheiß, hinten in den Wagen.

Toni bedankt sich mit der geläufigen Floskel: »Ich werf euch 'n andermal 'n Knüppel zwischen die Beine!« Dann tippt er mit der rechten Hand an den Mützenrand und fährt los.

Als sie genügend weit entfernt sind, sagt Joanna: »Ich habe geschwitzt vor Angst.«

»Bei mir hat's im Magen rumort. Das ist immer so. Ich kann's nicht ändern«, erwidert Toni.

»Das sieht man wenigstens nicht«, scherzt Joanna, erleichtert, dieser Gefahr so glimpflich entronnen zu sein. Dann fragt sie: »Hatten wir wirklich zu wenig Benzin?«

Toni lächelt verschmitzt und erwidert: »Ach wo, wir hätten die Strecke noch zweimal hin- und herfahren können.«

»War dann dieses Theater um den Kanister nicht ein bisschen riskant? Die hätten doch misstrauisch werden können.«

Toni schüttelt entschieden den Kopf und erklärt ihr: »Wissen Sie, je unverschämter man auftritt, desto glaubwürdiger wirkt man. Das ist so bei der deutschen Wehrmacht.«

Joanna scheint das einzusehen. Sie quittiert es mit einem leichten Nicken. Aber Toni weiß nicht genau, ob diese Geste nicht viel eher von einer Bodenwelle ausgelöst war, über die der Wagen eben holperte. Sie geht nicht weiter darauf ein. Vielmehr interessiert sie, was er denn den Feldgendarmen für ein Dokument präsentiert habe. Ein Marschbefehl für diese Strecke könne es doch kaum gewesen sein, denn diese Fahrt erfolge ihres Wissens ein wenig außerhalb des offiziellen Programms.

Toni zögert einen Augenblick, entschließt sich aber dann, ihr reinen Wein einzuschenken: »Ein Ausweis der militärischen Abwehr ist besser als tausend Marschbefehle. Er verschafft uns nicht nur auf den Landstraßen grünes Licht.«

Joanna wundert sich nun über nichts mehr. Sie betrachtet die vorüberhuschende Landschaft jetzt aufmerksamer. Dann sagt sie: »Etwa hundert Meter hinter der nächsten Kurve müssen wir links abzweigen.«

Toni verlangsamt die Fahrt und biegt in eine holprige Waldschneise, die eigentlich nur für die Holzabfuhr angelegt wurde. Zwischen dichtem Unterholz ist der Wagen gegen Sicht von der Straße her gut geschützt.

»Da hätten wir's also geschafft«, registriert Toni, zieht die Handbremse und lehnt sich entspannt für einen Augenblick zurück.

»Ich weiß noch nicht. Auf alle Fälle werden wir Näheres erfahren«, schränkt Joanna Tonis Erwartungen ein. »Warten Sie hier«, fordert sie ihn auf, springt aus dem Kübelwagen und ist im Nu verschwunden.

Toni sieht sich nach allen Richtungen um. Dann zieht er kurz entschlossen den Zündschlüssel heraus und folgt Joanna vorsichtig.

Hanka Kupny kann nicht damit rechnen, dass Joanna diese Nacht bei ihr anklopfen wird. Sie hat überhaupt ein unwahrscheinliches Glück, dass sie noch nicht schläft. Sie arbeitet als Hausangestellte bei dem deutschen Ehepaar Stallmach, und Dr. Stallmach hat gerade heute eine längere Sitzung im Sägewerk, sodass seine Frau und Hanka noch mit dem Abendessen auf ihn warten. Glücklicherweise hat Frau Stallmach nichts von dem Klopfen gehört. Sie ist ohnehin in letzter Zeit ängstlich und überreizt. Möglicherweise fühlt sie, dass die Tage der deutschen Herrschaft über Polen gezählt sind. Und wenn ihr Mann auch nur Ingenieur und Zivilangestellter im Generalgouvernement ist – der Strudel des Zusammenbruchs dieses Gewaltregimes kann alles in die Tiefe reißen. Da wird nicht mit der Apothekerwaage abgewogen, welche Schuld oder welches Verdienst den einzelnen trifft. Der Gang der Ereignisse ist groß und gewaltig. Das weiß sie, das bedrückt sie.

Hanka brüht schnell noch den Tee in einer Kanne aus gutem Porzellan auf. Dieses blaue Zwiebelmuster auf dem leuchtenden Weiß gefällt ihr. Sie stellt die Kanne auf den Tisch und stülpt einen Kaffeewärmer darüber. Dr. Norbert Stallmach liebt Ordnung, auch bei Tisch. Die Bestecke müssen in genauem Abstand zum Gedeck liegen, Butterdose, Wurstteller, Zuckerschale, alles hat seinen bestimmten Platz. Sein Zimmer ist stets aufgeräumt und wohl geordnet, seine Kleidung akkurat.

Nachdem sie alles noch einmal mit den Augen überflogen, an dem und jenem ein wenig gerückt hat, eiliger als sonst, öffnet sie die angelehnte Tür zu einem Nebenraum und sagt zu Nora Stallmach: »Für Ihren Mann habe ich alles bereitgestellt, Frau Stallmach. Kann ich dann schnell noch mal zu meiner Großmutter ins Dorf gehen?«

Hanka merkt Frau Stallmach an, dass es ihr unbehaglich ist, allein im Haus zu bleiben, denn sie zögert mit der Antwort. Letztlich stimmt sie zu. »Aber schließen Sie gut ab«, bittet sie. Doch gleich besinnt sie sich wieder anders: »Können Sie denn nicht bleiben, bis mein Mann zurück ist?« Hanka steht unschlüssig da, und weil sie nichts sagt, wirbt Nora um Verständnis: »Es wird nicht mehr lange dauern, er wollte um diese Zeit längst zurück sein. Und Sie wissen doch, wie pünktlich er in allem ist.«

»Natürlich, Frau Stallmach, dann will ich nur schnell den Schuppen abschließen«, geht Hanka auf Noras Wunsch ein und versucht sich dadurch eine Möglichkeit zu schaffen, mit Joanna zu sprechen.

Damit ist Nora Stallmach einverstanden. Hanka verlässt das Haus und eilt hinter Joanna her.

Joanna ist weiter weg, als Hanka lieb ist. Als sie mit ihr zusammentrifft, muss sie erst ein wenig verschnaufen.

»Was ist denn? Du bist ja ganz außer Atem?« Da sie nicht sofort antwortet, wird Joanna misstrauisch und fragt: »Ist etwas passiert?«

Hanka wehrt mit einer Geste ab. »Nichts, nichts ist passiert. Meine Chefin will mich nicht weglassen. Sie ist so ängstlich in letzter Zeit.«

»Ach so.«

»Ich muss gleich zurück. Sonst schöpft sie Verdacht. Also was gibt's?«

»Wir müssen Julian eine Nachricht geben und zwar sofort!«, erklärt Joanna ohne Umschweife.

»Ausgeschlossen«, schüttelt Hanka den Kopf, und erläuternd fügt sie hinzu: »Ich komme im Augenblick nicht weg. Und Vinzenz sehe ich erst morgen früh. Wenn's gut geht.«

»Aber wir müssen ihn erreichen. Es geht um Leben und Tod!«, drängt Joanna.

»Ich muss bleiben, bis der Doktor zurück ist. Sonst schöpft sie Verdacht, und dann ist alles aus. Das kann ich nicht riskieren. Du weißt, wie wichtig diese Position für uns ist.«

»Dann muss ich selbst zu Julian. Wo finde ich ihn?«

»Das darf ich nicht sagen, niemandem!«

»Hanka! Dubjenski hat einen der deutschen Genossen

geschnappt. Er erschießt ihn, wenn wir ihn nicht rausholen!«

»Und wenn sie dir gefolgt sind und Julians Versteck auskundschaften …?« Hanka hält ein und lauscht. Vom Haus her hat sie deutlich einen Aufschrei gehört. Sie fasst Joanna bei der Hand. Da, nochmals ein Schrei. »Das ist Frau Stallmach!«, stellt Hanka fest. »Wahrscheinlich hat sie entdeckt, dass ich nicht da bin und die Tür aufgelassen habe. Ich wollte Zeit sparen. Ich muss sofort zurück.«

Joanna hält sie fest. »Wie komme ich zu Julian?«

Hanka zögert einen Augenblick, dann erklärt sie ihr schnell den Weg. »Aber sei vorsichtig. Vor der Schlucht stehen deutsche Posten. Und Julian rechnet nicht damit, dass heute Nacht jemand kommt. Das Kennwort ist: Kasprowy.« Das flüstert sie Joanna ins Ohr. Dann hastet sie zurück, mit doppelt schlechtem Gewissen. Was mag da nur los sein? So ein durchdringender Schrei? Sie muss doch furchtbar erschrocken sein. Ihre andere Sorge gilt Joanna. Sie hätte ihr nicht Julians Versteck sagen dürfen. Natürlich ist sie in Ordnung. Aber sie arbeitet als Kundschafterin beim Feind. Wenn ihr Dubjenskis Leute gefolgt sind? Wenn sie von deutschen Posten erwischt wird?

Hanka springt, zwei Stufen auf einmal nehmend, den Treppenaufgang hinauf. Die Haustür steht sperrangelweit offen, die Küchentür gleichfalls. Auf dem Tisch herrscht ein ziemliches Durcheinander, von den Speisen aber ist keine Spur mehr zu entdecken. Was ist hier geschehen? Wo ist Frau Stallmach? Vorsichtig öffnet Hanka die angelehnte Tür zum Wohnzimmer. Da sieht sie Frau Stallmach verstört und apathisch in einem Sessel sitzen. Sonst scheint in diesem Zimmer nichts verändert. »Was ist denn los, Frau Stallmach?«, fragt Hanka. Aber sie erhält keine

Antwort. »So reden Sie doch, um Gottes willen, was ist denn nur passiert?«

Nora Stallmach winkt resigniert ab. Sie will oder kann nicht sprechen. Erregt läuft Hanka zurück in die Küche, in den Flur, in die anderen Räume. Dann verriegelt sie die Haustür. Der einzige Raum, in dem sich etwas abgespielt zu haben scheint, ist die Küche. Hier sieht alles danach aus, als habe ein Überfall stattgefunden. Ein Stuhl ist umgekippt. Als Hanka ihn aufhebt, sieht sie etwas unter dem Tisch liegen. Sie hebt es auf und betrachtet es genauer. Zu ihrem Erstaunen hält sie ein deutsches Wehrmachtskäppi in der Hand. Eine Streife?, überlegt sie. Und ihr erster Gedanke ist: Joanna! Sie sind hinter Joanna her! Aber dann sagt sie sich, dass eine Streife kaum den Tisch abgeräumt, den Schrank durchwühlt hätte. Nein, es muss sich um etwas anderes handeln. Auf alle Fälle bringt sie das Käppi erst einmal in ihre Kammer.

Als Hanka zurückkommt, berichtet Frau Stallmach endlich, was vorgefallen ist. Zwei junge Burschen, Deutsche, in Wehrmachtsuniform, seien eingedrungen und hätten Lebensmittel gestohlen. Als sie in der Küche Geräusche vernahm, habe sie nachsehen wollen, was los sei. Da habe der eine sie zunächst gepackt, ihr den Mund zugehalten, dann aber seien beide geflohen. Ziemlich kopflos.

Nachdem sich Joanna mit Hanka verständigt hat, geht sie in Richtung Straße zurück. Zur gleichen Zeit tastet sich Toni Burian vorsichtig wieder in die Nähe des Fahrzeuges. Er legt sich unter eine dicke Tanne und überlegt. Die Zeit wird ihm lang. Wo sie nur bleibt? Werner, der alte Kämpe, wartet auf sie, Minute um Minute. Und er sitzt hier und kann nichts machen. Eine verteufelte Situation für Werner, so im Ungewissen zu verharren. Die Hände sind ihm gebunden. Er kann nur abwarten, was auf ihn zukommt. Furchtbarer Zustand, die Gefahren erkennen, ohne etwas dagegen tun zu können!

Endlich kehrt Joanna zurück. Erleichtert geht er auf sie zu und fragt: »Na, alles klar?«

Joanna schüttelt etwas resigniert den Kopf: »Nichts ist klar. Wir müssen weiter.«

Toni bleibt einen Augenblick unschlüssig stehen. »Weiter? Was soll dass heißen?«

Joanna spürt erneut Misstrauen in Toni aufkeimen. Würde mir genauso gehen, sagt sie sich.

»Also was ist los!«, verlangt Toni gebieterisch Aufschluss.

»Der Kontakt hier hat nicht geklappt. Unser Verbindungsmann kann uns erst morgen helfen. Und das wäre zu spät.«

»Weiß Gott«, bestätigt Toni. »Und was nun?«, fragt er ungeduldig.

»Müssen wir eben selbst weiter.«

»Wohin?«

»Zu unseren Freunden, den einzigen, die überhaupt helfen können!«

Toni atmet tief ein und will in den Wagen einsteigen. Joanna aber hält ihn am Arm fest und weist mit einer einladenden Geste auf einen steilen, steinigen Bergpfad. Dann geht sie mit schnellen Schritten voran. Er folgt ihr.

»Weit?«, fragt er, nachdem sie eine Weile stumm hintereinander gelaufen sind.

»Es geht«, entgegnet sie unbestimmt, ausweichend.

»Da ist doch noch ein Haar in der Suppe!«, argwöhnt Toni. Joanna zögert einen Augenblick, dann erklärt sie: »Seit einiger Zeit haben die Deutschen hier ihre Posten und

Streifen verstärkt. Wir, haben eine Bahnlinie gesprengt und ein Kraftwerk angegriffen.«

Sie gehen weiter, zügig, aber möglichst leise. Auch wenn sie nicht der Wachsamkeit aufmerksamer Posten entgehen müssten – allein das Schweigen des nächtlichen Waldes, der einsamen Berge zwingt sie dazu. Eigenartig ist dieser Gang durch eine dunkle Schemenwelt. Die gereizte Phantasie findet Nahrung in jeder schattenhaften Bewegung eines Zweiges, im Rascheln des Laubes, im Knacken eines Astes. Jede Regung in der Natur sucht der nächtliche Waldgänger zu deuten, und meistens deutet er sie falsch. Nie zuvor hat Toni das so empfunden. Ob es nur mir so geht?, denkt er. Ob Joanna auch so ein Drücken im Magen hat? Aber nein, sie schwitzt ja vor Angst, hat sie gesagt. Übrigens, schwitzen tut er auch, aber nicht vor Angst, sondern vor Anstrengung. Joanna legt ein ganz schönes Tempo vor, endlich lichtet sich der Hochwald. Joanna geht etwas langsamer, vorsichtiger. Jetzt heißt es aufpassen. Joanna bleibt stehen und gibt Toni mit der Hand ein Zeichen, vorsichtig zu sein. Vor ihnen liegt eine Lichtung, eine Schonung mit jungen Fichten. Da sie nichts Verdächtiges bemerken, laufen sie rasch über die freie Fläche. Plötzlich zischt in einiger Entfernung eine Leuchtkugel hoch. Beide werfen sich sofort zu Boden. Die kleinen, zwanzig bis dreißig Zentimeter hohen Pflanzen und das dichte hohe Rispengras gewähren ihnen eine leidliche Deckung. Als die Leuchtkugel verglimmt, wird eine zweite abgeschossen. Dann ist alles wieder dunkel.

»Ob sie uns entdeckt haben?«, fragt Toni.

»Wir werden's ja merken«, erwidert Joanna und will aufspringen.

Toni hält sie zurück: »Noch einen Augenblick.« Er will einen Moment warten, ob sich noch etwas tut, und er sieht auch, wie erschöpft Joanna ist. Eine kleine Verschnaufpause kann nicht schaden. »Wie heißen Sie eigentlich?«, fragt er sie unvermittelt.

Von einer solchen Frage in dieser Situation wohl doch etwas überrascht, antwortet sie zögernd: »Joanna Weglowska.«

»Mein Name ist Toni. Toni Burian.«

Joanna muss lächeln. »Eine derartige Vorstellung habe ich noch nicht erlebt. Diese Nacht hat ihre Wunderlichkeiten«, sagt sie. »Ich bin zu Dubjenski gefahren, um seine Aktionsabsichten zu erkunden und ihn im antifaschistischen Sinn zu beeinflussen. Dabei habe ich hin und her gegrübelt, wie ich jeden Verdacht vermeiden und mein Ziel möglichst rasch erreichen kann. Mit vielen Gefahren und Widerständen habe ich gerechnet, jedoch mit keiner Silbe geahnt, dort auf zwei deutsche Fallschirmspringer zu treffen. Aber jetzt müssen wir weiter!« Sie stößt Toni mit der Faust aufmunternd gegen den Oberarm. Dann springt sie hoch und rennt auf den Waldsaum zu, der vor ihnen liegt. Toni folgt ihr.

Als sie den Hochwald wieder erreicht haben, bleiben sie einen Augenblick stehen, um Luft zu schöpfen. Ehe sie weitergehen können, trompetet plötzlich dicht neben ihnen eine helle Stimme: »Halt! Stehen bleiben! Keine Bewegung!«

Toni möchte einer unbedachten Reaktion Joannas zuvorkommen und spielt den gekränkten Landser: »Na, hört mal, wollt ihr hier Gespenster mit uns spielen?«

»Die MPi weg, aber ein bisschen plötzlich!«, herrscht ihn eine zweite Stimme an. Toni kommt dieser Aufforderung betont lässig nach.

Dann kommen zwei Wehrmachtsangehörige aus ihrer

Deckung hervor, die Karabiner schussbereit. Sie bleiben in einiger Entfernung von Joanna und Toni stehen.

»Was suchen Sie hier?«, fragt der erste Posten, ein älterer Obergefreiter.

»Das könnte ich Sie genauso fragen!«, gibt Toni zurück.

Aber der Posten lässt sich davon nicht beeindrucken. »Was ist das für eine Frau? 'ne Polakin, was?« Bevor Toni antworten kann, ist der andere Posten mit zwei Schritten bei Joanna, tastet die rechte Tasche ihres Trenchcoats ab, greift hinein und zieht eine Pistole heraus.

»Sieh mal an, was haben wir denn da?«, kommentiert er triumphierend. Aber ehe er es sich versieht, hat ihn Joanna am Arm gepackt und wirft ihn mit einem geschickten Judogriff zu Boden. Der Obergefreite reißt seinen Karabiner hoch und legt auf Joanna an. Toni springt ihn an, reißt das Gewehr hoch. Der Schuss peitscht in die Luft. Toni schlägt den Posten mit der Faust nieder. Der zweite, der sich inzwischen von seiner Überraschung erholt hat, erhebt sich wieder und will seinen Karabiner aufnehmen. Doch Joanna tritt ihm in den Weg. Er greift sie an, wird aber erneut das Opfer eines Judogriffs. Dann verschwindet er im Gebüsch, lässt seinen bewusstlosen Kameraden zurück. Der abgefeuerte Schuss hat aber offenbar Alarm ausgelöst. In einiger Entfernung hören sie Kommandos. Mehrere Schüsse fallen, aber wohl blindlings abgefeuert. Auch Leuchtkugeln steigen wieder hoch. Toni holt seine MPi und Joannas Pistole, dann fasst er sie bei der Hand und läuft mit ihr davon. Hinter ihnen wird es lebendig. Da scheint eine ganze Kompanie auf den Beinen zu sein. Aus größerer Entfernung schießen sie hinter ihnen her, vermutlich nur auf gut Glück in den Wald hinein. Joanna und Toni hasten durch einen Wiesengrund auf eine Felswand zu, die jedoch noch etwa fünfhundert Meter entfernt ist. Dahinter liegt die rettende Schlucht, in die Joanna will. Aber sie müssen zugleich vermeiden, die Deutschen in die Schlucht zu locken. Wir dürfen die Genossen nicht verraten, sagt sich Joanna.

Bolesław Kupny blickt seit geraumer Zeit von seinem hochgelegenen Beobachtungspunkt in das weite Tal hinunter, in dem fern das große Sägewerk liegt. Hinter dem nächsten Höhenrücken steht die Villa des Werkleiters, in der seine Schwester Hanka ihre schwere Kundschafteraufgabe erfüllen muss. Seit Tagen sitzen sie nun hier oben in dem Felsennest. Wer die Bergpfade nicht genau kennt, kommt da nicht herauf. Und selbst wenn einer mit den Wegen Bescheid weiß, wird er sie nicht antreffen, wenn sie es nicht wollen. Ein so gutes Versteck hatten sie selten. Trotzdem: Seit sie hier oben hocken, ist es von Tag zu Tag lebhafter geworden in den Tälern. Streifen sind schon bis an den Fuß des Berges vorgedrungen. Nachts schießen sie Leuchtkugeln in die Luft, als wollten sie sagen: Wir sind noch da! Nehmt euch in Acht! Plötzlich fällt in der Stille ein Schuss. Dann mehrere Schüsse. Da scheint etwas im Gange zu sein. Auch Bolesławs Begleiter Jan regt sich und lauscht aufmerksam nach unten.

»Da stimmt etwas nicht«, flüstert er.

»Ob das uns gilt?«, fragt Bolesław.

»Keine Ahnung«, erwidert Jan.

»Ich werde auf alle Fälle Meldung machen«, entscheidet Bolesław, erhebt sich und verschwindet lautlos zwischen Felsbrocken und Kuschelkiefern.

Julian ordnet verschärfte Sicherheitsvorkehrungen an, als er Bolesławs Bericht gehört hat. Auch Boris Bykow, der sowjetische Fallschirmspringer, der seit einiger Zeit bei ihnen ist, ist wach geworden, als Bolesław mit dem Posten kam.

»Von uns ist niemand unterwegs. Wincenty aus dem Sägewerk oder Hanka erwarten wir erst morgen Abend. Außerdem liegen die vereinbarten Treffs in einer anderen Richtung. Mit uns kann die Schießerei also kaum etwas zu tun haben«, rapportiert der Wachhabende Władisław.

»Weshalb habt ihr mich dann geweckt?«, fragt Julian.

»Wahrscheinlich betrifft es uns nicht unmittelbar. Aber vielleicht sind Freunde von uns in Not. Aus dem Sägewerk, aus den Ortschaften ...«, rechtfertigt sich Bolesław.

»Oder die Faschisten brauchen nur was für ihren Kochtopf und jagen Hasen. Womöglich wollen sie aber auch mal auf den Busch klopfen und uns aus der Reserve locken. »Deshalb sollten wir uns auf nichts einlassen. Unsere Sicherheit geht vor!«, fällt ihm der Wachhabende ins Wort.

Bolesław sieht Julian an. Was wird er tun?

Julian ist etwas älter als vierzig. Sein Haar aber beginnt schon grau zu werden. Aufmerksam hat er beide angehört. Was Władisław sagt, ist einleuchtend, überlegt er. Jedoch es gefällt ihm nicht, dass er dem Postenführer das Wort abgeschnitten hat. Gerade wenn man so überzeugende Argumente hat, sollte man mehr Gelassenheit zeigen. Ruhig wendet er sich aber Bolesław zu und fragt: »Was schlägst du vor?«

»Ich würde mit Jan und Józef vorsichtig das Gelände bis zum Eingang der Schlucht erkunden und, falls dort noch kein Anhaltspunkt zu finden ist, bis an die große Fichtenschonung vorgehen. Sollte etwas mit Wincenty oder Hanka sein, können wir sie durch die Schlucht heraufschleusen und den Gegner in eine andere Richtung lenken. Wenn uns aber die Deutschen auf den Pelz rücken, dann ist es besser, wir stellen das schon unten in der Schlucht fest als oben am Plateau, sozusagen direkt vor unserer Haustür. Zu dritt können wir den Pfad hier herauf so lange blockieren, bis ihr durch eines der rückwärtigen Täler verschwunden seid. Auf alle Fälle bekommen wir heraus, was los ist. Ich glaube aber auch, wir dürfen bei unseren Leuten unten nicht das Gefühl aufkommen lassen, als sei es uns gleichgültig, was aus ihnen wird. Sie müssen erkennen, dass ihr Schicksal untrennbar mit unserem verknüpft ist. In jeder Hinsicht. Sie helfen uns, und wir helfen ihnen. Soweit das möglich ist.«

»Hm«, nickt Julian. »Ich muss einen Augenblick überlegen.« Zum Wachhabenden gewandt, fügt er hinzu: »Auf alle Fälle werden Bolesław und Jan sofort vom Plateau abgezogen und durch zwei andere Posten ersetzt. Die beiden und Józef halten sich bereit.«

Als die zwei hinaus sind, fragt Julian Boris: »Was soll ich tun? Wenn ich auf Bolesławs Vorschlag eingehe, riskiere ich, dass wir entdeckt werden und diesen Standort aufgeben müssen. Das wäre aus mehreren Gründen schlecht. Eine strategisch günstigere Position finden wir so schnell nicht wieder. Auch für die beiden avisierten deutschen Genossen würde es dann Schwierigkeiten geben, falls sie morgen oder übermorgen doch noch abspringen sollten. Denn heute hat es offensichtlich nicht geklappt.« Nach einer Weile fügt er hinzu: »Władisław hat ganz recht. Wir dürfen uns nicht verraten. Es steht zu viel auf dem Spiel.« Julian macht erneut eine Pause, sieht Boris an.

»Es ist schwer zu raten, Julian. Jeder der beiden hat von seinem Standpunkt aus recht. Wenn wir unsere Sicherheitsinteressen vernachlässigen, gefährden wir uns. Wenn unsere Freunde aber glauben, dass wir hier oben nur unser eigenes

Süppchen kochen und uns um sie nicht scheren, dann verhungern wir langsam, aber sicher.«

»Solche Überlegungen vermisse ich bei Władisław manchmal. Man muss die Erfordernisse von morgen und übermorgen heute schon begreifen und einkalkulieren.«

»Das ist auch sehr schwer!«

»Natürlich. Aber wir müssen es lernen.«

»Du willst also Bolesław ins Tal schicken?«

»Ja.«

»Hätte ich auch gemacht.«

»Wirklich?«

»Ja. Weil ich mir nämlich vorstellen kann, dass da unten zwei herumstiefeln, denen die polnischen Bergpfade in der Nacht ein bisschen zu schaffen machen.«

»Die beiden Deutschen? Das halte ich für ausgeschlossen.«

»Aber kann man's wissen? Du erwartest sie von oben, aus dem Himmel, und prompt kommen sie von unten …«

Julian hält diese Vermutung für abwegig, schickt aber dennoch zu Władisławs Ärger Bolesław und seine Freunde hinunter.

»Die Schießerei hat sich von der Lichtung zur Schlucht herübergezogen. Dann war es plötzlich wieder still«, berichtet Jan, ehe er mit Bolesław und Józef über das Plateau hinunterklettert, um nach dem Rechten zu sehen.

»Wir gehen auf dem Kamm vor, lassen die Schlucht links liegen und die Felswand rechts. Diese Felswand kommt keiner hoch. Wenigstens kein Fremder und nicht in der Nacht. Wenn wir in der Schlucht nichts entdecken, steigen Józef und ich unseren Kamin hinunter. Jan, du bleibst oben und sicherst«, entwickelt Bolesław seinen Plan. Die beiden anderen nicken. Dann klettern sie lautlos den Weg hinunter, auf dem sie jeden Stein und jede Wurzel kennen. Als sie auf dem Höhenrücken angelangt sind, der auf der einen Seite mit einer Felswand ins Tal des Sägewerks und auf der anderen in die Schlucht abfällt, bemerken sie, nur knapp unter sich, zwei Kletterer, die sich bemühen, die Wand zu erklimmen. Es sind Joanna und Toni.

»Kein Verlass auf die Kerle! Alles halbgewalkter Stuss!«, flucht Polizeimajor Hasso Börle und wirft ein Bündel Papiere auf den Schreibtisch. Er legt die Hände hinter seinem Rücken ineinander und wandert nachdenklich in seinem Arbeitszimmer hin und her. Dabei spielt er nervös mit seinen Fingern. Der Dienst habende Wachtmeister, der ihm die Meldungen der letzten Nacht überbracht hat, nimmt unwillkürlich Haltung an. Vor der Karte seines Distrikts bleibt Börle stehen und schüttelt den Kopf.

»Also hier sind zwei Mann abgesprungen. Das steht fest. Ein Offizier und ein Unteroffizier wird vermutet. Na schön. Und dann sollen sie plötzlich zwei, drei Stunden später hier aufgetaucht sein. Nun aber sind's zwei junge Leute. Und wieder 'ne Stunde später werden hier zwei Leute gesichtet. Diesmal handelt es sich plötzlich um einen Feldwebel und eine Frau. Nicht einmal Männlein und Weiblein können die unterscheiden!«, räsoniert Börle. Hauptwachtmeister Böhnke wagt nicht, sich zu mucksen. Dann wandert Börle weiter durch sein Amtszimmer und setzt seinen Monolog fort: »Statt solche Leute an Ort und Stelle dingfest zu machen, schlagen sie sich in die Büsche oder machen sich vor Angst in die Hosen und verbreiten faule Parolen! Das soll dann eine Meldung sein! Böhnke, was gehört zu einer Meldung?«

Mechanisch schlägt der Angeredete die Hacken zusammen, legt die Hände an die Hosennaht und schnarrt ohne Besinnung, wie ein Automat: »Eine Meldung enthält in knapper Form: Wer, wo, wann, was, wie – und was tue ich weiter.«

»Richtig! Und nun lesen Sie einmal den Salm, den da zum Beispiel unser lieber Freund Stallmach, Doktor, Oberingenieur, loslässt: Seine Frau, sensibel, krankhaft nervös und so weiter, sei überfallen worden. Ein junger Mann sei ins Haus eingedrungen, deutsche Uniform. Waffengattung, Dienstgrad fehlen schon, von besonderen Kennzeichen ganz zu schweigen. Ein anderer habe vor der Tür gestanden, sei später auch hinzugekommen. Nun ergreifen Sie mal auf Grund solcher Angaben diese Männer! Die sind längst über alle Berge, bis man einen einigermaßen passenden Steckbrief zusammengebastelt hat!«

Börle setzt sich an seinen Schreibtisch. Böhnke tritt zwei Schritt näher an Börles Amtsheiligtum heran, bereit, jeden Befehl sofort auszuführen. Der Major nimmt das ganze Bündel von Schriftstücken wieder auf und blättert weiter darin.

»Ist doch merkwürdig. Drüben scheint man eher Bescheid zu wissen über unsere Aktionen als wir selbst. Und dann garantieren Sie mal Sicherheit, Böhnke«, brabbelt Börle vor sich hin.

»Zu Befehl, Herr Major«, erwidert der Angeredete routinemäßig.

Börle blickt ihn kurz und kritisch an. Dann vertieft er sich erneut in seine Papiere. »Hm. Ob das tatsächlich damit zu tun hat? Immerhin geht es um ein paar hundert Russen. Aber das ist doch erst zwei Tage her, seit ich die Mitteilung bekommen habe, das Werk zu demontieren und dafür die Russen einzusetzen.« Er liest weiter. Dann plötzlich:

»Aha, jetzt wird mir auch klar, weshalb die keine Fahrzeuge für den Abtransport der Gefangenen bereitgestellt haben. Sonderbehandlung! Und ich dachte schon, da wäre unseren Generalstäblern ein Fehler unterlaufen. Vielleicht sind deshalb auch die beiden ominösen Figuren abgesprungen. Aber woher sollten die das gewusst haben? Wann ist denn dieser Befehl eingetroffen?«, fragt Börle seinen Diensthabenden.

»Vorgestern, Herr Major!«

»Was – und da krieg ich den erst heute zu sehen?«, herrscht er Böhnke an.

Der ist inzwischen einen Schritt näher herangekommen und sieht, dass Börle den Befehl über die Sonderbehandlung in der Hand hält. »Bitte um Verzeihung, Herr Major. Ich dachte, Sie meinen den Befehl über die Demontage des Sägewerks. Der über Sonderbehandlung der Kriegsgefangenen ist heute Morgen eingegangen. Kurier vom Büro des Standartenführers Teschner. Hat übrigens den persönlichen Besuch des Standartenführers avisiert!«

»Das sagen Sie erst jetzt? Mann! Da müssen wir sofort was unternehmen. Wäre gut, wenn wir dem Standartenführer dieses rotwangige Fallobst zur Begrüßung auf dem Tablett servieren könnten. Holen Sie Pelka! Dalli! Wenn es hell wird, müssen wir an Ort und Stelle sein!«

Zurückgelehnt, die Arme auf die Sessellehnen gestützt, die Beine ausgestreckt, empfängt der Major den herbeigerufenen Leutnant. »Pelka! Warte schon auf Sie!«

Mit einem Ruck steht er auf. Es soll einen sportlichen Eindruck machen, soldatisch wirken, sieht aber bei seiner Korpulenz eher etwas komisch aus. Börle macht seinen Mitarbeiter mit der Sache vertraut. Er weist auf die Meldung der Feldgendarmerie hin, dass vermutlich zwei sowjetische Agenten in deutschen Uniformen abgesprungen, ihnen aber entkommen sind. Nun seien angeblich die beiden im Sägewerk des Dr. Stallmach aufgetaucht. Die Spur sei noch frisch. Pelka möge sich den Kerlen an die Fersen heften. Er erwarte baldige Erfolgsmeldung.

Pelka scheint aber noch etwas auf dem Herzen zu haben.

Börle bemerkt es. »Ist noch was?«

Pelka nimmt die Meldung mit den Angaben Dr. Stallmachs noch einmal in die Hand und erklärt: »Wenn Herr Major gestatten, ich bin nicht so sicher, dass es sich in diesem Falle um die beiden Fallschirmagenten handelt.«

Börle geht, während Pelka spricht, hinter ihm im Zimmer auf und ab. Immer wenn sich der Leutnant ihm zuwenden und ihn anschauen will, wandert er weiter, und zwar so, dass er ihm wieder im Rücken steht. Nun verweilt er hinter Pelka, der den Kopf ziemlich weit zurückwenden muss, um Börle zu sehen. Etwas spöttisch fordert ihn der Major auf: »Wenn sich der Herr Leutnant vielleicht etwas deutlicher ausdrücken wollten!«

Pelka erwidert sachlich und knapp: »Nach der Meldung Doktor Stallmachs ist der Überfall von zwei ganz jungen Leuten verübt worden.«

»Na und?«

»Ich würde annehmen, dass die Russen äußerst erfahrene und erprobte Männer abspringen lassen.«

Börle vergewissert sich mit einem kritischen Blick, ob Pelka am Ende seiner Erklärung ist. Dann wandert er hinter seinen Schreibtisch, stützt sich mit beiden Händen auf die Glasplatte und spricht wie vom Katheder: »Herr Leutnant nimmt an! Wir haben nicht anzunehmen, sondern jede mögliche Spur zu verfolgen, zumal die Angaben einer krankhaft nervösen Frau alles offen lassen. Wir vertrödeln nur Zeit!«

»Jawohl, Herr Major, aber …«

»Hundeführer da?!«

»Jawohl!«

»Die Bereitschaft?«

»Bereits aufgesessen.«

Börle geht zu seinem Schrank, öffnet ihn, nimmt das Koppel heraus und schnallt es um, setzt seine Dienstmütze auf und wendet sich dann noch einmal kurz Pelka zu: »Ich mache die Sache selbst. Setzen Sie sich in Ihren Schreibtischsessel und denken Sie nach!«

Im Vorzimmer fordert er den Hauptwachtmeister Böhnke auf, ihm zu folgen. Dann verlässt er das Haus mit einer Behändigkeit, die man ihm bei seiner Korpulenz gar nicht zugetraut hätte. Böhnke hat seine liebe Mühe, dem Chef die Tür des Dienstwagens zu öffnen, der vor der Tür bereitsteht. Dann gibt Böhnke dem Fahrer eines großen Bereitschaftswagens ein Zeichen. Während das vollbesetzte Fahrzeug aus der Toreinfahrt auf die Straße rollt, setzt sich Böhnke an das Lenkrad des Chefkübelwagens, lässt den Motor anspringen und fährt in Richtung Berge los. Trotz der gebotenen Eile muss er mit Rücksicht auf den Mannschaftswagen, den er inzwischen überholt hat, das Tempo immer wieder drosseln. Börle macht deshalb ein verdrießliches Gesicht: »Mit dieser lahmen Ente brauchen wir ja 'ne Stunde, bis wir an Ort und Stelle sind!«

Als sie aus der Kreisstadt hinaus auf die Landstraße fahren, stößt er den Arm mit geballter Faust mehrfach senkrecht in die Luft, um den Fahrer des folgenden Wagens zu höchster Beschleunigung aufzufordern.

Die beiden Flakhelfer Rolf Bogner und Walter Rettig, die in der Nacht in der Villa des Ingenieurs Stallmach Proviant »organisiert« hatten, kampieren unter freiem Himmel. Sie schlafen erschöpft und ahnen nicht, in welch beziehungsreiche Indizienkette die Spur ihrer Tat mittlerweile geraten ist.

Als Walter Rettig die Augen öffnet, ziehen dicke Dunstschwaden über die Waldlichtung, wo sie übernachteten. Im Osten schimmert es ein wenig rosa. Er steht auf, reckt seinen Körper und atmet tief durch.

Jetzt regt sich auch Rolf Bogner. Er blinzelt ein paarmal, stützt sich auf einen Ellenbogen und langt mit dem anderen Arm nach dem Sack mit den Lebensmitteln.

Walter aber kommt ihm zuvor und nimmt den Sack an sich. »Nee, nee, wir haben schon mehr gefressen, als uns zusteht«, sagt er, mit der linken Hand abwinkend.

Rolf lässt sich wieder auf den Rücken fallen, kneift die Augen verdrießlich zusammen und erwidert: »Immerhin, schließlich haben wir's organisiert.«

Aber darauf reagiert Walter heftig: »Komm mir nicht so!«

Da springt Rolf hoch und fasst Walter an der Knopfleiste des Waffenrocks. »Ich komm dir noch ganz anders! Euch allen! Ich hab genug von diesem verdammten Loch, dem nassen, stinkigen. Von mir aus kann sich dort verkriechen, wer will. Ich nicht mehr, dass du's weißt!«

Walter versucht ihn zu beruhigen: »Mach keinen Quatsch. Wenn du dich stellst, ist es aus mit dir. Und mit uns auch.«

»Ich verpfeife niemand«, weist Rolf Walters Anspielung weit von sich.

»Wer spricht denn von verpfeifen! Bis jetzt weiß kein Schwanz, ob bei dem Partisanenangriff einer von uns übrig geblieben ist. Aber wenn du dich stellst … dann wird man hellhörig. Dann weiß man, es sind nicht alle ums Leben gekommen oder in Gefangenschaft geraten. Dann machen sie sich ihren Vers, auch wenn du dicht hältst!«

»Vielleicht seid ihr noch mal dankbar dafür, wenn euch einer aus dem Schlamassel rausholt. Wir kommen über die Runden, das hat jeder einzelne gehofft. Aber die halbe Kompanie ist hin. Und der Krieg geht weiter. Wer weiß, wie lange wir dort noch hocken müssen, nichts zu fressen, keine warmen Klamotten. Vielleicht schneien wir noch ein da oben. Und weshalb sollte nicht noch diesen Herbst unser Gegenschlag kommen? Garzel glaubt an keine Wendung mehr. Dieser Hasenfuß. Der hat ja keine Nerven! Da ist der Führer doch aus anderem Holz geschnitzt. Feind kommen lassen, näher, näher an die eigenen Linien. Und dann gibt's Zunder. Da bleibt kein Auge trocken!«

»Nun halt aber die Luft an, Mensch! Das war doch keine Taktik. Stalingrad, der Rückzug aus dem Kubangebiet, aus der Ukraine, von Leningrad. Da haben wir doch alles reingebuttert, was wir hatten. Und was hat's geholfen?«, hält ihm Walter entgegen.

»Trotzdem. Mich sehen die da oben nicht wieder. Walter, Mann, das ist doch die Chance für uns. Vielleicht kommen wir sogar durch, nach Hause!«

»Du spinnst ja!«

»Wir besorgen uns Zivilklamotten.«

»Halt die Klappe und komm«, will Walter dem Spiel ein Ende machen. Rolf reagiert nicht auf Walters barschen Ton. Da fasst ihn dieser mit der linken Hand am Ärmel, mit der rechten hebt er den Sack mit den Lebensmitteln auf. In diesem Augenblick schlägt Rolf mit der Faust hart zu. Er trifft Walter genau an der Kinnspitze. Der bricht benommen zusammen. Klassischer K.o., denkt Rolf, blickt aber doch etwas erschrocken auf seinen Freund. Dann aber entreißt er seinem Kumpel den Sack mit den Lebensmitteln und läuft davon. Nach einer Weile bleibt er stehen, dreht sich noch einmal um. Walter hat sich aufgerappelt und sieht ihm nach. Damit hast du wohl nicht gerechnet, denkt Rolf. Wenn du nicht willst, dann versuche ich's eben allein. Rolf sieht noch, wie Walter mit schleppenden Schritten in die entgegengesetzte Richtung davongeht. Dann läuft er hastig weiter auf seinem einmal eingeschlagenen Weg.

Felshöhlen können die Menschen verschieden beeindrucken, sagt sich Walter Rettich, während er die letzte Anhöhe zum Versteck seiner Gruppe hinaufklettert. Als sie vor Tagen hier ankamen, nicht sicher, ob sie noch verfolgt werden oder von irgendeiner Seite neue Gefahren drohen, da waren alle froh, als sie diese große Höhle entdeckten, die an die dreißig Meter in den Berg hineinreicht und an zwei Stellen wie eine Halle ausgeweitet ist. Wie die Küken unter die Fittiche der Glucke schlüpften sie in dieses Felsloch, in der Überzeugung, dass nun die Gefahr nur noch aus einer Richtung kommen konnte. Oben, unten, rechts, links, hinten urkräftiges Gestein. Bombensicher. Nur von vorn war alles offen.

Da ihnen niemand folgte, weder Freund noch Feind, beschlossen sie, in dieser Felsbehausung zu kampieren. Sie kamen sich vor wie Schiffbrüchige, die eine rettende Insel erreicht haben. Für eine Stunde waren sie zufrieden, richtig wohl war ihnen. Der alte Studienrat übernahm die Wache am Eingang. Und alle anderen legten sich schlafen.

Aber nach einer Weile, so entsinnt sich Walter Rettich, wachte er auf. Zum ersten Mal spürte er diese feuchte Kühle, diese durchdringende Grabeskälte, die einem alle Glieder klamm und steif macht. Und dann kamen die Erinnerungen an die zurückliegenden Stunden. Er hatte seinen Kameraden verloren, mit dem zusammen er gespielt, gelernt, sich geprügelt und gefreut hatte. Eine Kugel zerfetzte ihm das Gesicht. Es war ein furchtbarer Anblick gewesen. Auch als sie aus der unmittelbaren Gefahr heraus waren, sah er immer wieder das entstellte Gesicht des Freundes, und ihm fiel ein, wie dessen Mutter ihm beim Abschied über die kurz geschnittenen Haare gestrichen hatte. Es war ihm nicht recht gewesen, und er schnippte mit einem halb ärgerlichen, halb verlegenen Schwung die ein wenig in die Stirn gerutschten kurzen Strähnen wieder zurück.

Walter war froh, dass die Kameraden um ihn herum ihn immer wieder ablenkten und seine Gedanken auf die elementaren Lebensfragen richteten: Essen, Trinken, Schlafen, Warmbleiben, Trockenbleiben, Sauberbleiben. Sonst war nichts weiter wichtig. Eine Quelle hatten sie dann gefunden mit herrlich klarem Wasser. Und Beeren gab es und Pilze. Garzel merkte, wie es den Jungs Spaß machte, sich mit ganz einfachen Mitteln einzurichten. Als er ihnen dann vorschlug, dazubleiben, waren sie Feuer und Flamme. Der Krieg sei für Deutschland verloren, sagte er. Das sei tragisch, aber unabänderlich. Junge Menschen wie sie hätten jedoch Anspruch auf das Leben. Es werde in Zukunft nicht leicht sein, als Deutscher in dieser Welt zu leben. Aber man müsse sich dem Schicksal stellen, dürfe ihm nicht ausweichen. Es sei heroischer, am Leben zu bleiben, als zu sterben. Auch wenn im Augenblick niemand wisse, wie es weitergehen würde.

Als der Studienrat geendet hatte, trat zunächst eine Stille der Beklemmung und Überraschung ein. Allen war klar, dass diese Rede Garzels etwas Außerordentliches und Unerhörtes war. Es lag jedoch nahe, dass sie in ihrer Lage und ohne Einblick in die Zusammenhänge jedem Vorschlag gefolgt wären. Nur die Antwort des Spießes, Oberfeldwebel Weigels, wartete man noch ab. Er war einer von den so genannten Zwölfendern, ein Bauernsohn aus dem Sächsischen, mit leichter Neigung zur Korpulenz. Nach einer schweren Verwundung war er nur noch garnisonsverwendungfähig und somit ihr Ausbilder zu Flakhelfern geworden. In vielen Gefechten hatte er seinen Mann gestanden, nichts konnte ihn aus der Ruhe bringen. Die Palette seiner Dekorationen reichte von EK I über Nahkampfspange, Kretaschild, Panzervernichtungsabzeichen bis zur Ostmedaille. Er galt ihnen als Personifikation des Soldatischen und Heldischen und genoss mehr Ansehen als Garzel mit seinem Kriegsverdienstkreuz zweiter Klasse und seinem EK II aus dem ersten Weltkrieg. Weigel hatte einen unverwüstlichen Humor: selbst wenn die Lage hoffnungslos war, hielt er sie nicht für ernst.

Garzel hatte, während er zu ihnen sprach, mehrfach forschend zu Weigel hingesehen. Musste diesem Manne, der ein Jahrzehnt in der Wehrmacht Hitlers gestanden hatte, nicht jedes seiner Worte als ein Verbrechen erscheinen, das nur mit dem Tode gesühnt werden konnte? Feigheit vor dem Feind konnte er ihm vorwerfen, Fahnenflucht, Eidbruch, Ehrverlust!

Weigel tat nichts dergleichen. Er blickte einen nach dem anderen an und durchbrach dann das betretene Schweigen mit seiner gemütlichen Bassstimme: »Klar, Jungs, eine Weile blaue Beeren, das ist besser als blaue Bohnen.«

Damit war der Bann gebrochen, über Garzels Gesicht ging ein Lächeln, und alle waren froh. Die ersten zwei Tage verbrachte die Gruppe mit vielerlei Beschäftigungen, um das Leben unter den gegebenen Umständen so erträglich wie möglich zu gestalten. Aber die Freude verflog. Die Nächte waren kalt, und die Jungs froren. Wenn es regnete, nahm die Feuchtigkeit in der Höhle zu, es tropfte von der Decke und den Wänden. Es fehlte warmes Essen, sie hatten kein Brot, keine Kartoffeln, nichts. Das Gefühl des Geborgenseins ging verloren, und sie dachten immer häufiger an die Verpflegung bei der Truppe. Vielleicht hätte man doch zurückkehren sollen an die Gulaschkanone. Hier zu hocken, mit der Aussicht, Hungers zu sterben oder eines Tages aufgegriffen und wegen Fahnenflucht an die Wand gestellt zu werden, das war auch nicht rosig.

So weit ist Walter Rettich mit seinen Gedanken. Beinahe versteht er Rolf jetzt. Vielleicht hätte er doch mitgehen sollen. Wie der da den Wiesengrund hinunterschlich, im Bachbett entlanglief, damit selbst Spürhunde seine Fährte nicht finden könnten, und an einem querliegenden Baumstamm wieder herauskletterte, den Stamm entlangeilte und einige Meter vom Ufer entfernt hinuntersprang – das war gekonnt.

Was werden sie oben sagen, wenn ich das alles berichte?

Klopfenden Herzens tritt Walter wenig später vor Garzel und Weigel. Er berichtet von dem Einbruch in die Villa, von Rolfs Flucht. Garzel sagt nur: »Es ist gut. Leg dich hin und ruh dich aus. Du kannst es brauchen.«

Nun liegt er wieder in dieser Felshöhle, in seinen Mantel gehüllt, auf Laub und Moos. Er fühlt sich geborgen. Und alles ist gar nicht mehr so schlimm.

Józef Dubjenski schläft schweratmend und unruhig. Er liegt völlig angekleidet auf dem abgewetzten, staubigen

Plüschsofa seines Wohnzimmers. Nur die Jacke und den oberen Hemdenknopf hat er geöffnet. Vom Alkohol überwältigt, ist er in einen Schlaf gesunken, der kaum Erholung und Erquickung bringen kann, wohl aber für wenige Stunden Vergessen. So findet ihn der Posten am Morgen. Unschlüssig steht er vor dem verdrossenen Schläfer und verlässt den Raum wieder. Nach einer Weile kehrt er zurück und findet Dubjenski in unverändertem Zustand. Mit dem ersten Sonnenstrahl wecken, hat er gestern gesagt. Jetzt ist es schon ziemlich hell. Er fasst ihn an der Schulter und rüttelt ihn, einmal, zweimal. »Herr Dubjenski, aufwachen!«

Es dauert eine ganze Zeit, bis er zu blinzeln beginnt. Dann stützt er sich auf den Ellenbogen, stöhnt und ächzt, reißt schließlich beide Augen auf und wälzt sich vom Sofa. Ein paarmal atmet er tief durch, geht zum Fenster, öffnet es und schaut hinaus. Oben am Stall werden Heu und Stroh für die Pferde gehäckselt, mit dem großen, gusseisernen Schwungrad, das zwei scharfe, flammenartig geschwungene Schneiden hat. Einer seiner Leute hat den Griff mit beiden Händen umspannt und dreht das schwere Rad, der andere legt Heu und Stroh ein. Ein dritter schleppt das Futter in großen Weidenkörben zu den Krippen der Pferde. Eigentlich werden nur im Winter Pferde und Kühe so gefüttert. Da aber jetzt kein Gras gemäht werden kann und die Tiere nicht auf die Weide getrieben werden dürfen, bleibt nichts anderes übrig.

Der Posten holt inzwischen für Dubjenski Wasser von der Pumpe. Das kalte Brunnenwasser tut Dubjenski gut. Immer wieder taucht er sein Gesicht in den tiefen Waschzuber. Mit beiden Händen schöpft er es und lässt es über Kopf und Nacken rinnen. Als er fertig angekleidet ist, tritt er ans Fenster und schaut hinaus. Das Füttern der Pferde ist inzwischen beendet. Vor dem Haus haben sich etwa zwanzig seiner Leute bereits versammelt. Er wendet sich um, als er hinter sich jemand das Zimmer betreten hört. Seine Tochter und ihr Mann sind gekommen, um mit ihm zu frühstücken. Nach dem Morgengruß sitzen sie dann zu dritt um den Tisch, essen und trinken stumm. Wanda wartet auf ein Wort ihres Vaters. Aber er frühstückt verbissen, unnahbar. Er scheint völlig abwesend zu sein. Wanda hat nur hastig ein Stück Brot mit Speck hinuntergeschlungen. Nun sitzt sie da und blickt von einem zum anderen. Ihr Mann isst auf Großknechtsart, bedächtig wählend und viel von allem. Dubjenski scheint jeden Bissen im Munde festhalten zu wollen. Ab und zu schießt unter seinen finster zusammengezogenen Brauen ein Blick hervor, zu Nowak, zu ihr, zum Vertiko mit dem Bild der Mutter und dem Kruzifix.

»Was ist mit dem Deutschen?«, fragt sie plötzlich mit klarer und lauter Stimme.

Dubjenski sieht sie an wie ein Betender, der in seiner Andacht gestört wird. Als habe er die Frage nicht gehört, nimmt er sein Glas mit dem starken Kaffee und trinkt bedächtig, setzt das Gefäß wieder ab und lässt abermals seinen Blick wandern, von Wanda zu Nowak, zum Kruzifix, zur Empireuhr, zu seinen klobigen Händen, die halb geschlossen, rechts und links neben seinem Frühstücksbrett liegen.

Wanda springt auf, geht auf ihren Vater zu und wiederholt, etwas erregter, aber nicht minder klar und deutlich: »Der Deutsche, was wird mit ihm?«

Dubjenski betrachtet seine Tochter mit missbilligend hochgezogenen Brauen. »Wird an den Stab ausgeliefert«, sagt er mit leiser Stimme, steht auf, verschränkt die Hände hinter dem Rücken und blickt unschlüssig zum Fenster hinaus.

Wanda tritt näher an ihn heran und spricht von hinten, leise, aber eindringlich, ihm direkt ins Ohr: »Du hast ihnen sagen lassen, sie sollen ihn holen, wenn sie ihn haben wollen. Sie haben nichts unternommen. Warum willst du noch länger warten?« Da er nicht reagiert, fügt sie hinzu, noch eindringlicher, fast suggestiv: »Die Deutschen haben unseren Janek erschossen. Aber du rührst keinen Finger! Was ist geblieben vom großen Dubjenski, dem Herrn über Tod und Leben in seinem Distrikt!«

Mit einem Ruck wendet er sich um und donnert sie an, mit einer Stimme, die keinen Widerspruch duldet: »Scher dich raus!«

Wanda wendet sich stolz ab und ergreift seine Pistole, die auf dem Vertiko liegt.

Da packt er sie am Arm, reißt sie herum, stößt sie in die Stube zurück und befiehlt: »Beim heiligen Kreuz, du rührst ihn nicht an!« Dann nimmt er ihr die Pistole ab, steckt sie ein, tritt aus dem Zimmer mit der gewohnten herrischen Pose. »Fertigmachen zum Abmarsch!«, befiehlt er.

»Und der Deutsche?«, fragt einer seiner Leute. Dubjenski mustert ihn kurz und erwidert, wie beiläufig: »Wenn alles für den Abmarsch bereit ist, wird er erschossen.«

Der schlaflosen Nacht folgt ein ungewisser Morgen. Die angstgepeitschte und hoffnungsbeflügelte Phantasie wälzt noch einmal den Bildervorrat um, der sich im Verlauf der Nacht angesammelt hat. Werner Schütt weiß, dass es wenig nützt, aber er kann sich nicht anders helfen. Immer wieder versucht er sich genau vor Augen zu führen, was sich abgespielt hat, ehe er, an Händen und Füßen gefesselt, in dieses verdammte Rattenloch geworfen wurde. Sind die deutschen Feldgendarmen zufällig vorbeigekommen, oder hat man sie gerufen? Wenn ja, von wem? War es Dubjenskis Sohn? Wie lange war ich bewusstlos? Was hat sich in dieser Zeit abgespielt? Was ist aus der Polin geworden, die mich aus dem Saal geholt hat. Und vor allem: Wo ist Toni? Ist er davongekommen? Lebt er überhaupt noch? Ja, wenn er lebt und auf freiem Fuße ist …! Vielleicht hat er sich aus dem Fenster retten können?

Dann überlegt Werner, wie es sein wird, wenn er Dubjenski gegenüber steht. Er setzt alle Hoffnungen darauf, ihn mit »klugen, wohlgesetzten« Worten zu überzeugen, ihn dahin zu bringen, seine Absichten zu verstehen und zu unterstützen. Er geht die Skala aller Argumente durch, die ihm zu Gebote stehen, versucht sie auf Dubjenskis Mentalität abzustimmen. Wird ein solcher Appell an die Vernunft Erfolg haben? Und verzweifelt sagt er sich dann immer wieder, dass es aussichtslos ist. Auch wenn in Dubjenski – wie in jedem Menschen – ein Kern, ein Ansatz zum Guten schlummert, ein einziger Sonnenstrahl lässt keinen Samen reifen. Und er denkt daran, wie lange es bei ihm selbst gedauert hatte, bis er der Lage und den Argumenten vertraute. Nein, das ist kein Weg, das ist eine Illusion. Und dann überdenkt er alle Fluchtmöglichkeiten und fühlt zugleich, dass auch diese Chance gleich Null ist.

Plötzlich hebt er den Kopf und lauscht. Draußen wird es lebendig. Er hört Pferde traben, Männer hin und her laufen, miteinander sprechen. Leider kann er nichts verstehen. Endlich wird der Verschlag, in dem er liegt, geöffnet, und zwei Männer reißen ihn unsanft hoch. Draußen sieht er noch andere Bewaffnete. Sie lösen ihm die Fußfessel. Einer weist mit einer Maschinenpistole deutscher Bauart in Richtung Schule.

Die bewaffneten Männer führen Werner stumm und

ernst den etwas abfallenden Weg zum zentralen Platz des Ortes hinunter. Aber noch ehe sie die Hälfte der Strecke zurückgelegt haben, kommt ihnen eine offene Kutsche entgegen. Hinter dem Kutscher, der bäuerlich gekleidet ist, sitzt ein Fremder, eine stolze Erscheinung, die in Haltung und Kleidung einem reichen Gutsbesitzer ähnelt, einem jener polnischen Magnaten, zu denen sich auch Dubjenski gern zählt, obwohl er eigentlich nicht zu ihnen gehört.

Der fremde Herr in der Kutsche winkt den Führer des Trupps heran: »Kommen Sie doch mal!«

Der Führer des Trupps zögert. Er kennt den Mann nicht, und er hat einen Auftrag Dubjenskis auszuführen. Aber es könnte eine höher gestellte Persönlichkeit sein. Und dann gibt es Ärger.

»Haben Sie mich nicht verstanden?«, fragt der in grünen Loden jagdmäßig gekleidete Herr etwas nachdrücklicher, in einem Ton, der keinen Widerspruch duldet.

Schwerfällig bequemt sich der polnische Bauer, der Aufforderung Folge zu leisten.

»Was geht hier vor?«, fragt der Fremde.

»Der Deutsche wird erschossen«, erwidert der Befragte.

»Wer hat das angeordnet?«

»Dubjenski.«

»Wo finde ich ihn?«

Der Führer deutet mit seiner Maschinenpistole auf Dubjenskis Haus.

»Der Mann wird erst nach Bestätigung des Urteils erschossen. Warten Sie hier das Weitere ab!«

Da der Angeredete offensichtlich die Weisung befolgt, lässt der Fremde losfahren.

Wanda, die den Vorgang beobachtet hat, wendet sich rasch um und läuft auf das Haus ihres Vaters zu, vor dem die Kutsche inzwischen angelangt ist. Der Anführer des Erschießungstrupps sieht ihr nach, er schüttelt den Kopf über den Eifer, mit dem diese Frau den Tod des fremden Deutschen betreibt.

Atemlos verhält Wanda Dubjenska einen Augenblick vor der Tür des Wohnzimmers.

»Warum soll ich den Erschießungsbefehl zurücknehmen?«, hört sie ihren Vater fragen. Der Fremde, offenbar ein Vertreter des Brigadestabes der Armija Krajowa, geht nicht auf die Frage ein, sondern verweist einfach darauf, dass Dubjenski sich bereit erklärt habe, den Befehlen der Brigade nachzukommen. Da drückt Wanda die Türklinke energisch nieder und antwortet statt ihres Vaters mit einem herrischen: »Nein!« Der Fremde dreht sich verblüfft um und mustert die kräftige junge Frau, die den Raum betreten hat und ihn herausfordernd anblickt. Nachdem er sich von der Überraschung erholt hat, verbeugt er sich gegen Wanda. »Ah, Pardon! Wer führt hier eigentlich das Kommando?«, wendet er sich zugleich an Dubjenski und fügt hinzu: »Das wird die Brigade gewiss interessieren.«

Das ist selbst für Dubjenski zu viel. Er fasst seine Tochter derb am Arm, schiebt sie beiseite und tritt auf den Fremden zu, den ihm offenbar Joanna Weglowska auf den Hals gehetzt hat. Es wäre unklug, es mit dem Stab zu verderben, noch bevor die Zusammenarbeit richtig begonnen hat. Was liegt an diesem Deutschen! Davon wird Janek nicht wieder lebendig. Er hätte nicht auf seine Tochter hören und ihn gleich dem Stab überstellen sollen.

Der Mann von der Brigade blickt ihn erwartungsvoll an.

Dubjenski geht um die Hausecke und befiehlt dem Führer des Erschießungskommandos, sodass es auch der Fremde hören kann: »Der Deutsche geht ab zum Stab!«

Man verabschiedet sich kurz und förmlich, der Wagen fährt an und hält dann bei der Gruppe. Zwei Dubjenski-Männer stoßen Werner Schütt in den Fond des Landauers, und ab geht die Fahrt.

Werner weiß zwar nicht, wie ihm geschieht, er weiß aber, was ihm geschehen sollte. Und solange die Pferde traben, bedeutet das zunächst einmal: leben!

Nachdem der Kutscher eine geraume Zeit seine Pferde zügig dahintraben ließ, biegt er plötzlich in einen Seitenweg ein und hält an. Werner, noch immer gefesselt und mit verbundenen Augen, hört seine beiden Begleiter vom Kutschbock absteigen und herantreten. Plötzlich flüstert jemand über ihm: »Ciupaga acht.«

Werner hebt den Kopf, als wolle er sich vergewissern, ob er richtig gehört habe. Wäre es nach so einer Nacht nicht verständlich, wenn man Traum und Wirklichkeit nicht mehr so genau unterscheiden kann?

»Ciupaga fünf«, flüstert er schnell halb mechanisch. In diesem Augenblick wird der Knoten seiner Augenbinde gelöst, und Werner ist zunächst sprachlos vor Überraschung und Freude.

»Boris! Mensch. Ist denn das zu fassen!«

»Ja, jetzt schlägt's dreizehn!«

Boris Begleiter hat inzwischen Werners Fesseln durchgeschnitten. Werner reckt sich, steht langsam auf, macht ein paar Schritte hin und her, dann umarmt er seinen Freund. »Wie ist denn das möglich, Boris? Ich bin sprachlos.«

Boris reicht Werner eine Feldflasche. »Trink erst mal einen Schluck. Und dann müssen wir schnell weiter.«

Werner trinkt und blickt dabei den stummen Zeugen ihres Wiedersehens an. Der lächelt ihm freundlich zu: »Man nennt mich Julian …«

»Kommandeur unserer Partisanenabteilung«, erklärt Boris.

Werner gibt ihm die Hand.

»Ohne Julian und Joanna, ja, Werner, ich weiß nicht, was dann geworden wäre«, sagt Boris.

Julian winkt ab. »Joanna kennen Sie ja«, sagt er. »Sie sind heute Nacht nicht eben sanft mit ihr umgegangen. Aber sie hat es Ihnen nicht übel genommen. Ich hatte sie zu Dubjenski geschickt, um seine Absichten ein wenig zu erforschen. Ein abgefangenes Schreiben des Brigadestabs der Armija Krajowa an ihn bot uns eine gute Gelegenheit, sie bei ihm einzuschleusen.«

»Und diese Gelegenheit ist nun vertan«, wirft Werner ein.

»Nicht schlecht genutzt, meine ich«, pariert Julian.

»Es ist mehr dabei herausgekommen, als wir hoffen konnten. Wir kennen jetzt Dubjenskis Charakter und seine Gesinnung ein wenig besser und wissen einiges über die Kampfkraft seiner Gruppe. Ihr habt diesen Ameisenhaufen ein bisschen zum Kribbeln gebracht. So konnten wir Einblick gewinnen. Und schließlich haben wir Sie gerettet.«

»Und Toni, was ist mit Toni?«, fragt Werner besorgt.

»Wie sagte er heute Nacht, als ihn deine Genossen in die Höhle brachten, Julian? Es war so ein – wie sagt man?«

»Ein Sprichwort«, hilft Julian aus.

»Davon hat der Toni einen ganzen Sack voll, Gott Vater sei Dank!«, ahmt Werner seinen Freund nach.

»Unkraut vergeht nicht«, erinnert sich Julian.

»Das war's!«, bestätigt Boris.

»Das sieht ihm ähnlich!« Werner schmunzelt. »Aber wie ist er zu euch gekommen?«

Mit wenigen Worten vermitteln Boris und Julian ein

Bild von der nächtlichen Irrfahrt der beiden, von der Flucht mit dem Kübelwagen, der Episode an der Villa, dem Feuerwerk auf der Lichtung, dem Aufstieg der beiden durch die schwierige Felswand, dicht neben dem leicht zu erkletternden Kamin. Oben wurden sie dann von Bolesław und seinen Leuten in Empfang genommen und schnellstens zu Julian gebracht. Die Zeit reichte gerade noch, die Kutsche fertig zu machen und abzufahren.

»Aber dass ihr euch selbst in die Höhle des Löwen gewagt habt? War das nicht ein bisschen riskant?«, fragt Werner.

»Es gab keinen besseren Gutsherrn – und keinen besseren Kutscher«, entgegnet Boris verschmitzt.

»Und darauf kam es in diesem Fall an«, fügt Julian hinzu. »Aber jetzt müssen wir weiter. Leider müssen wir Sie wieder unter dieser Lederdecke verstauen, auf dem letzten Stück des Weges dürfen Sie nicht gesehen werden. Es hilft nichts.«

»Wie in einem Himmelbett ruhe ich unter dieser Decke.«

Mit diesen Worten steigt er ein, zieht die Lederdecke über sich, und ab geht die Fahrt. Julian gibt Boris jeweils die Richtung an. Auf dem weitläufigen Holzplatz des großen Sägewerks halten sie an. Mehrere Gatter sind in Betrieb. Werner, der keine Ahnung hat, wo er sich befindet, überlegt, was das für Geräusche sein könnten. Es hört sich fast an, als ob ein Zug mit zwei Lokomotiven einen Berg hinaufkeucht. Dann wird er an das Geräusch einer Häckselmaschine bei Dubjenski erinnert, hört aber dazwischen deutlich das helle Kreischen von Kreissägen.

Julian hat in der Nähe der Verwaltungsbaracke angehalten. Aus der Tür kommt wie von ungefähr ein stattlicher schlanker Mann so Anfang der Vierzig. Er trägt einen dunkelgrauen Zweireiher, weißes Hemd und einen dezent gemusterten Schlips. Die Art seiner Kleidung und Bewegung verrät einen Mann von Bildung und Geschmack. Julian steigt vom Kutscherbock. »Guten Morgen, Herr Doktor.«

Der Angeredete nickt nur kurz und sagt hastig, bevor Julian weitersprechen kann: »Meine Frau ist überfallen worden heute Nacht. Ich hatte hier im Werk zu tun und mich etwas verspätet, in der Zeit ist es passiert.«

Julian horcht auf, überlegt einen Augenblick und entgegnet dann ruhig: »Unsere Leute waren es nicht. Wir halten unser Wort.«

Der Ingenieur nickt. »Zwei Soldaten, deutsche, junge Kerle waren es«, erklärt er.

Er scheint sehr aufgeregt zu sein, denkt Boris. Ob das gut ist für unseren Plan? Julian war so sicher, dass Werner und Boris hier unterkriechen könnten.

»Haben Sie Ihren Freund Börle von dem Vorfall unterrichtet?«, forscht Julian.

Dr. Stallmach sieht Julian mit einem erstaunten Blick an. Woher weiß er von seiner Bekanntschaft mit Börle? »Freund ist vielleicht zu viel gesagt. Wir sind zusammen zur Schule gegangen«, erläutert er sein Verhältnis zum Polizeichef, und er fügt lächelnd hinzu: »Seine Schulfreunde kann man sich nicht aussuchen, ebenso wenig wie seine Eltern oder sein Vaterland. Das sind Gegebenheiten, mit denen man fertig werden muss.«

»Wie mit unangemeldetem Besuch«, sagt Julian nach einer kurzen Pause des Bedenkens.

Dr. Stallmach wird aufmerksam. Aber er scheint nicht recht zu verstehen, worauf Julian hinauswill. »Wir hatten vereinbart, dass Sie mich hier jederzeit erreichen können.«

»Es geht nicht um mich«, kommt Julian zur Sache. »Können Sie uns den Dachboden Ihrer Villa für einige Zeit zur Verfügung stellen?«

»Ich hatte Sie doch dringend gebeten, die Villa, und damit meine Frau, aus allem herauszuhalten!«

»Ihre Frau wird nichts merken, und auch Sie werden sich um nichts zu kümmern brauchen. Wenn es einmal Ernst werden sollte, stellen Sie sich ahnungslos, und der Polizeichef wird Ihnen glauben.«

»Da bin ich nicht so sicher«, schränkt Dr. Stallmach ein, fügt dann aber hinzu: »Nun gut, ich habe versprochen, Ihnen zu helfen. Ich werde mich hier sofort frei machen.«

So kann Werner etwa eine halbe Stunde später mit Boris den geräumigen, mit starken, tragenden Balken durchzogenen Boden beziehen. »Wesentlich gemütlicher als Dubjenskis Rattenloch«, meint er sachlich. Vor einer Bodenluke bleibt er stehen und fragt Boris: »Was liegt hier unter uns?«

Boris hebt die Schultern. »Ich weiß es nicht. Aber was es auch immer sei, wir sollten es ein bisschen abdecken.«

Dabei weist er auf eine Anzahl Einlegematratzen, die in einer Ecke liegen. Werner nimmt einen ganzen Stapel mit beiden Armen auf. Auch Boris will noch weitere herbeischaffen. Aber Werner wehrt ab, er wolle schließlich nicht auf dem harten Holz schlafen.

Nach einer Weile stellt Werner fest: »Übrigens, Stallmach ist doch kein polnischer Name.«

Boris bestätigt das und fügt hinzu: »Er ist ja auch ein Deutscher. Ein Zivilangestellter, Privatmann sozusagen, und auch die Unterstützung, die er uns gewährt, basiert keineswegs auf einer politischen Gesinnung, sondern hat gleichfalls sehr private Gründe.«

»Ist das nicht ’ne verdammt unsichere Kiste?«

Boris lächelt. »Das ist neu an dir. Seit wann gehst du denn auf Nummer Sicher?«

»Seit der letzten Nacht!«, erwidert Werner. Dann tritt er ans Fenster, um sich zu orientieren. Schließlich wendet er sich wieder Boris zu. »Eigentlich sah unser Plan ja vor, dass wir bereits heute Nacht abmarschieren sollten. Aber ich denke, nach den letzten Ereignissen haben wir eine Verschnaufpause verdient. Einen Tag Ferienaufenthalt in den Beskiden können wir uns gönnen.«

»Mehr als einen Tag, Werner. Im Ernst. Wir haben eine Bitte an euch. Entscheiden müsst ihr das natürlich selbst. Wir könnten bei einer Aktion in den nächsten Tagen die Hilfe zweier deutscher Genossen mit so wertvollen Ausweisen sehr gut gebrauchen. Das ist übrigens auch der Grund, warum wir euch gerade hier einquartiert haben.« Plötzlich sieht er besorgt auf Werner und fragt: »Hast du deine Papiere überhaupt noch, oder hat Dubjenski die kassiert?«

Werner klopft mit der flachen Hand auf den Saum seines Waffenrocks. »Habe ich gerade noch verstauen können.« Er holt den Sonderausweis aus dem Innenfutter hervor und gibt ihn Boris.

»Das beruhigt mich. Die Genossen hier können zwar viel, aber so was nicht.« Damit gibt er Werner den Ausweis zurück. Dann sieht er ihm ins Gesicht und fragt: »Also was ist, bleibt ihr für ein paar Tage, bis die Aktion abgerollt ist?«

Werner wiegt bedenklich den Kopf. »Boris, wir haben den Auftrag, von hier aus über die Grenze vorzustoßen auf deutsches Gebiet, möglichst bis Berlin, um dort die Genossen bei ihrem Widerstand zu unterstützen.«

»Ich weiß. Aber eure Zukunft wird auch hier in Polen entschieden.«

»Und Polens Zukunft in Berlin«, wirft Werner ein.

»Gewiss, aber überlege dir unseren Vorschlag. Auch Joanna hatte einen bestimmten Auftrag. Nach eigenem Ermessen hat sie ihn geändert und damit dem deutschen Genossen Werner Schütt das Leben gerettet. Am Ende stellte sich heraus, dass sie auf diese Weise zugleich unserer Sache am besten gedient hat. Jetzt geht es um Sein oder Nichtsein sowjetischer und polnischer Genossen. Keine geplante Sache, sondern eher eine Art Schnellhilfe.«

»Um was handelt es sich denn?«, fragt Werner, geht zu dem Matratzenstapel über der Luke und setzt sich. Boris folgt ihm und setzt sich neben ihn. Er berichtet ihm, dass das Sägewerk demontiert werden soll von einer viel zu großen Gruppe sowjetischer Gefangener. Aus verschiedenen Anzeichen gehe hervor, dass diese Gefangenen, eventuell auch die polnischen Arbeiter des Sägewerks, danach liquidiert werden sollen. Es gehe nun darum, ein klares Konzept zu gewinnen, wie man ein solches Verbrechen verhindern könne. Sie seien jedenfalls entschlossen, etwas zu unternehmen.

»Kann euch denn da nicht dieser Doktor Stallmach die besten Informationen geben?«

»Er tut es eben nicht. Da hakt es aus bei ihm! Gestern Nacht, als seine Frau überfallen wurde, hatte er eine Beratung mit einem Sonderführer im Werk. Er hat Julian zwar von dem Überfall berichtet, von dem Sonderführer jedoch kein Wort gesagt.«

»Verstehe. Und zu einem so unsicheren Kantonisten legt ihr uns ins Quartier?«, fragt Werner.

Julian halte das Quartier für sicher. Weil Stallmach Börles Schulfreund sei, vermute man hier bestimmt keinen Fallschirmspringer. Und Stallmach sehe völlig klar, wohin der Hase läuft. Er wolle einfach durchkommen, es mit der einen Seite nach nicht verderben, aber auch mit der anderen schon seinen Frieden machen. Gewiss, keine sehr edle Haltung. Aber verständlich und kalkulierbar.

»Also gut, wenn Toni einverstanden ist und die Zentrale nicht widerspricht, ich bin mit von der Partie.«

»Gut, Werner. Toni ist einverstanden. Aber er sagt, dass du entscheiden musst. Die Zentrale werde ich unterrichten. Ich bin sicher, dass man euren Entschluss billigt.«

Das Arbeitszimmer Dr. Stallmachs liegt direkt unter der Bodenluke, die Werner und Boris abgedeckt haben. Die Luke ist so verkleidet, dass der Uneingeweihte nichts merkt. Das Zimmer ist geschmackvoll eingerichtet. Der Schreibtisch, schräg über Eck gestellt, ist aufgeräumt und ein Beweis für die Ordnungsliebe seines Besitzers. Bedrückt und nachdenklich steht Dr. Stallmach am Fenster seines Arbeitsraumes, während seine Frau Nora hinter ihm in einem leichten und bequemen Sessel sitzt. Sie blickt bekümmert zu Boden und sagt leise: »Musstest du diesen Börle anrufen? Warum hast du das getan? Warum?«

Müde hebt Nora Stallmach, eine gut aussehende Frau Anfang Dreißig, ihren Blick und sieht ihren Mann an. Der gequälte Ausdruck in ihren schönen, mandelförmigen Augen berührt ihn tief. »Nora, bitte versuche das zu begreifen. Solange ich hier stehe, muss ich meine Pflicht erfüllen.«

Nora lacht resigniert auf: »Pflicht erfüllen! Was verstehst du denn darunter?«

»Ich muss tun, was von mir gefordert wird, um nicht draufzugehen, so kurz vor Toresschluss. Es dauert nicht mehr lange, dann reisen wir hier ab!«

Nora fühlt sich von so vagen Aussichten wenig getröstet. »Du hättest mich nicht hierherbringen sollen«, wirft sie ihrem Mann vor.

»Was willst du eigentlich? Haben dir die Polen bisher auch nur ein Haar gekrümmt?«

»Aber wir ihnen! Und ich musste es mit ansehen!«

Stallmach wendet sich ihr zu und sagt in ruhigem, verständnisvollem Ton, wie man einer Kranken zuredet: »Nora, du musst diesen Vorfall vergessen!«

»Vergessen! Das kann man nicht vergessen, das sucht einen heim, bei Tag, bei Nacht, ob man will oder nicht. Ich bin für dieses Leben hier zwischen den Fronten nicht tauglich, verstehst du das, Norbert?«

Er versteht es schon, nur kann er es nicht zugeben. Hoffentlich behält sie ihre Nerven. Es war verhängnisvoll, dass sie gerade an dem Tage in die Kreisstadt fuhr, als diese öffentlichen Hinrichtungen erfolgten! Ein junges Mädchen war dabei, keine sechzehn Jahre alt. Und ihr Vater auch, alle einfach zusammengetrieben, wahllos, von der Straße weg. Zur Abschreckung für eine Partisanenaktion, sagte man. Börle führte das Kommando, eisern, unerschütterlich.

»Norbert. Immer wenn ich mit Polen zusammentreffe, dann lese ich in ihren Augen: Das ist auch eine von denen. Ihr Mann ist ja wohl mit diesem Polizeimajor befreundet! Wartet nur, eure Tage sind gezählt. Meinst du, dann wird groß abgewogen, ob wir beide vielleicht zusammengezuckt sind, als sie den Klotz unten weggezogen haben? Meinst du, es hilft was, dass mich das krank macht, was da geschehen ist und laufend weiter geschieht? Was tun wir denn dagegen?«

Nora ist aufgestanden und fasst ihren Mann mit beiden Händen an den Schultern. Sie dreht ihn so, dass er in ihre Augen sehen muss. Er lässt es geschehen.

»Norbert, wir müssen hier weg! Heute noch. Rufe die Kreisverwaltung an, sag ihnen Bescheid, und basta!«

»Wie stellst du dir das vor. Ich bin kriegsverpflichtet. Ich kann nicht einfach kündigen und mich bei einer neuen Firma bewerben. Wir müssen die paar Tage noch durchhalten!«

»Durchhalten, durchhalten. Alles redet vom Durchhalten. Ich kann das Wort schon nicht mehr hören.«

»Der Befehl zur Verlagerung des Sägewerks liegt vor. Du weißt es.«

»Und dein lieber Schulfreund garantiert Sicherheit, das weiß ich auch!«

»Er ist nicht mein Freund, das weißt du ebenso gut!«

»Warum gibst du dich dann mit ihm ab?«

Norbert Stallmach atmet tief ein. Es ist zwecklos. Sie wird es nie begreifen. Das hilft alles nicht weiter. »Leg dich hin, Nora. Ich bleibe noch eine Weile hier. Solchen Ereignissen wie in dieser Nacht bist du nicht gewachsen.«

Nora sieht ihren Mann jetzt verhältnismäßig ruhig und gefasst an. »Norbert. Das ist wohl keine Frage meiner Konstitution. Welcher normale, gesund empfindende Mensch kann solchem Geschehen gegenüber ruhig bleiben!«

Toni wacht mit Bolesław im sichtgeschützten Auslug auf dem kleinen Hochplateau, das sich vor Julians Höhle befindet. Joanna schläft noch nach dieser aufregenden Nacht. Toni hat nur zwei, drei Stunden ausgeruht, dann hat es ihn hinausgetrieben, zu hören, zu sehen, was los ist. Auch Bolesław hat eigentlich wachfrei. Er liegt aber im herbstlich bunten Gras und überlegt. Einen großen Rispenstängel hat er sich abgepflückt und spielt damit gedankenverloren. Nach einer Weile setzt sich Toni neben den polnischen Genossen, der ihm nachts die Pistole auf die Brust gehalten und leise nach der Parole gefragt hat. Joanna, die einen Schritt hinter ihm war, hatte ebenso leise »Kasprowy« geantwortet. Dann hatte einer die beiden zu Julian gebracht, während die anderen zurückblieben und sicherten. Aber es war ihnen niemand gefolgt. Und dann kam das Wiedersehen mit Boris. Endlich konnte Toni aufatmen. Jetzt war klar, dass er vor der richtigen Schmiede war.

»Die Kutsche ist zum Sägewerk gefahren und wieder zurück«, erklärt Bolesław Toni. »Also haben sie Ihren Freund sicher abgeliefert.«

»Aber wir haben ihn nicht gesehen!«, entgegnet Toni zweifelnd.

»Konnten wir auch gar nicht mit bloßen Augen«, beruhigt ihn Bolesław.

»Furchtbar, dieses Warten«, meint Toni.

»Wir haben das auch erst lernen müssen«, bestätigt Bolesław.

»Weißt du, wir sind auch keine Neulinge, wir haben eine Menge Erfahrungen gesammelt. Aber ich muss etwas tun können. Warten habe ich bis heute nicht gelernt. Unser letzter Einsatz war im Frühjahr in den Wäldern um Minsk. Da saßen wir buchstäblich auf dem Pulverfass. Weißt du, das ist nämlich bei uns so eine Redensart. Auf dem Pulverfass sitzen.«

»Verstehe. Und einer hält Streichholz in der Hand?«

»Genau. Das wird dann der so genannte Funke im Pulverfass.«

Bolesław will wissen, was damals in den Minsker Wäldern geschah, und er lässt nicht eher locker, bis Toni ihm schildert, wie sich Werner, Boris und er durch die Sümpfe und Wälder gequält haben, wie sie Maschmann und seiner SS-Gruppe begegneten, auf Hauptmann Wolter trafen und von dessen Leuten, für SS-Angehörige gehalten, überwältigt und gefesselt wurden.

»Und seid ihr da wieder herausgekommen?«, will Bolesław wissen.

Toni erzählt, wie die Einheit von Hauptmann Wolters Freund Oberleutnant Kramer sie noch vor Sonnenuntergang gerettet hat.

»Julian!«, ruft Bolesław plötzlich.

Tatsächlich. Er kommt den Höhenrücken heraufgekraxelt. Allein. Vermutlich hat es doch geklappt mit Werner, und sie sitzen unter dem Dach des Sägewerkbesitzers. Aber noch ehe Julian auf dem Berg ist, meldet der Posten, dass deutsche Polizeifahrzeuge in den Weg zur Villa eingebogen sind.

Es klopft an die schmale Holztür, die von außen in Werners und Boris' Versteck führt. Die beiden sehen sich an. Boris zieht seine Pistole und stellt sich dicht neben den Eingang. Dann löst er die Verriegelung und stößt die Tür einen Spalt breit auf. Von draußen wird sie rasch weiter geöffnet. Hanka Kupna kommt herein. In der einen Hand trägt sie einen Henkelkorb, in der anderen eine Kanne. Sie setzt beides rasch ab und schließt die Tür. Boris steckt seine Pistole wieder ein und sagt, das Mädchen interessiert betrachtend: »So sieht sie also aus, Bolesławs Schwester.«

Die junge Polin ist einen Augenblick verlegen, dann weist sie auf die mitgebrachten Dinge und sagt: »Ein Brot, etwas Wurst und eine Kanne Tee.« Dann informiert sie die beiden über die Gewohnheiten der Stallmachs, über die baulichen Besonderheiten des Hauses sowie über die wichtigsten Wege und landschaftlichen Eigentümlichkeiten rund um das Haus. Sie vereinbaren auch Klopfzeichen für Hankas Besuche sowie für den Fall, dass Gefahr eintritt.

Plötzlich verstummt das Gespräch zwischen den dreien

wie abgeschnitten. Draußen ist Motorengeräusch zu hören, und kurz darauf quietschen Bremsen. Wieselflink sind Boris und Werner an dem kleinen Bodenfenster. Sie sind entsetzt, als sie einen Kübelwagen mit einem höheren Polizeioffizier und einen großen Bereitschaftswagen der Polizei sehen, aus dem etwa zwanzig Mann klettern. Sogar zwei Spürhunde haben sie mitgebracht. »Das gilt uns«, vermutet Werner.

Boris zieht seine Pistole. Auch Werner fasst mechanisch dorthin, wo er sonst seine Pistolentasche hat. Aber sie ist bei Dubjenski geblieben. Hanka überlegt, was zu tun sei. Wenn sie jetzt hinausgeht, besteht die Gefahr, dass sie das Versteck verrät. Wenn sie aber nicht zu finden ist, kann das Verdacht erregen. Trotzdem: Sie wird sich schon herausreden, jetzt muss sie erst mal hier bleiben. Boris blickt sich nach Hanka um und nickt ihr zu, als sie ihm mit einer Geste zu verstehen gibt, dass sie bleiben will.

Der Polizeioffizier, Werner erkennt an den Schulterstücken, dass es sich um einen Major handelt, ist inzwischen ausgestiegen. Dr. Stallmach geht ihm entgegen.

»Heil Hitler«, grüßt Major Börle, den Arm wie sein Führer angewinkelt. Stallmach erwidert diesen Gruß, aber die Armbewegung des Ingenieurs deutet ein wenig Resignation und Verlegenheit an. Das ist offenbar auch dem Polizeimajor nicht entgangen. Er zögert einen Augenblick, geht dann aber auf Dr. Stallmach zu und schüttelt ihm die Hand. »Norbert, wie geht es? Man sieht sich so selten.«

Etwas reserviert dankt Dr. Stallmach für die Nachfrage und bittet den Major ins Haus.

»Na, dann wollen wir mal nach dem Rechten sehen.« Börle wird ganz amtlich. Steif steigt er die paar Stufen zum Vorbau der Villa hinauf und verschwindet in der Haustür, gefolgt von Dr. Stallmach und den beiden Begleitern.

Das scheint der Freund zu sein, von dem vorhin zwischen Julian und Stallmach die Rede war. Sollte uns der feine Herr Ingenieur ans Messer geliefert haben, überlegt Werner Schütt. Das hätte ja prompt funktioniert. Auch Boris ist betroffen.

»Wir müssen doch etwas tun!«, mahnt Toni Burian Bolesław beschwörend.

Der wehrt mit einer beschwichtigenden Geste ab: »Julian muss gleich da sein. Dann werden wir weitersehen!«

Toni schlägt mit der flachen Hand auf einen Stein, den Wind und Wasser gerundet und poliert haben. Dann wälzt er sich herum, pflückt einen Grashalm und lässt die reifen Rispen durch seine Finger gleiten. Unruhig steht er auf, weckt Joanna und berichtet ihr, was sie beobachtet haben. Joanna geht mit ihm hinaus vor die Höhle.

Bolesław ist ein wenig ungehalten, weil Toni keine Ruhe gibt, obwohl er doch einsehen müsste, dass im Augenblick nichts zu machen ist. Dann seufzt er, winkt mit der Hand ab, steht auf und geht in die Höhle.

Die nächste Viertelstunde erscheint Toni wie eine Ewigkeit. Endlich ist Julian da. Auf seiner braun gebrannten Stirn perlen Schweißtropfen. Der steile Anstieg hat ihn außer Atem gebracht. Aber auf seinem Gesicht liegt ein Lächeln. Er setzt sich auf ein roh gezimmertes Holzbänkchen vor der Höhle, atmet ein paarmal tief durch, wischt sich den Schweiß aus dem Gesicht und sagt: »Geschafft. Die sind in Sicherheit.«

»Denkste!«, erwidert Toni ernst.

Julian stutzt. Er blickt zu Joanna, Bolesław und seinen anderen Genossen, die in der Runde stehen. »Was ist los?«, fragt er dann.

»Na, sag schon«, fordert Toni Bolesław auf.

Zögernd teilt der Julian in polnischer Sprache mit, dass sie eine Gendarmerieeinheit zur Villa Dr. Stallmachs haben fahren sehen. Dann tritt Stille ein.

Julian wird ernst. Was hat das zu bedeuten?, denkt er. Stallmach!, fällt ihm siedend heiß ein, er beantwortete meine Frage nicht, ob er Börle benachrichtigt hat. Sollte ich mich in ihm getäuscht haben? Steckt er doch mit dem Polizeimajor unter einer Decke? Haben die beiden uns eine Falle gestellt? Halten sie die Beute, die jetzt hineingegangen ist, für dick genug, die Falle zuschnappen zu lassen? Nein, ich glaube es nicht. Solche Leute wie Stallmach stellen keine Fallen. Sie tappen allerdings leicht hinein. Sie werden von den Drahtziehern des Regimes skrupellos gebraucht und geopfert. Je nach Bedarf. Börle, der Gerissene, könnte ihm und uns eine Falle gestellt haben. Oder die Aktion gilt Stallmach allein. Wer weiß, womit er sich in die Nesseln gesetzt hat. Vielleicht liegt irgendetwas gegen ihn vor. Auf alle Fälle müssen wir uns schnellstens orientieren.

Julian ruft seine Leute zu einer Beratung zusammen. Auch Joanna und Toni nehmen daran teil. Da Polnisch gesprochen wird, übersetzt Joanna ihm das Wichtigste in Stichworten. Julian berichtet zunächst von der Befreiung Werners und davon, dass die Gruppe Dubjenskis sich vorerst aus dem Bereich der Partisaneneinheit herausbewege. Werner und Boris seien auf dem Dachboden von Dr. Stallmachs Villa untergebracht, dieser Platz sei damit ein wertvoller Stützpunkt geworden, wichtig für die bevorstehende Aktion Sägewerk. Der Genosse Toni Burian solle ebenfalls dort mitarbeiten. »Da die drei mit den örtlichen Verhältnissen ungenügend vertraut sind, wird die Genossin Joanna Weglowska als Beraterin und ständiger

Verbindungsmann eingesetzt, unterstützt durch Hanka und Bolesław Kupny!«

Toni sieht Joanna an. Sie ist von dieser Entscheidung überrascht. Ihr Gesicht ist nachdenklich, verschlossen.

Nun entwickelt Julian die möglichen Deutungen des Polizeieinsatzes. Es kommt zu lebhaften Debatten, an denen sich auch Joanna und Bolesław beteiligen. Am Ende wird folgendes entschieden: Bolesław, Jan und Józef werden Joanna und Toni auf dem Wege zur Villa begleiten und erkunden, was es mit dem Polizeieinsatz auf sich hat. Zu diesem Zwecke solle nach Möglichkeit auch Kontakt mit Hanka oder Werner und Boris aufgenommen werden. Wenn es die Umstände erlauben, sollen Toni und Joanna in die Villa eingeschleust werden. Im Falle der Gefahr für Werner, Boris und Hanka soll festgestellt werden, welche Maßnahmen zur Befreiung notwendig sind.

Börle geht auf Nora Stallmach zu und begrüßt sie formvollendet mit einem Handkuss. Nora ist überrascht. Diese Höflichkeit, geübt von einem Mann, den man brutale, unmenschliche Henkertätigkeit mit Behagen ausführen sah – das ist schockierend. Börle glaubt Noras Empfindungen zu durchschauen. Verbindlich und anteilnehmend sagt er: »Die Ereignisse der letzten Nacht haben Sie erschreckt, gnädige Frau, ich verstehe das. Aber ich nehme die Sache selbst in die Hand. Das bin ich meinem alten Schulkameraden und seiner charmanten Gattin schuldig.« Mit einer leichten Drehung wendet sich Börle nun wieder an Dr. Stallmach und sagt: »Ich wollte schon längst einmal vorbeikommen. Aber die viele Arbeit hält einen in Atem.«

Nora Stallmach antwortet nur mit einem Nicken auf Börles wortreiche Begrüßung, und auch Dr. Stallmach steht da und wartet.

Börle sieht von einem zum andern, macht ein paar verlegene Schritte und kommt dann zur Sache: »Tja, die Zeit ist knapp. Man muss das Wild jagen, solange die Spur noch frisch ist. Entschuldigen Sie deshalb, gnädige Frau, wenn ich gleich in medias res gehe. Es waren also zwei Mann, Deutsche, Soldaten, die Sie überfallen haben?«

»Ja.«

»Haben Sie beide gesehen?«

Nora antwortet zögernd: »Ja, ich habe sie gesehen. Zwei junge Männer, gar nicht einmal unsympathisch, die Uniformen ...«

»Die Feldmütze, der eine hat doch seine Feldmütze verloren«, kommt ihr Dr. Stallmach zu Hilfe.

Börle scheint das nicht sehr willkommen zu sein. Aber es bleibt ihm nichts anderes übrig, als auf dieses wichtige Indiz zu reagieren. »Ja richtig, die Feldmütze. Kann man die mal sehen?«

Norbert Stallmach blickt seine Frau an und fragt: »Wo hast du sie hingetan, Nora? Ich hole sie.«

Nora, froh, dem Verhör ein wenig ausweichen zu können, winkt mit der Hand ab: »Lass nur, ich geh schon selbst.«

Als sie das Zimmer verlassen hat, tritt Börle ans Fenster, schaut eine Weile hinaus, wendet sich dann plötzlich um und sieht Dr. Stallmach an: »Deine Frau ist wirklich etwas nervös. Wie kommt das bloß?«

Norbert Stallmach hebt nur ratlos die Schultern.

Börle lenkt ein: »Na, wird schon wieder werden. Immerhin, wir sind hier auf einer heißen Spur. Euer Hinweis hilft uns sehr. Ich werde das in meinem Bericht nicht vergessen, alter Junge.« Mit diesen Worten klopft er Dr. Stallmach jovial auf die Schulter.

Der wehrt ab: »Wir haben nur unsere Pflicht getan!«

»Schon, wenn nur alle so dächten ...«

Nora kommt zurück. »Ich kann sie nicht finden. Wo hab ich sie bloß hingetan?« Börle wiegt bedenklich den Kopf.

Dr. Stallmach geht auf Nora zu, er möchte ihr gern helfen und sagt: »Hanka wird sie weggeräumt haben.«

Er öffnet die Zimmertür und ruft: »Hanka, Hanka!« Da er keine Antwort erhält, geht er in Hankas Zimmer.

Nora hat sich in einem Sessel niedergelassen. Sie stützt ihren Kopf in eine Hand. Börle atmet tief ein und bläst die Luft langsam mit einem feinen Zischen aus seinen aufgeblähten Backen wie aus einem Blasebalg heraus.

Im nächsten Augenblick kommt Norbert Stallmach zurück und präsentiert die Feldmütze. »Wie ich vermutete – in Hankas Zimmer lag sie.«

Börle steht mit einem Ruck auf. »Im Zimmer der Polin? Haben Sie die Mütze dorthin gebracht, Frau Stallmach?«

Nora nachdenklich: »Ich weiß nicht, mag sein.«

Börle nimmt die Mütze in die Hand und mustert sie von allen Seiten. Hin und wieder blickt er plötzlich auf, zu Nora, dann zu Norbert. Diesen fragt er: »Und das Dienstmädchen ist in Ordnung, ja?«

»Aber natürlich!«, wehrt Norbert jeden Verdacht ab.

Dann wendet sich Börle seinem Indiz wieder zu. Schließlich gibt er es seinem Begleiter. »Sehen Sie sich das einmal genau an, Böhnke. Sehr interessant.« Zu Nora gewandt, sagt er: »Sind Sie sicher, Frau Stallmach, dass die beiden Deutsche waren? Haben Sie mit ihnen gesprochen? Hatten sie vielleicht einen bestimmten Akzent?«

Nora schüttelt den Kopf. »Nein, ich habe keinen sprechen gehört.«

»Hätte ja sein können«, erwidert der Polizeichef und

wendet sich seinem Begleiter zu: »Na, Böhnke, was sagen Sie?«

»Extraanfertigung, Herr Major!«

»Genau!«

»Frau Stallmach, sind Sie sicher, dass dies die Feldmütze ist, die der Einbrecher verloren hat?«, fragt Börle Nora.

Nora nickt. »Ich würde sie dafür halten.«

Börle übergibt dem Polizeimeister die Mütze und ordnet an: »Setzen Sie die Hunde auf die Spur!«

»Zu Befehl, Herr Major!«, bestätigt dieser und verlässt schnell das Zimmer.

Auch Börle wendet sich zum Gehen. Er setzt seinen Polizeiapparat in Bewegung. Die Polizisten schwärmen schulmäßig aus, die Hunde nehmen Witterung und finden die Spur. Dann zieht der Pulk los wie die wilde Jagd.

Joanna und Toni nehmen einen anderen Weg zur Villa Stallmach. Zwar scheint die Wehrmachtseinheit, die gestern den Waldstrich durchkämmt und dann nahe der Lichtung Quartier bezogen hatte, in den Morgenstunden abgerückt zu sein. Doch ist noch nicht heraus, ob sie nicht einen Außenposten zurückgelassen haben. Als sie in die Nähe der Villa kommen, geht Jan als Kundschafter voraus. Die anderen beobachten aus der Deckung gespannt, wie er die Anhöhe hinaufrobbt, von der man auf die Rückseite der Villa sieht. Obwohl sie genau wissen, wo er ist, entschwindet er zeitweilig ihren Blicken. Er ist im Ausnutzen jeder natürlichen Deckung außerordentlich geschickt. Oben verweilt er längere Zeit. Er besichtigt das Gelände genau. Dann macht er ein Zeichen, vorsichtig zu folgen.

Toni betrachtet das Gebäude und seine Umgebung ebenfalls aufmerksam, während Bolesław und Jan miteinander

ander flüstern. Die Villa liegt etwa fünfhundert Meter entfernt. Das Gelände fällt sanft in dieser Richtung ab. Es ist mit verschiedenen Laubbüschen und jungen Fichten bewachsen. Die Hölzer scheinen nicht gepflanzt, sondern aus angeflogenem Samen aufgegangen zu sein. Für uns geradezu ideal, sagt sich Toni. Genügend Sicht und doch ausreichend Deckung.

Es ist alles ruhig. Vor der Villa stehen zwei Polizeifahrzeuge, ein Kübelwagen und ein großes Einsatzfahrzeug. Jetzt schlendert einer der beiden Fahrer nach vorn, macht sich an dem großen Einsatzwagen zu schaffen und verschwindet dann wieder hinter dem Haus. Alles gemächlich, gelangweilt. Er wird sich was zu Rauchen geholt haben, überlegt Toni. Jedenfalls sieht das hier nicht nach Einsatz aus. Das ist Biwakstimmung. Nach einer Weile kommt der Polizist mit einem anderen plaudernd wieder zurück. Sie gehen ein paar Schritte an den Fahrzeugen vorbei, bleiben stehen, machen kehrt und spazieren wieder weiter. Joanna, die neben Toni liegt, stößt ihn an und deutet mit einer Kopfbewegung auf die beiden. Toni nickt und bestätigt damit, dass er alles registriert hat.

»Was bedeutet das?«, fragt Joanna flüsternd.

»Entweder sind Werner und Boris entwischt, und die Meute sitzt ihnen auf den Fersen, oder sie hocken in ihrem Versteck, und der ganze Aufwand gilt etwas anderem.«

Das idyllische Bild des sonnenbeschienenen Hauses am Rande des herbstbunten Waldes scheint ihnen trügerisch. Sie müssen sich Gewissheit verschaffen. Da der Abhang genügend Deckung bietet, halten sie es nicht für schwierig. Aber während sie noch überlegen, wie sie es anstellen, hinunterzukommen, öffnet sich der Verschlag des Dachbodens. Ein junges Mädchen kommt rasch heraus, und die

Tür wird von innen wieder verschlossen. Das Ganze vollzieht sich in Windeseile.

Joanna flüstert Toni aufgeregt zu: »Hanka. Das ist Hanka!« Sie macht auch Bolesław mit einer Geste aufmerksam, der sich mit einem Lächeln bedankt. Alle sind zuversichtlich, denn wenn sie allein aus der Bodenluke schleicht und diese hinter ihr schnell wieder geschlossen wird, dann müssen dort oben noch andere sitzen. Alles spricht dafür, dass die Polizeiaktion den nächtlichen Einbrechern gilt.

Major Börle kommt an der Spitze seiner Leute in gemächlichem Tempo den Talgrund herauf, an dem munter plätschernden Bächlein entlang. Er nimmt seine Dienstmütze ab, wischt sich mit einem großen Taschentuch den Schweiß von der Stirn und trocknet den Innenrand seiner Kopfbedeckung. Er setzt aber die Mütze nicht gleich wieder auf, sondern erst, als er sich der Villa bis auf wenige Schritte genähert hat. Sein Gang ist müde und resigniert. Als er den Fahrweg betritt, stampft er mit den Füßen zwei-, dreimal auf, aber die feuchte Erde sitzt zu fest an den Stiefeln. Mit den Händen versucht Börle Fichtennadeln und Spinnweben von seinem Waffenrock zu klopfen. Böhnke eilt auf die etwas unbeholfenen Versuche seines Chefs hin sofort zum Kübelwagen, holt eine Kleiderbürste und bürstet dem Major die Uniform ab. Der wehrt sich zwar dagegen: »Lassen Sie man, Böhnke, frischer Dreck ziert den Soldaten.« Aber er lässt seinen Adlatus gewähren.

Während dieser bürstet und reibt, raunt er seinem Chef zu: »Das Dienstmädchen ist inzwischen eingetroffen. Vor ’ner Viertelstunde.«

»Interessant! Schon vernommen?«

»Nein, wollte Herrn Major nicht vorgreifen.«

»In Ordnung, mein Lieber«, antwortet Börle befriedigt. Als Böhnke fertig ist, rückt der Major das Koppel zurecht und setzt die Dienstmütze auf. Seine Haltung strafft sich wieder, als ihm Dr. Stallmach am Aufgang zur Villa entgegenkommt.

»Na, habt ihr Erfolg gehabt?«, fragt der Ingenieur.

»Das sind geriebene Kunden! Aber die entgehen mir nicht. Auf alle Fälle sehe ich nun klarer«, erwidert Börle ausweichend. Und um weiteren Fragen auszuweichen, nimmt er seinen ehemaligen Schulkameraden beim Arm und sagt: »Ich muss mit dir sprechen.«

Sie gehen ins Haus. Börle lässt sich behaglich in einem bequemen Sessel nieder, nimmt die angebotene Zigarre, schlägt auch den Cognac nicht aus, plaudert, dass der Wald hier oben zwar schön, aber anstrengend sei und nichts über einen gut gepolsterten Sessel gehe. Und dann, ohne Übergang, ohne Pause fragt er: »Wie heißt doch dein Dienstmädchen?«

Dr. Stallmach, der bis dahin seinen Gast bedient hat und sich eben dem Major gegenübersetzt, blickt ihn überrascht an. »Hanka, Hanka Kupna«, antwortet er.

»Kann ich sie jetzt mal sprechen?«

»Natürlich.« Dr. Stallmach steht auf, öffnet die Tür seines Arbeitszimmers und ruft hinaus: »Hanka!«

Sie kommt aus der Küche: »Bitte, Herr Doktor?«

»Der Herr Major hat ein paar Fragen an dich.« Mit einer Geste fordert er sie auf, in das Arbeitszimmer einzutreten.

Hanka bleibt in der Nähe der Tür stehen. Sie macht einen etwas verschüchterten Eindruck. Offenbar hat sie Furcht vor Börle. Diesem entgeht das nicht. Er ist mit sich zufrieden. Wo Börle aufkreuzt, kocht die Wurst im Kessel, sagt er sich. Das ist gut so. Die Angst, das ist so ein

Treibstöffchen, richtig eingesetzt, tut es Wunder! Süde sieht Hanka lange und durchdringend an. »Sie wissen, wer ich bin?«, fragt er schließlich.

»Ja, Herr Major.«

»Na also, dann werden wir uns sicher gut verstehen. Wo waren Sie während des Vorfalls heute Nacht?«

»Ich habe die Türen des Schuppens und des Bodens verschlossen.«

»Haben Sie Frau Stallmachs Schrei gehört?«

»Ja.«

»Was haben Sie daraufhin gemacht?«

»Ich bin in die Küche geeilt.«

»Dann hätten Sie doch den beiden geradezu in die Arme laufen müssen!«

Hanka hebt die Schultern.

»Sie wollen die beiden also nicht gesehen haben?«

»Nein.«

»Merkwürdig. Ein paar Schritte vom Geschehen entfernt und hat nichts bemerkt«, wendet sich Börle Dr. Stallmach zu.

»Doch. Ich habe Frau Stallmachs Schrei gehört, und dann habe ich auch die Mütze gefunden«, wendet Hanka ein.

»Ah, die Mütze. Sie haben sie also gefunden. Wo?«

»In der Küche.«

»Und dann haben Sie die Mütze in Ihr Zimmer geschafft?«

»Ja. Frau Stallmach hat mich gebeten, sie aufzuheben.«

»So. Und wo waren Sie vorhin?«

»Wann?«

»Na, so vor zwei, drei Stunden?«

»Da war ich unten im Dorf.«

»In welchem Dorf?«

»In Beskowica.«

»Was haben Sie dort gemacht?«

»Ich war bei meiner Großmutter.«

»Die wohnt dort? In welchem Haus?«

»Das zweite von rechts, wenn man von hier oben kommt.«

»Machen Sie uns nichts vor! Wir prüfen das nach!«

»Das können Sie.«

»Ich brauche Sie jetzt nicht mehr. Aber halten Sie sich zur Verfügung. Vielleicht haben wir später noch Fragen.«

Hanka verlässt erleichtert das Zimmer. Börle wendet sich jetzt Dr. Stallmach zu: »Tja, mein Lieber, ich habe das Gefühl, dass ich für kurze Zeit ein paar Leute bei dir einquartieren muss.«

Dr. Stallmach erschrickt. Er beherrscht sich zwar, aber es ist Börle nicht entgangen. Dann hat er sich wieder gefasst: »Hasso, ich bitte dich. Wozu das?«

Börle blickt seinem Schulkameraden in die Augen. »Zu deiner und deiner Gattin Sicherheit.«

»Gott, es ist doch nichts passiert!«

»Noch nicht, mein lieber Norbert. Wir wollen den Vorgang nicht bagatellisieren. Ich glaube nämlich nicht daran, dass es nur um Butter und Brot und Schinken ging. Es handelt sich hier um größere Beträge. Ich bin mir ziemlich sicher, dass wir es mit russischen Fallschirmspringern zu tun haben.«

»Donnerwetter! Woraus schließt du das?«

»Die haben ihre Spuren verwischt, alle Sicherheitsvorkehrungen getroffen, sind durch einen Bach gewatet. Das machen nur clevere Burschen. Ganz sicher, die beiden sind von besonderem Kaliber. Und die besuchen die Villa Stallmach nicht, um zu frühstücken, wenigstens nicht Butterbrote. Sag mal, an deinem Schreibtisch war alles in Ordnung?«

»Alles.«

»Die Demontageunterlagen, die Einsatzpläne der sowjetischen Gefangenen, alles unangetastet?«

»Garantiert. Die habe ich nämlich gar nicht hier.«

»Hm. Gar nicht hier?«

»Nein, die sind im Werk. Im Panzerschrank.«

»Seit wann hast du sie überhaupt in der Hand?«

»Die hat mir der Sonderführer Barnach vorgestern überbracht.«

»Vorgestern? Na schön.«

Börle erhebt sich und geht ein paarmal im Zimmer hin und her. Dr. Stallmach sieht ihm zu. Schließlich sagt er: »Also, Hasso, deine Befürchtungen – ich weiß nicht recht. Sollten die drüben von der Aktion Wind bekommen haben? Aber wie denn?«

»Ja, wie? Das frage ich mich auch. – Also, es bleibt dabei, ich schicke ein paar Leute. Für alle Fälle. Empfehle mich deiner lieben Gattin. Heil Hitler, Norbert.«

Dr. Stallmach erwidert den Gruß mit einer müden Armbewegung.

»Sie sind weg. Jetzt können wir an das Haus heran«, sagt Joanna. Jan und Józef bleiben zur Sicherung auf der Höhe. Joanna, Toni und Bolesław schleichen, die Deckung ausnutzend, vorsichtig an das Haus heran. Ohne Zwischenfall erreichen sie die Außentür, die von der steilen Seite des Hanges unmittelbar in den Boden des Hauses führt. Toni klopft vorsichtig an die Tür und sagt halblaut: »Ciupaga acht. Werner, Boris.«

Darauf öffnet sich die Tür einen Spalt breit.

»Boris! Werner, Bruderherz!«, freut sich Toni und umarmt die Freunde, froh, dass die beiden die Polizeiaktion wohlbehalten überstanden haben.

»Pst!«, bremst Boris den Überschwang des Berliner Jungen. »Feind hört mit!« Dabei deutet er, vielsagend lächelnd, mit dem Daumen nach unten.

Werner deckt die nach unten führende Luke wieder mit Matratzen ab. Dann berichtet Toni von Julians Vorschlag. Werner, Boris und Toni sollten auf dem Boden bleiben, Joanna die Verbindung halten und sie beraten. Zuerst müsse man herausfinden, ob die Deutschen hier wirklich etwas planten und was.

»Einiges haben wir schon heraus«, erwidert Werner. »Wir wissen zum Beispiel, dass der Sonderführer Barnach dem Herrn Doktor Stallmach vorgestern präzise Demontagepläne des Sägewerks und Einsatzpläne für sowjetische Kriegsgefangene übergeben hat. Börle hat die polizeiliche Sicherung der Aktion übernommen und wird zu diesem Zweck einen Polizeiposten in der Villa errichten. Möglich allerdings, dass die Herren Polizisten, wenn sie hier eintreffen, gerade den Boden für ein geeignetes Quartier halten!«

»Na, ich denke doch, in diesem Falle wird sich der Doktor nicht aufs Dach steigen lassen«, wirft Toni ein.

So hoffen sie alle, und doch ist ihnen klar, dass diese Polizeiaktion eine große Gefahr bedeutet. Aber dringender als zuvor besteht die Notwendigkeit, die Position hier oben auf dem Boden zu halten.

Dann aber kommen Toni Bedenken: »Lauschposten, gut und schön. Die Aktion wird anlaufen, und wir werden hier oben hören, wie's läuft. Aber vielleicht können wir dann nichts mehr ändern. Die Leisetreterei schmeckt mir nicht.«

Werner nickt. Die anderen schweigen. Allen leuchten Tonis Einwände ein. Man müsste die Sache noch anders angehen.

»Dann müssen wir eben an Stallmach heran. Der ist doch im Bilde. Und ich denke, er arbeitet mit uns zusammen?«

Joanna winkt ab. »Dieser Weg ist aussichtslos. Der Mann legt sich nicht fest, und seine Zusammenarbeit beschränkt sich auf ein passives Dulden.«

Wie aber dann? Toni erhebt sich und geht vorsichtig auf Zehenspitzen zum Fenster, blickt kurz hinaus, wendet sich dann um und sagt plötzlich: »Wozu haben wir eigentlich unsere prächtigen Ausweise von der Abwehr aus Krakau? Damit können wir uns direkt in die Höhle des Löwen wagen. Wir haben uns entschieden, hier zu bleiben, um zu helfen, da müssen wir auch etwas Sinnvolles unternehmen: Wir werden persönlich beim Polizeichef vorsprechen.«

Alle sind überrascht.

Werner wendet ein: »Wenn ich mir vorstelle, wie wir da angerückt kommen, per pedes, wie zwei staubige Landbriefträger. Und dann zücken wir die Ausweise der Abwehr. Die lachen sich ja tot!«

»Wieso per pedes? Wir fahren vor, standesgemäß, wie es sich gehört«, erwidert Toni.

»Wie das?«

»Mit einem Kübelwagen der deutschen Wehrmacht, freundlicherweise zur Verfügung gestellt von der Feldgendarmerie des Kreises.«

Werner blickt verständnislos, bis Joanna ihm erläutert, wie sie in den Besitz des Wagens gekommen sind.

»Und sogar Reservebenzin haben wir noch, einen halben Kanister«, setzt Toni noch eins drauf.

»Aber kein Nummernschild der Abwehr Krakau«, dämpft Werner Tonis Tatendrang.

»Was tut's!«, will Toni den Einwand entkräften.

Boris wiegt bedenklich den Kopf und warnt: »Also wenn ihr euch auf dieses gefährliche Spiel einlassen wollt, dann müssen die Details stimmen. Die Polizei ist bestimmt unterrichtet, dass der hiesigen Feldgendarmerie ein Kübelwagen abhanden gekommen ist, und wird auch das Kennzeichen des Wagens wissen. Ohne ein anderes Nummernschild geht es nicht.«

»Dann müssen wir eben eins beschaffen!«, unterstützt Joanna Tonis Plan.

»Woher?«, fragt Boris.

»Von den Genossen in Kraków. Ich würde hinfahren.«

Bolesław, der bisher geschwiegen hat, äußert jetzt Bedenken, man könne eine so weitgehende Aktion nicht ohne Julians Einverständnis unternehmen. Werner hält dem entgegen, dass es nach allem, was Boris und er dem Gespräch Börles mit Dr. Stallmach entnommen haben, um jede Stunde gehe. Deshalb müsse sofort gehandelt werden. Er sehe auch keine andere Möglichkeit, das Geschehen in die Hand zu bekommen, deshalb sei er für den Besuch bei Polizeichef Börle. Bolesław solle Julian berichten, was bisher bekannt sei.

Boris ist überzeugt, dass Julian den Plan billigen würde. Entscheidend sei Werners und Tonis Einschätzung der Möglichkeiten und ihre Bereitschaft. Im Übrigen liege das Vorhaben in der Richtung des Grundauftrages für die deutschen Genossen.

»Was wir aber unbedingt brauchen, ist ein Reiseauftrag für Joanna.«

»Den müsste man doch über Dr. Stallmach bekommen

können?«, meint Bolesław und bringt damit zum Ausdruck, dass er seine Bedenken hat fallen lassen. »Um vier Uhr morgen früh fährt ein Zug nach Kraków«, fügt er hinzu.

»Also müssen wir den Reiseauftrag sofort beschaffen«, konstatiert Boris.

»Und auch eine andere Kluft«, verlangt Joanna, auf ihre wetterfeste halbmilitärische Bekleidung hinweisend.

»Die kann Hanka besorgen«, sagt Bolesław.

»Und wann kannst du zurück sein?«, fragt Werner.

»Wenn alles klappt und der Zug pünktlich fährt, am Nachmittag. Ich glaube, so um zwölf herum geht ein Zug von Kraków zurück.«

Bolesław präzisiert Joannas Angabe: »Fünfzehn Uhr achtzehn trifft der Zug planmäßig in der Kreisstadt ein. Bleiben bis Dienstschluss in der Kreisverwaltung noch knapp zwei Stunden.«

»Das könnte ausreichen«, meint Werner.

»Also werde ich mich um Papiere und Kleidung kümmern«, sagt Boris, sich erhebend.

Auch Bolesław steht auf und verabschiedet sich mit den Worten: »Und ich werde Julian Bericht erstatten.«

Major Börle eilt, die Mütze absetzend, das Koppel abschnallend, durch sein Vorzimmer. »Leutnant Pelka sofort zu mir!«, befiehlt er. Dann ist er in seinem Zimmer verschwunden.

Eine halbe Minute später betritt der Herbeigerufene das Vorzimmer. »Wie ist die Stimmung?«, fragt Pelka den Dienst habenden Wachtmeister.

»Wie ein Taifun ist er hier durchgebraust«, antwortet der, hebt den Telefonhörer ab, drückt auf den Knopf und meldet Pelka beim Chef an.

»Sofort reinkommen!«, wiederholt der Diensthabende die Worte des Chefs.

»Na, denn wohn wir mal«, seufzt Pelka, drückt die Klinke nieder und meldet sich mit exakter militärischer Haltung zur Stelle.

»Stehen Sie bequem, Pelka«, wehrt Börle alle Förmlichkeit ab, fordert seinen Untergebenen auf, Platz zu nehmen. Er bietet sogar eine Zigarre an und nimmt sich selbst eine. Wenn Börle die gemütliche Kasinostimmung heraufbeschwört, dann führt er meist etwas im Schilde. Pelka blickt ihn ruhig und abwartend an, während Börle versucht, sich energisch und wichtig zu geben. »Die Aktion Sägewerk ist angelaufen«, sagt er und klatscht mit einem Lineal, das er in der rechten Hand hält, in seine Linke.

Pelka zeigt keine Regung. Er sollte lieber berichten, wie der Einsatz abgelaufen ist, denkt er.

Börle merkt, dass seine feierlich-ernste Haltung nicht verfängt. Deshalb wird er leutselig: »Stellen Sie sich vor, ich komme von der Villa Stallmachs, wir haben die Serpentinenstrecke gerade hinter uns, Böhnke tritt in die Pedalen, damit wir Land gewinnen, da sehe ich, na, so 'nen halben Kilometer vor uns, einen LKW. Wehrmacht. Hält. Ich nehm den Feldstecher: Da hieven doch so 'n paar Gestalten eine Rolle Stacheldraht hinten hoch, klettern dann nach wie die lahmen Enten, und der Laster setzt sich wieder in Bewegung. Ich sage zu Böhnke: Schneller fahren! Und als wir mit dem Wehrmachtsdiesel auf einer Höhe sind, winke ich ihn rechts ran. Im Führerhaus des Wagens sitzt neben dem Fahrer ein Oberfeldwebel, offenbar der Führer dieses Haufens. Sitzt da und glotzt mich an wie ein Weltwunder. Ich warte. Nichts tut sich. Da platzt mir der Kragen: ›Was ist das für eine Schlamperei hier!‹, pfeife ich die Bagage an.

Und nun kommt das Tollste. Lehnt sich doch dieser Kerl mit Kopf und Schulter aus dem heruntergekurbelten Wagenfenster und leiert: ›Vorkommando für das Sägewerk, Herr Major.‹ Was sagen Sie dazu, Pelka?«

»Typisch Wehrmacht. Nehmen uns nicht für voll, Herr Major.«

»Genau. Aber wenn ihnen das Nationalkomitee Läuse in den Pelz setzt, wenn ihnen die Fallschirmspringer auf der Nase rumtanzen und die Partisanen ihnen die Kübelwagen unterm Hintern klauen, dann sollen wir in die Bresche springen. Na, diesem Feldwebel habe ich jedenfalls den Marsch geblasen. Was meinen Sie, wie fein der sein Männchen gebaut hat: ›Oberfeldwebel Bachholz mit zweiunddreißig russischen Kriegsgefangenen und sechs Mann Bewachung auf dem Wege zum Sägewerk Beskowica.‹ Wie auf dem Kasernenhof hat das geklappt. Die Brüder können schon, wenn sie wollen. Sagenhaft, wie an manchen Stellen die Schlamperei um sich greift!«

Nach diesem Satz setzt sich der Major leger auf eine Kante seines Schreibtisches. Er scheint nachdenklich. Pelka überlegt, worauf will er hinaus? Warum erzählt er mir diese belanglose Anekdote von seiner Rückfahrt? Warum kein Wort von der Fahndung? Offenbar war es ein Schlag ins Wasser. Börle hat nicht mehr Glück gehabt als seine Kollegen von der Feldgendarmerie. Ich möchte wetten, dass die Einbrecher in die Villa des Doktors von der Flakhelferkompanie stammen, die neulich bei dem Partisanenangriff mit Mann und Maus verschwunden ist.

»Übrigens, Pelka«, knüpft Börle den Faden, nun etwas sachlicher, wieder an. »In dem Sägewerk und bei Stallmach scheint mir auch nicht alles in Ordnung zu sein.«

Pelka merkt auf. Jetzt wird es interessant. Er fragt: »Haben Sie etwas gefunden? Doktor Stallmach? Oder seine Frau? Spielen die mit gezinkten Karten?«

Börle winkt ab: »Stallmach ist ein viel zu harmloses Gemüt. Nee, mein Lieber, da verschwenden wir unsere Zeit. Ich habe ihm ein wenig auf den Zahn gefühlt, er soll ruhig wissen, dass wir nach allen Seiten hin wachsam sind. Aber diese Spritze hilft ihm über die Runden, glaube ich. Dem flattert der Frack im Winde. Verdächtig ist mir das Dienstmädchen. Ich bin überzeugt, dass sie mit den Einbrechern zusammenhängt. Erstens erfolgt der Einbruch gerade in dem Augenblick, als sie den Schuppen abschließt, und zweitens, warum hat sie so lange dafür gebraucht? Sie hätte doch die Einbrecher noch sehen müssen, wenn sie auf Frau Stallmachs Schrei hin gleich in die Küche gelaufen wäre. Entweder steckt sie mit den Einbrechern unter einer Decke, oder sie war während des Einbruchs nicht im Hause. Und da wäre wieder interessant, zu erfahren, wo sich dieses Fräulein des Nachts rumtreibt. Auch heute Morgen, als wir kamen, war sie spurlos verschwunden. Sie gibt an, bei ihrer Oma in Beskowica gewesen zu sein. Ja, Pelka, weshalb erzähle ich Ihnen das alles? Ich habe nämlich meinem Freunde Doktor Stallmach polizeilichen Schutz versprochen. Und Sie sollten diese Aufgabe übernehmen.«

Diese letzten Worte sagt Börle mit süffisanter Ironie. Pelka ist natürlich sofort klar, dass es hier um anderes geht als um die Sicherheit der Familie Stallmach.

»Ich soll also dieses Dienstmädchen unter die Lupe nehmen?«, fragt Pelka vorsichtig, um hinter den eigentlichen Sinn seiner Mission zu kommen.

»Auch, Pelka, auch. Schnappen Sie sich schleunigst einen Kübelwagen mit Fahrer und zwei Mann, quartieren Sie sich in der Villa ein, am besten in diesem Schuppen. Da haben Sie das Haus und die Umgebung im Griff. Ich glaube nämlich, dass sich mehr in der Umgebung tut als im Hause selbst. Das Sägewerk müssen Sie ebenfalls im Auge behalten. – Und vergessen Sie nicht: Da sind clevere Burschen am Werke!«

Während Pelka den Raum verlässt, kommt ihm der Gedanke, ob Börle das Ganze nicht nur veranstaltet, damit er, Pelka, während des Besuchs des Standartenführers außer Reichweite ist. Dann erfährt die Maus unterm Tisch nichts von seiner Pleite mit den angeblichen Fallschirmspringern. Darum dieses auf wichtig polierte Außenkommando. Fein ausgedacht. Aber warte nur, es ist nichts so fein gesponnen …

»Wenn alle Stränge reißen, dann müssen wir Joanna eben rausholen, und ab über die Berge.« Werner Schütt schlägt die Tür des Kübelwagens zu.

»Da wäre es aber besser gewesen, wir hätten Boris nicht am Stadtrand abgesetzt.«

»Wer konnte denn ahnen, dass die ausgerechnet heute Kontrolle machen.«

Werner eilt, so weit das die Haltung eines Oberleutnants der Wehrmacht zulässt, die Stufen zur Bahnhofshalle hinauf. Hastig stößt er die Pendeltür auf. Der Zug läuft bereits ein. Der Raum vor der Sperre ist nicht groß. An den beiden Ausgängen haben sich je zwei Polizisten postiert, die die Reisepapiere und in Stichproben auch das Gepäck kontrollieren. Etwas abseits von der Sperre steht der Streifenführer, ein Polizeimeister, mit zwei weiteren Leuten. An den Enden des Bahnsteiges sowie hinter den Pendeltüren des Einganges stehen ebenfalls Posten.

Werner hat die Lage sofort erfasst. Das hat uns gerade

noch gefehlt, denkt er. An der Sperre werden indessen die ersten Reisenden kontrolliert. Wer einer genaueren Prüfung unterworfen werden soll, muss rechts heraustreten. Joanna nähert sich langsam der Sperre. Sie trägt ein elegantes blaues Wollkleid mit einem breiten weißen Ledergürtel. Sie sieht gut aus. In der Hand hält sie eine Reisetasche aus Bast. Werner versucht herauszufinden, nach welchen Gesichtspunkten die Polizisten ihre Schäfchen sortieren. Der erste, der zu genauerer Kontrolle zur Seite geschickt wird, trägt einen prallgefüllten Rucksack und außerdem zwei Koffer. Er sieht aus wie ein Bauer, der auf dem Wege zum Markt ist. Auch der zweite hat gewichtiges Gepäck bei sich. Daraus schließt Werner, dass sie Hamsterer suchen. Dann aber muss ein schmächtiger älterer Herr zur Seite, der wie der Kantor eines armen Sprengels aussieht. Er hat lediglich eine dünne Aktentasche.

Die Polizisten verrichten ihre Arbeit wortlos, sachlich. Keine Miene und keine Bewegung verrät den Zweck ihres Tuns. Sechs, sieben Leute sind inzwischen ausgesondert worden und harren bangend der Dinge, die da kommen. Jede Selektion dieser Art kann ja den Tod bedeuten. Wie viele sind auf diese Weise verschwunden und nie mehr zurückgekehrt. Niemand weiß das besser als Joanna. Jetzt ist sie dran. Der Polizist, ein älterer Mann, so Mitte vierzig, schnurrbärtig wie sein Oberster Kriegsherr, faltet den Reiseauftrag auseinander. Dann sieht er Joanna an. Mustert sie von oben bis unten. Einen Moment scheint er unschlüssig. Dann weist er mit dem Kopf nach rechts zu den anderen Wartenden. Den Reiseauftrag steckt er in den Ärmel seines Waffenrockes.

Werner und Toni haben den Vorgang aus etwa zehn Meter Entfernung beobachtet. Sie stehen am Zeitungsstand.

Kein Mensch kümmert sich um die beiden deutschen Soldaten. Nur mühsam unterdrückte Feindseligkeit beherrscht die Reisenden, aber auch Angst vor den deutschen Beamten, die mit pedantischer Gründlichkeit die Geschäfte des Todes besorgen. Werner zieht sein Zigarettenetui heraus und klopft sich eine Zigarette zurecht. Toni spielt den aufmerksamen Fahrer und gibt ihm in straffer Haltung Feuer.

»Jetzt wird's brenzlig«, sagt Werner.

»Vielleicht hat sie gar kein Nummernschild«, wendet Toni ein.

»Aber bestimmt ihre Pistole«, erstickt Werner diesen Hoffnungskeim.

Toni lässt Joanna nicht aus den Augen. Er beobachtet, wie sie ihre Basttasche aus der rechten Hand an den angewinkelten linken Arm hängt. Jetzt kann sie mit der rechten Hand jederzeit hineinfassen. Toni weiß sofort, was Joanna plant. Er stößt Werner an. »Du, die lässt's gar nicht erst zur Kontrolle kommen. Sie hat aber doch keine Chance. Es wäre Wahnsinn.«

Werner nickt. Dann sagt er: »Bleib hier, Toni, schieße uns gegebenenfalls den Ausgang frei. Aber ich glaube, es wird nicht nötig sein.«

»Was hast du vor?«, fragt Toni.

Werner, bereits im Gehen, macht nur noch eine abwehrende Handbewegung, dann marschiert er selbstbewusst quer durch die Halle auf den Einsatzleiter zu. Auch Joanna hat Werner entdeckt. Sie beobachtet unauffällig, aber genau, was er vorhat. Er stellt sich dem Polizeimeister vor, erkundigt sich, ob er es mit dem Einsatzleiter zu tun hat. Als der Befragte das bejaht, sagt er laut und bestimmt, sodass auch Joanna, die ja nur wenig entfernt steht, es hören muss: »Ich warte hier auf eine Frau mit einem Reiseauftrag des Sägewerks Beskowica. Wenn Sie die Dame entdecken, festnehmen und in die Bahnhofskommandantur bringen.« Während er das sagt, zeigt er dem Polizisten seinen Abwehrausweis. Der nimmt den Ausweis in die Hand und betrachtet ihn ganz genau. Offenbar hat er noch kein Dokument dieser Art gesehen. Dann strafft sich seine etwas laxe Haltung.

»Verstanden, Herr Oberleutnant«, bestätigt er den Auftrag, fügt dann aber einschränkend hinzu: »Kann jedoch für nichts garantieren. Die Hälfte ist schon durch.«

Dann wendet er sich an den Posten an der Sperre und erteilt ihm eine entsprechende Weisung. Werner winkt Toni herbei, beide gehen durch die Sperre.

Inzwischen hat der Streifenführer den Dienstauftrag des Sägewerks in der Hand. Der Posten, der ihn übergeben hat, weist auf Joanna. Werner und Toni bemerken, dass alles klappt, und schlendern auf das Dienstzimmer der Bahnhofskommandantur zu. Noch ehe sie es erreichen, übergibt ihnen der Polizeimeister Joanna: »Einer Überstellung an die Abwehr steht nichts im Wege!«

»Suchen Sie bestimmte Leute?«, fragt Werner.

»Reine Routinesache«, erwidert der Polizeimeister ausweichend. Dann legt er salutierend die Hand an seine Dienstmütze und geht wieder zurück. Er zieht sein Notizbuch hervor und trägt den Vorfall ein. Werner wendet sich an den Bahnhofskommandanten, einen alten Oberleutnant der Reserve, weist sich aus und erbittet ein Zimmer für die Vernehmung. Das wird ihm freundlichst gewährt. Werner führt, da er nicht weiß, ob das Zimmer eine Abhöranlage hat, eine sachliche Überprüfung der Personalien durch und erklärt dann: »Fräulein Weglowska, Sie sind verhaftet. Folgen Sie mir. Machen Sie keine Schwierigkeiten. Bei Fluchtversuch wird sofort geschossen.«

Dann verlassen Werner und Toni mit Joanna den rauchgeschwärzten Backsteinbau des Bahnhofs und fahren davon. Der Polizeimeister blickt ihnen interessiert nach. Ein Stück außerhalb der Stadt halten sie an.

»Gottvater sei Dank!«, atmet Toni auf.

»Geklappt!« Werner nickt erleichtert.

Joanna lächelt beide dankbar an, sagt aber nichts. Sie muss den Schock erst überwinden.

»Sah verdammt mulmig aus«, sagt Toni Burian, »aber ich glaube, jetzt müssen wir weiter. Wir haben schon genug Zeit versäumt.«

Joanna hat sich wieder gefangen und berichtet, wie sie in Krakau das Nummernschild erhalten und von einigen Einzelheiten, die sie noch erfahren hat und die für Werner von Bedeutung sein können. Unter anderem erzählt sie, dass der Chef der Abwehrleitstelle Krakau, Oberst von Homburg, etwa einsneunzig groß, dunkel, vorgestern nach Berlin geflogen und bis jetzt noch nicht zurück sei.

Toni wechselt das Nummernschild aus. Werner postiert Joanna an einer gut getarnten Stelle, die mit Boris, der sich nach der Aktion mit ihr treffen soll, vereinbart worden ist. Werner gibt ihr auch Instruktionen, wie lange sie warten soll. In die Stadt hinein darf sie auf keinen Fall. Wenn die Sache schief geht, soll sie Julian sofort unterrichten.

Während Werner und Toni Joanna vom Bahnhof abholten, schlenderte Boris, wie vereinbart, in Zivil durch die Zufahrtsstraße zum Markt. In einer Seitenstraße liegt die Kreisverwaltung der Polizei, Börles Residenz. Boris setzt sich in das Café schräg gegenüber dem Amtsgebäude. Es ist wenig Betrieb, denn der Zichorienkaffee und der aus vielen Ersatzmitteln zusammengerührte Kuchen, der nur auf Brotmarken abgegeben wird, haben wenig Reiz für die in

Süßspeisen verwöhnten Polen. Und die deutschen Polizisten oder Soldaten bekommen in ihren Kantinen Besseres. Boris setzt sich an einen der kleinen Tische direkt an der großen Schaufensterscheibe. So kann er die Polizeiresidenz jederzeit im Auge behalten. Muss mal ein elegantes Haus gewesen sein, denkt er, als er sich in dem kleinen Café umsieht. Marmortische, die Stühle haben Bastsitze und oval geschwungene, runde Holzlehnen. Nicht sehr bequem, aber vornehm. Etwas verblichen wirkt die Eleganz. Kein Wunder, nach so viel Jahren Krieg. Der Name des Cafés ist in großen weißen Buchstaben auf die Fensterscheibe gemalt. Usambara, entziffert er mühselig die Spiegelschrift. Ein merkwürdiger Name!

Boris blickt wieder aufmerksam zur Kreisverwaltung. Da tut sich was. In rascher Fahrt nähern sich zwei Wagen, ein Kübelwagen der SS und dahinter eine Mercedes-Limousine. Vor dem Haupteingang halten sie an. Aus dem Kübelwagen springt ein Sturmführer, öffnet die hintere Tür des Mercedes. Ein höherer SS-Führer steigt aus. Der Posten vor dem Polizeigebäude präsentiert das Gewehr. Boris kann nicht erkennen, welchen Rang der Besucher hat. Auf alle Fälle ein hohes Tier. Seine Limousine hat einen Stander. Das ist nur bei höheren Kommandeuren der Fall. Das passt gar nicht in unser Konzept, sagt sich Boris und winkt der Kellnerin. Er will Werner und Toni warnen, erst vorzufahren, wenn der Mercedes wieder weg ist. Als er aber auf die Straße tritt, sieht er seine beiden Genossen bereits um die Ecke biegen. Es ist zu spät, jetzt darf er sie nicht mehr kennen.

Der Fahrer des SS-Kübelwagens, der hinter seinem Lenkrad sitzt, macht den neben der Limousine stehenden Fahrer auf sie aufmerksam: »Die kommen aus Krakau!«

Der Angeredete blickt sich nach dem langsam heranrollenden Wagen um. »Tatsächlich, Abwehr, eine Nummer der Abwehr. Was wollen die denn hier?«

Der Sturmführer vor dem Eingang der Kreisverwaltung, der das Gespräch mit angehört hat, kommt jetzt langsam die Stufen herab und geht dann vor den beiden SS-Fahrzeugen auf und ab.

Werner und Toni entdecken die beiden Wagen vor der Kreisverwaltung und sehen auch Boris aus dem Café treten.

»Die haben uns gerade noch gefehlt!«, flucht Toni leise.

»Trotzdem. Wir können nicht mehr zurück.«

Toni nickt, fährt rechts ran. Der Wagen hält auf der gegenüberliegenden Straßenseite der Kreisverwaltung, genau auf der Höhe des Mercedes. Werner steigt aus. Die Haltung des SS-Sturmführers strafft sich etwas. Er postiert sich an der untersten Stufe des Aufgangs. Werner geht energisch und bestimmt auf das Portal zu. Als er an dem Sturmführer vorüber will, stellt der sich ihm in den Weg.

»Moment, Herr Oberleutnant«, sagt er gelassen.

Werner sieht ihn erstaunt an und erwidert nur, ebenso ruhig und sicher: »Ja?«

»Wohin wollen Sie?«

»Das sehen Sie doch!«, antwortet er und will seinen Weg fortsetzen.

Der Polizeiwachtposten, der bisher vor seinem Schilderhaus stand, Gewehr bei Fuß, tritt jetzt vor die Eingangstür, zum Zeichen, dass er niemand ohne die Erlaubnis des Sturmführers hineinlassen wird.

»Wenn Sie sich bitte ausweisen wollen!«, fordert der Sturmführer, noch immer freundlich, aber etwas energischer im Ton als zuvor.

»Dazu bin ich Ihnen gegenüber wohl kaum verpflichtet«, stellt Werner fest.

»In diesem Falle, ja.«

»In meinem Falle, nein, Herr Sturmführer.«

»Wie Sie wollen, aber ich bedaure, Sie dann nicht passieren lassen zu können.«

Bei diesen Worten des Sturmführers sind drei seiner Leute wieselflink mit ihren Maschinenpistolen aus dem Wagen gesprungen. Die beiden Fahrer beobachten Toni.

»Bitte, erklären Sie mir, was das Theater bedeutet«, verlangt Werner ruhig.

»Bedaure, Sie können nicht passieren!«

»Ich komme in einer dringenden dienstlichen Angelegenheit, die keinen Aufschub duldet. Wenn Sie mich hindern, werden Sie die Konsequenzen zu verantworten haben, Herr Sturmführer«, sagt Werner jetzt scharf und zeigt ihm seinen Sonderausweis.

Der SS-Offizier sieht den Ausweis nur flüchtig an, lächelt überlegen: »Warum nicht gleich so, Herr Oberleutnant?«

Dann macht er mit der Hand eine einladende Geste. Der wachhabende Polizist tritt wieder vor sein Schilderhaus. Die SS-Leute schultern ihre Maschinenpistolen. Der SS-Sturmführer sagt: »Ich begleite Sie.«

Als die beiden verschwunden sind, nimmt ein Obertruppführer den Posten des Sturmführers am Eingang ein und sagt, zu dem Polizeiposten gewandt, aber so laut, dass es auch Toni hören kann: »Die Herren von der Wehrmacht! Wollen immer eine Extrawurst gebraten haben!«

Der Sturmführer bringt Werner in das Vorzimmer des Chefs und weist ihm mit der Hand einen Platz an. Aber Werner tritt an den Schreibtisch des Dienst habenden Polizeioffiziers. Im Hintergrund sitzt eine weibliche Schreibkraft in Polizeiuniform. Der Dienst habende Offizier telefoniert.

»Nein, Pelka, es geht nicht, Sie können den Chef jetzt nicht sprechen … Seh alles ein … natürlich! Ich notiere.«

Der Leutnant, der bis dahin hinter seinem Schreibtisch stand, setzt sich, holt sich ein Blatt Papier und einen Bleistift mit der freien Hand heran und stenographiert mit, was sein Gesprächspartner durchgibt. »Gut, Pelka, ich habe alles. Ich wiederhole noch einmal. Doktor Stallmach hat Anzeige erstattet, dass seiner Frau ein wertvolles Modellkleid, blau, Wolle, mit weißem Ledergürtel, abhanden gekommen ist. Aus einem Maßatelier in Krakau. Verdacht gegen Dienstmädchen hat sich verdichtet. Angegebenes Alibi stimmt nicht. Alles klar. Wir rufen zurück, sobald der Major frei ist. Sie sind bei Doktor Stallmach zu erreichen …? In Ordnung. Heil Hitler, Pelka.«

Werner hat dieses Gespräch mit Erschrecken und Unbehagen gehört. Hanka ist in größter Gefahr! Wenn man sie nur warnen könnte! Jetzt wendet sich der Leutnant an ihn: »Herr Oberleutnant wünschen?«

Werner weist sich aus und verlangt den Chef zu sprechen.

»Im Moment unmöglich, Herr Oberleutnant. Aber wenn Sie warten wollen? Bitte!«

Damit bietet er ihm mit einer Geste den Stuhl neben dem Sturmführer an. Der Sturmführer lächelt Werner erneut herausfordernd an. Der hält es jedoch für klüger, sich in kein Gespräch einzulassen. So entsteht eine peinliche Stille, die nur von den Geräuschen der Schreibmaschine unterbrochen wird.

Werner ist heilfroh, als sich endlich Börles Tür öffnet und der Chef seinen Gast, den SS-Standartenführer, verabschiedet. Der Sturmführer springt auf wie ein Stehaufmännchen. Alles Laxe und Nachlässige in seiner Haltung ist verschwunden, er steht bereit, allen Winken seines Herrn zu gehorchen. Auch Werner hat Haltung angenommen, das Fräulein hat zu tippen aufgehört, und Börle stelzt mit devoter Förmlichkeit um den Hoheitsträger aus Krakau herum. Der Standartenführer sieht Werner an, bleibt vor ihm stehen und sagt: »Ah, die Wehrmacht. Was verschafft uns diese Ehre?«

Werner meldet vorschriftsmäßig: »Oberleutnant Schütt, Abwehr, Leitstelle Krakau.«

Der Standartenführer blickt kurz zu seinem Sturmführer. Der nickt bestätigend, dass er diese Angaben geprüft hat.

»Ah, vom alten Homburg. Sieh mal an. Hätte er mir doch sagen können, wenn er etwas braucht.«

»Der Herr Oberst ist seit zwei Tagen unterwegs. Und die Sache duldet keinen Aufschub, Herr Standartenführer.«

»Ah ja, richtig. Haben ihn vorgestern nach Berlin zitiert. Er ist noch nicht zurück? Scheint sich um größere Beträge zu handeln. Und was führt Sie nun zu uns?«

Werner sieht sich im Raume um.

Aber der Standartenführer macht eine wegwerfende Handbewegung: »Keine Sorge, hier können Sie reden, hier sind Ihre Geheimnisse sicher wie in Abrahams Schoß. Börles Laden ist dicht wie Görings Luftabwehr«, schließt er ironisch. Der Major nickt mit stolzgeschwellter Brust. Und der Sturmführer lächelt vielsagend.

Werner kommt nicht umhin, sein Anliegen vorzutragen: »Ich habe den Auftrag, nach zwei Männern zu fahnden, an denen wir äußerst interessiert sind. Zwei Fallschirmspringer aus einem russischen Flugzeug.«

»Von diesem so genannten Nationalkomitee?«

»Vermutlich, Herr Standartenführer.«

»Und hier abgesprungen?«, fragt dieser mit einem vorwurfsvollen Blick auf Börle.

Der Major nimmt Haltung an und bestätigt: »Bekannt. Habe bereits entsprechende Maßnahmen eingeleitet. Pelka hat die Sache in der Hand«, rapportiert er. Verdammter Mist, denkt er, da schiebe ich den Pelka ab in die Berge, und dann kommt mir dieser Unglücksmensch von der Abwehr in die Quere.

Trotzdem blickt ihn der Standartenführer vorwurfsvoll an und stellt fest: »Da muss also erst die Abwehr kommen, damit man erfährt, was hier los ist. Auf diese Weise ist eine Zusammenarbeit mit der Abwehr äußerst wünschenswert. Ich erwarte genauesten Bericht.«

Mit diesen Worten hebt der Standartenführer den Arm zum Deutschen Gruß und geht, gefolgt von seinem Sturmführer, eilig davon. Börle streicht sich mit der linken Hand das Kinn. Seine Mitarbeiter wissen, das macht er immer, wenn er besonders missmutig ist. Der Diensthabende zaudert deshalb, ihn jetzt mit Pelkas Neuigkeiten zu behelligen. Soll der Kollege von der Wehrmacht erst mal auslöffeln, was er da eingebrockt hat.

»Also wegen dieser vertrackten Geschichte kommen Sie. Na schön, bitte«, sagt der Major schließlich und weist mit der Hand auf die offen stehende Tür zu seinem Arbeitszimmer, zum Zeichen, dass Werner eintreten soll.

Major Börle hat sich gravitätisch hinter seinen Schreibtisch gesetzt und das Lineal wieder in die Hand genommen, das er nach der Unterredung mit Pelka in eine Bakelitschale gelegt hatte.

Werner steht vor dem Schreibtisch des Majors, der sicher nicht aus Zerstreutheit versäumte, ihm einen Platz anzubieten. Die Rache des kleinen Mannes, sagt sich Werner. Aber es ist ihm sehr unangenehm, dass sein Gegenüber derart verärgert ist. Das muss mein Vorhaben erheblich komplizieren, denkt er.

Börle scheint mit der Wirkung seiner gewollten Unachtsamkeit nicht zufrieden. Er weist griesgrämig auf einen Stuhl. Werner setzt sich.

»Wie war Ihr Name?«

»Schütt, Herr Major, Oberleutnant Werner Schütt.«

»Abwehr, sagten Sie?«

»Jawohl, Abwehr.«

»Sie sind mir aber von keiner Seite avisiert, Herr Oberleutnant!«

Werner Schütt lässt sich nicht aus der Ruhe bringen. »Wenn Herr Major gestatten«, erwidert er. »Sie wissen so gut wie ich, dass unsere Fernsprechleitungen, zumal im besetzten Gebiet, nicht ganz dicht sind. Feind hört mit! Herr Major. Und das möchten wir besonders in einem Fall wie diesem vermeiden.«

»Also zur Sache«, winkt Börle ab.

»Wir haben ziemlich zuverlässige Hinweise, dass hier im Kreis zwei Agenten des so genannten Nationalkomitees ›Freies Deutschland‹ abgesprungen sind.«

»Ich auch«, erwidert Börle einsilbig.

»Diese Leute erzielen im Frontbereich zunehmend Wirkung, Herr Major.«

»Bekannt«, quittiert Börle, abermals mit dem Unwillen des Verärgerten.

So komme ich ihm nicht bei. Diese Festung muss mit stärkerem Geschütz attackiert werden, überlegt Werner, und er fährt fort: »Weshalb werden die Agenten gerade in Ihrem Kreis abgesprungen sein, Herr Major? Wir machen uns darüber Gedanken.«

Börle begreift schlagartig, dass es jetzt gefährlich für ihn werden kann und welchen Bärendienst er sich geleistet hat, als er eine sofortige Meldung an den Standartenführer unterließ. Wenn er jetzt nicht genügend objektive Gründe für den Absprung in seinem Gebiet auftischen kann, dann wird man – und nicht nur die Leute von der Abwehr – Vermutungen anstellen. Zu Werners Überraschung schiebt ihm Börle freundlich die Zigarrenkiste hin: »Bedienen Sie sich, Herr Oberleutnant. Keine schlechte Sorte.«

»Verbindlichsten Dank«, erwidert Werner, klappt den Deckel des perlmuttverzierten Holzbehälters auf, entnimmt ihm, mit Bedacht wählend, eine Havanna, beschneidet die Spitzen mit einem Zigarrenabschneider, den Börle aus seinem Schrank holt, und raucht sie mit Genuss an. Nach den ersten Zügen betrachtet er die Zigarre genauer und erklärt bewundernd: »Ausgezeichnete Sorte, Herr Major.«

Börle, der sich inzwischen gleichfalls eine Zigarre angesteckt hat, nickt bestätigend. »Nicht ganz leicht aufzutreiben, heutzutage!« Er weiß jetzt, dass er nur eine Möglichkeit hat, nämlich mit dem Oberleutnant zusammenzuarbeiten, um unter allen Umständen diese Fallschirmspringer zu fassen, die einzige Chance, aus der Sache herauszukommen, ohne Haare zu lassen. Der Major gibt sich einen Ruck, erhebt sich und wandert im Zimmer hin und her, in der Rechten die Zigarre, die Linke in Koppelhöhe waagerecht über den Rücken gelegt, eine Pose, die er dem Schauspieler Otto Gebühr in der Rolle Friedrichs des Zweiten abgesehen haben mag. Nach einer Weile bleibt er stehen und erklärt, seine Ausführung mit Gesten der rechten Hand unterstreichend: »Wir haben da ein Sägewerk, Riesenbetrieb, wertvollster Maschinenpark, enorme Holzvorräte. Das Holz muss zum Stellungsbau an die Front und die Maschinen ins Reich. Eine Aktion von kriegswichtiger Bedeutung. Wir haben seit heute an die zweihundert kriegsgefangene Russen dort eingesetzt. Anschließend wird man sehr einfach mit ihnen verfahren. Sie verstehen?«

Werner runzelt die Stirn und sieht Börle an. »Nicht ganz«, gibt er zu.

»Na, Sie wissen doch, wir können unmöglich wegen dieses Russenpacks unsere kostbare Transportraumkapazität strapazieren. Und Väterchen Stalin werden wir sie auch nicht hinterlassen, das ist klar.«

Werner Schütt nickt, zum Zeichen, dass er verstanden habe. Das war vermutlich auch das Gesprächsthema zwischen Börle und dem Standartenführer.

»Das sind natürlich Dinge, die die Herren von der anderen Feldpostnummer interessieren. Da würde man uns gern einen Riegel vorschieben. Wenn Sie uns helfen wollen, diese Burschen dingfest zu machen, dann sind Sie herzlich eingeladen zur Fuchsjagd.«

»Angenommen.« Werner verneigt sich knapp und fügt hinzu: »Mir ist nur nicht ganz klar, wie man in Moskau so schnell Wind bekommen haben sollte von dieser Aktion.«

»Das frage ich mich auch. Einen Augenblick habe ich geglaubt, dass über den Sägewerkdirektor Doktor Stallmach etwas durchgesickert ist, zumal die Agenten nach ihrem Absprung seine Villa angelaufen sind. Aber das scheint so gut wie ausgeschlossen. Er hat die Pläne viel zu spät erhalten, als dass sie über ihn den Russen bekannt geworden sein könnten. Trotzdem müssen wir die Villa im Auge behalten. Vor allem das polnische Dienstmädchen muss beobachtet werden. Ich habe schon einen meiner besten Leute auf diese Fährte angesetzt. Wenn Sie interessiert sind, schalte ich Sie in die Ermittlungen ein.«

Werner akzeptiert das Angebot.

Börle beendet seine Wanderung durch das Zimmer und setzt sich wieder hinter seinen Schreibtisch. Einen Augenblick sieht er nachdenklich auf die Tischplatte. »Mir kommt da eine Idee. Ich könnte Sie doch ohne weiteres in der Villa des Sägewerkdirektors einquartieren, sagen wir: als zuständigen Offizier des Heeresbeschaffungsamtes, das klingt glaubwürdig und erregt keinerlei Verdacht.«

Werner glaubt nicht recht zu hören. Das hätte er sich im Traum nicht einfallen lassen, dass ihn der deutsche Polizeichef legal dort einquartieren will, wo der Partisanenkommandeur ihn illegal logieren lässt. Sofort kommen ihm Zweifel. Wenn etwas zu glatt geht, kann es sich um eine Falle handeln. Vorsichtig wendet er deshalb ein: »Herr Major, Sie haben vorhin durchaus verständliche Verdachtsmomente gegen die Familie Stallmach vorgebracht, ist es dann zweckmäßig, dass wir uns einen so wackligen Sitz für unsere Operation wählen?«

»Verdacht gewiss. Aber wegen der Stallmachs können Sie unbesorgt sein. Für Sie gibt es da keinerlei Gefahr, Herr Oberleutnant. Außerdem habe ich Leutnant Pelka mit drei Mann bereits in der Villa untergebracht.«

Jetzt wird Werner Schütt hellhörig. »Halten Sie es für günstig, so viel Leute in Stallmachs Villa zu stationieren, das muss doch auffallen und unsere Feinde warnen?«

»Ich werde mir's überlegen, wen ich zurückbeordere. Sie sollten aber auf alle Fälle da sein. Ich rufe Stallmach und Pelka gleich an und avisiere sie.« Damit geht Börle zur Tür.

Werner ist einverstanden, macht Börle aber noch darauf aufmerksam, dass er der Ordnung halber auch seinen Fahrer mit anmelden solle.

Nachdem der Major das Zimmer verlassen hat, kommen

Werner Schütt Bedenken, warum Börle nicht den Apparat in seinem Zimmer benutzt, sondern doch offensichtlich vor ihm verheimlichen möchte, was er durchgibt. Sollte er nur vortäuschen, Dr. Stallmach anzurufen und in Wirklichkeit sich in Krakau bei der Abwehr nach einem Oberleutnant Werner Schütt und seiner Mission erkundigen? Werner geht ans Fenster und blickt auf die Straße. Da ist alles ruhig und normal. Toni sitzt scheinbar gelangweilt hinter dem Lenkrad. Aber er behält alles im Auge, was auf der Straße und am Eingang geschieht. Boris ist wieder ins Café zurückgegangen.

Werner wendet sich um, sieht sich Börles Schreibtisch an. Da entdeckt er die schriftliche Anweisung, wie mit den sowjetischen Kriegsgefangenen zu verfahren ist. Werner muss an sich halten. Hier wird ein Massenmord wie ein Verwaltungsakt vollzogen. Ruhig bleiben!, suggeriert er sich.

»Woher sind Sie so sicher, dass Ihr Dienstmädchen das Kleid nicht gestohlen hat?«, fragt Leutnant Pelka Dr. Stallmach.

»Weil ich sie kenne. Ich traue es ihr nicht zu.«

Pelka schüttelt missbilligend den Kopf. »Mit Gefühlen kommen wir hier nicht weiter, Doktor Stallmach.«

Der Ingenieur zuckt mit den Schultern, geht hinter seinen Schreibtisch und zündet sich eine Zigarette an.

Pelka fährt fort: »Sie haben mir doch bestätigt, dass zum Schlafzimmer nur Ihre Frau, Sie und das Dienstmädchen Zugang haben. Da bleibt doch lediglich dieses Fräulein als tatverdächtig übrig. Zumal sie sich aus dem Staube gemacht zu haben scheint. Denn immerhin ist sie seit Stunden nicht gesehen worden.«

»Sie hat Verwandte in der Nähe, die sie ab und an besucht.«

»Ohne sich abzumelden?«

»Im Allgemeinen sagt sie uns, wo sie hingeht. Aber es ist natürlich auch schon vorgekommen, dass sie es vergessen hat.«

»So, so, nun da will ich Ihnen nur sagen, dass wir das Alibi der jungen Dame überprüft haben. Es stimmt nicht!«

Dr. Stallmach weiß nicht, was er darauf antworten soll.

Und Pelka nutzt sofort seine Überlegenheit: »Ich bitte um Ihr Einverständnis, wenn wir jetzt eine gründliche Hausdurchsuchung vornehmen.«

Dr. Stallmach setzt sich wieder. »Nein, nein, wozu, was soll das alles? Wenn man mir mitten in der Nacht in meinem Speisezimmer die Wurst vom Brot stehlen kann, warum soll man da nicht auch die Kleider meiner Frau aus dem Kleiderschrank entwenden können. Sie machen sich das zu einfach, Herr Leutnant.«

In diesem Augenblick läutet das Telefon. Pelka, der bereits zu einer Erwiderung angesetzt hat, hält inne.

Dr. Stallmach nimmt den Hörer ab und meldet sich. »Hasso, du? Du kommst mir gerade recht. Ich protestiere auf das entschiedenste gegen das Verhalten deiner Leute. Du hattest mit mir abgesprochen, ein paar Mann zu unserem Schutz hierherzuschicken. Jetzt vernimmt mich dein Leutnant wie ein Verbrecher, und auch eine Haussuchung will er vornehmen. Eben. Das finde ich auch. Es wäre mir lieb, wenn du ihm das selber sagst. Ich gebe ihn dir. Noch eine andere Sache …? Zwei Herren von der Wehrmacht? Langsam entwickelt sich mein Haus zu, na, nicht Wallensteins, sondern Börles Lager! Gut. Wenn es sich nicht vermeiden lässt … Einverstanden! Ich gebe dir jetzt Leutnant Pelka.«

Pelka übernimmt den Hörer. Zunächst hört er sich Börles Verhaltensmaßregeln an.

Dr. Stallmach ist froh, dass Börle nicht auf der Hausdurchsuchung besteht. Offenbar eine Eigenmächtigkeit des Beamten. Nicht auszudenken, wenn die die Einquartierung auf dem Boden aufstöbern. Eine unangenehme Lage! Dann wird Dr. Stallmach hellhörig.

Pelka fragt: »Haben Sie denn meine Meldung nicht bekommen …? Na, über den Diebstahl eines Kleides von Frau Stallmach. Ich hätte jetzt noch hinzuzufügen, dass es ganz den Anschein hat, als sei das Dienstmädchen geflohen. In ebendiesem Kleid … Jawohl, Fahndungsmeldung wäre zweckmäßig … Unter diesen Umständen sind Sie also auch einverstanden, dass wir die Haussuchung durchführen und dass Kramer im Schuppen stationiert bleibt … Jawohl, Herr Major. Habe verstanden … Geht in Ordnung. Heil Hitler!« Damit legt er den Hörer auf, strafft sich und sagt: »Herr Doktor Stallmach. Sie haben alles gehört, Sie erlauben doch, dass ich jetzt mit der Hausdurchsuchung beginne.«

»Ich erlaube nichts!«

»Kramer, eine Leiter. Wir beginnen auf dem Boden.«

Hanka hat das Gespräch zwischen Pelka und Dr. Stallmach vom Boden aus verfolgt. Sie begreift die Gefahr für sich und ihre Freunde. Auf dem Boden befinden sich noch Sachen von Joanna. Auch Lebensmittel sind noch da. In einer Minute vielleicht werden sie hier oben sein. Das Zeug muss weg. Sie sammelt die zerstreut liegenden Sachen zusammen, so schnell und so leise wie möglich.

In dem Augenblick, als sie durch den direkten Ausgang ins Freie zu entkommen sucht, öffnet Kramer die Luke, die vom Schuppen auf den Boden führt.

Kramer ruft: »Halt. Stehen bleiben!« Aber Hanka läuft, so schnell sie kann, davon. Im nächsten Augenblick ist Kramer an der schmalen Bodentür. Hanka konnte sie zwar noch zuwerfen, aber nicht verschließen. Er stößt die Tür auf, entdeckt Hanka dicht vor den ersten Büschen, reißt die Maschinenpistole hoch und drückt ab. Hanka fällt getroffen zu Boden. Kramer und Pelka beobachten das Gelände. Es bleibt alles ruhig. Dann untersuchen sie das Mädchen. Hanka ist tot.

Börle kehrt lebhaft zurück. »Geht alles klar!«, sagt er, während er sich schwungvoll um seinen Schreibtisch bewegt. Dabei schwenkt er in der Hand den Zettel mit der Meldung, die sein Dienst habender Offizier aufgenommen hat, als Werner im Vorzimmer wartete.

»Entschuldigen Sie einen Augenblick«, sagt er dann zu Werner Schütt, setzt sich und liest Pelkas Meldung.

»Das wird ja immer schöner! Erst klauen sie ihm die Wurst vorn Brot, und jetzt holen sie ihm die Kleider aus dem Schrank. Ein blaues Modellkleid!« Zu Werner Schütt gewandt, fügt er hinzu: »Das wird Sie interessieren. Es handelt sich nämlich um Doktor Stallmach.«

Dann erzählt er Werner von dem Überfall auf Frau Stallmach, von seiner Vermutung, dass es sich um die beiden Fallschirmspringer gehandelt habe, und dem Verdacht Pelkas, der auf zwei versprengte Jungs von einer Flakhelfereinheit tippe, die man in eine aktive Infanteriekompanie umgewandelt hatte und die beim Marsch an die Front von einer Partisaneneinheit angegriffen worden war.

»Also behalten Sie die Augen offen, Herr Oberleutnant. Passen Sie vor allem auf das Dienstmädchen auf. Übrigens, nach diesem neuerlichen Diebstahl kann ich – auch Stallmach gegenüber – nicht umhin, einen meiner Leute im Schuppen der Villa zu postieren. Ich gebe Ihnen mein

Wort, dass er Ihre Aufgabe keinesfalls behindern wird. Im Gegenteil. Gegebenenfalls können Sie mit seiner Hilfe rechnen.« Der Major erhebt sich, reicht Werner die Hand, um zu zeigen, dass er das Gespräch für beendet erachtet. »Grüßen Sie Doktor Stallmach von mir. Und besten Erfolg, Herr Oberleutnant!«

»Ich bedanke mich, Herr Major«, erwidert Werner, macht eine knappe Verbeugung, hebt dann die Rechte vorschriftsmäßig zum Hitlergruß, der seit dem 20. Juli auch in der Wehrmacht gültig ist. Börle erwidert den Gruß zufrieden. Die Sache ist doch nicht ganz so verfahren, wie es ursprünglich schien.

Werner geht rasch durch das Vorzimmer, den Korridor entlang, die Treppe hinunter. Er weiß jetzt, dass Börle keinen Verdacht geschöpft hat. Aber trotzdem wird er das Gefühl nicht los, als könnten jederzeit aus einer Tür zwei, drei Mann mit Maschinenpistolen im Anschlag heraustreten und sich ihm in den Weg stellen. Unbehelligt passiert er die Eingangspforte. Am Treppenaufgang begegnet ihm der Polizeimeister, der die Bahnhofskontrolle durchgeführt hat. Der hat ihn auch erkannt. Überrascht verhält er einen Augenblick, als er ihn sieht, doch dann grüßt er freundlich und geht in das Haus, während Werner in seinen Kübelwagen einsteigt.

»Wird auch langsam Zeit!«, brummt Toni, lässt den Motor an und gibt Gas. Boris verlässt das kleine Café und geht in der entgegengesetzten Richtung davon.

Joanna atmet in ihrem Versteck erleichtert auf, als sie den Kübelwagen mit Werner und Toni auf der Landstraße ankommen sieht. Sie biegen in einen Seitenweg ein und klettern in Joannas Versteck, um auf Boris zu warten. Dass sie als Vertreter des Heeresbeschaffungsamtes bei Dr. Stallmach offiziell, mit polizeilicher Genehmigung Quartier beziehen können, löst zunächst Heiterkeit aus. Als Werner aber von der Gefahr berichtet, in der Hanka schwebt, werden alle sofort still und nachdenklich. Gleich nach Boris' Ankunft fahren sie los. In rasender Fahrt erreichen sie die Stelle, an der die Straße zur Villa abzweigt. Joanna und Boris steigen aus. Sie sollen an der Stelle, wo bisher der Kübelwagen verborgen war, warten, bis Werner und Toni geklärt haben, wie die Lage in der Villa ist. Toni wird sie am Abend unterrichten. Dann muss entschieden werden, ob sie weiter auf dem Dachboden logieren können oder zu Julian müssen. Werner und Toni fahren sofort zur Villa.

Vor dem Haus steht Pelkas Kübelwagen, die vier Polizisten warten rauchend am Aufgang des Hauses, wie die Jäger nach der Hatz. Pelka begrüßt Werner und sagt, er sei von Major Börle über alles orientiert und habe den Befehl, Oberleutnant Schütt bei der Familie Dr. Stallmach einzuführen. Dann berichtet er vom Ergebnis der heute durchgeführten Haussuchung. Das Dienstmädchen, schwerbelastet, habe dabei versucht, sich durch Flucht der Verantwortung zu entziehen. Man sei deshalb zum Gebrauch der Waffe gezwungen worden. Er glaube zwar nicht, dass sie mit den beiden russischen Fallschirmagenten etwas zu tun habe, wie Börle vermute, wahrscheinlich hätte sie aber Beziehungen zu polnischen Partisanen unterhalten.

Werner Schütt nickt nur, auch Toni Burian muss um Fassung ringen, damit er sich nicht verrät.

Dr. Stallmach hat von seinem Arbeitszimmer aus den Kübelwagen Werner Schütts und Toni Burians herankommen sehen. Er geht zu seiner Frau, die, erschüttert von dem eben Erlebten, noch immer starr am Bücherschrank lehnt.

»Geh rüber in dein Zimmer, Nora, und leg dich ein bisschen hin«, sagt er.

Sie antwortet nicht.

»Es ist alles furchtbar, ich weiß. Aber wir können es nicht ändern. Beruhige dich bitte. Wir dürfen die Nerven nicht verlieren, sonst ist alles aus.«

Nora schweigt noch immer, aber sie sieht ihn fassungslos an.

»Ich habe manches falsch gemacht, Nora, ich bin mir darüber im Klaren. Aber wer weiß schon, wie man es richtig macht. Alles geschah im Grunde genommen nur deinetwegen. Ich wollte dich schützen.«

»Ich habe geahnt, dass du mir etwas verheimlichst«, sagt Nora endlich, fast tonlos.

Dr. Stallmach macht eine Geste der Ratlosigkeit und des Bedrücktseins.

»Erkläre mir wenigstens jetzt, was eigentlich los ist!«, verlangt Nora.

Dr. Stallmach tritt ans Fenster und blickt auf die Gruppe: Pelka und Werner Schütt schicken sich eben an, ins Haus zu treten. »Alles durchschau ich selber nicht. Außerdem ist jetzt nicht der richtige Augenblick. Wir erhalten Besuch.«

»Besuch, Besuch! Spürhunde, die uns dein Börle auf den Hals hetzt. Einen nach dem Anderen. Und du gehst ihm um den Bart! Vorgestern der Überfall – sofort hast du Anzeige erstattet. Heute diese völlig belanglose Sache mit dem Kleid – im gleichen Augenblick machst du Meldung. Du hast deine Pflicht erfüllt, wie immer. Aber Hanka ist tot!«

Ehe Norbert Stallmach etwas erwidern kann, klopft es an der Tür.

Pelka lässt Werner Schütt den Vortritt, schließt die Tür, tritt dann vor. »Darf ich bekannt machen: Herr Oberleutnant Werner Schütt, Heeresbeschaffungsamt – Ehepaar Doktor Stallmach.«

»Bitte nehmen Sie Platz, meine Herren«, fordert Dr. Stallmach auf und weist auf die bequemen Sessel seines Arbeitszimmers, die um einen mit einer Glasplatte bedeckten runden Tisch stehen. »Ich bin erstaunt, dass sich das Heeresbeschaffungsamt für den Abtransport des Holzes und der Maschinen interessiert, da doch der Sonderführer Barnach mir gegenüber erklärte, dass die ganze Sache in seinen Händen liegt«, wendet sich Dr. Stallmach sachlich an Werner Schütt.

»Meine Dienststelle legt Wert darauf, unmittelbaren Einblick in diese Aktion zu gewinnen. Ich bedaure allerdings sehr«, fügt Werner, sich gegen Nora Stallmach verneigend, hinzu, »dass ich Ihnen in dieser an sich schon schwierigen Situation Ungelegenheiten bereite.«

»Wir sind darauf eingestellt. Herr Börle hat uns informiert«, erwidert Nora zurückhaltend.

»Ich habe Herrn Oberleutnant von den Vorfällen der letzten Tage unterrichtet«, erklärt Pelka Dr. Stallmach. »Und ich möchte Sie bitten, ihn gegebenenfalls von allen weiteren Vorkommnissen sofort in Kenntnis zu setzen. Herr Schütt arbeitet eng mit uns zusammen und genießt das volle Vertrauen des Herrn Majors Börle.«

Norbert Stallmach blickt Pelka an und dann Werner Schütt. Eine merkwürdige Eintracht zwischen Heer und Polizei, überlegt er. Was gehen denn das Heeresbeschaffungsamt Einbrüche und Diebstähle an? Es ist ja wirklich wie in Wallensteins Lager, eine buntes Durcheinander. Niemand kennt sich mehr aus, wer was für wen besorgt. Polizeichef, Sonderführer, Wehrmachtsoffiziere und wer weiß was alles noch marschiert hier auf.

»Ich hätte nie vermutet, dass unser Haus so vielen amtlichen Stellen Interesse abverlangt«, sagt Dr. Stallmach schließlich zu seiner Frau.

In diesem Augenblick klopft es. Einer von Pelkas Leuten kommt mit Sachen, die sie gefunden haben. Er will wissen, was damit geschehen soll. In einem Wäschekorb liegen Joannas Kleidungsstücke neben Konservendosen, unberührten und bereits geöffneten. Auch das Brot entdeckt Werner, von dem Toni am Morgen noch abgeschnitten hat.

»Das haben Sie auf dem Boden sichergestellt?«, fragt Werner Pelka.

»Ja, das heißt, wir fanden es bei dem Mädchen, das diese Sachen vom Boden wegzuschaffen versuchte.«

»Sie können also nicht einmal mit Sicherheit sagen, ob diese Dinge auf dem Boden deponiert waren?«, fragt Werner rasch.

Pelka zögert ein wenig und muss dann zugeben: »Nein!«

»Sie können uns auch nicht sagen, woher diese Sachen stammen?«, wendet sich Werner an die Familie Stallmach.

»Ich bin doch keine Ratte, die in alle Winkel des Hauses kriecht! Das habe ich bereits dem Herrn Leutnant erklärt!«, reagiert der Ingenieur verärgert.

Nora Stallmach steht auf und betrachtet die Kleidungsstücke genauer. Dann sagt sie: »So viel steht fest: Dieser Mantel, diese Bluse und dieser Rock gehören weder Hanka noch mir. Ich kenne ihre Garderobe ganz genau. Vielleicht stammen die Sachen noch vom ehemaligen Besitzer der Villa.«

»Wer bewohnte das Haus vor Ihnen?«, fragt Werner.

»Der Inhaber des Sägewerks, ein Pole«, erwidert Dr. Stallmach, und seine Frau fügt hinzu: »Er wurde vor einem Jahr verhaftet.«

Werner geht jetzt ebenfalls zum Korb, nimmt das Brot heraus und eine der geöffneten Dosen. Er stellt fest: »Wehrmachtsbestände. Noch ziemlich frisch. Damit hat sich Ihre Vermutung erledigt, gnädige Frau.«

Dr. Stallmach sieht Werner Schütt forschend an. Was mischt sich eigentlich dieser Magazinwurm vom Beschaffungsamt in die polizeilichen Angelegenheiten? Und dieser Leutnant, der vorher so selbstbewusst auftrat, nimmt das unwidersprochen hin? Und wie kommt Börle dazu, mir den Mann ins Haus zu setzen, der sich aufspielt wie der Großinquisitor? Woran liegt es bloß, dass jetzt jeder, der über meine Schwelle tritt, kriminalistischen Ehrgeiz zeigt? Auf alle Fälle muss ich schleunigst diesem Julian mitteilen, dass er ab sofort alle Kontakte unterlassen muss. Wenn ich nur wüsste, wie?

Nora Stallmach erhebt sich und sagt: »Mich entschuldigen Sie jetzt bitte. Ich möchte ein Zimmer für unseren Gast herrichten.« Dann verlässt sie den Raum.

Pelka schaut auf die Uhr. »Tja, für mich wird es auch Zeit. Meine Mission hier ist vorerst erfüllt. Für alle Fälle postiere ich den Kramer im Schuppen. Vielleicht leistet Ihr Feldwebel ihm Gesellschaft, Herr Oberleutnant?«

»Verbindlichsten Dank für die Anregung«, entgegnet Werner.

Pelka erhebt sich und will ebenfalls das Zimmer verlassen.

Sein Wachtmeister, der den Waschkorb hereinbrachte, nimmt Haltung an und fragt ihn: »Und was soll mit diesen Sachen geschehen, Herr Leutnant?«

Pelka überlegt einen Augenblick, dann entscheidet er: »Wir werden alles wieder auf dem Boden deponieren. Ich könnte mir vorstellen, dass die Besitzer dieser Sachen zurückkommen. Wenn sie nichts mehr vorfänden, wären sie gewarnt.«

Da sei Gott vor, denkt Stallmach. Nicht auszudenken, wenn die Leute gefasst würden, wenn vielleicht herauskäme, dass er, Stallmach, mit den Partisanen Kontakte unterhält … Wenn er nur diesem Julian einen Wink geben könnte!

Danach fährt Pelka mit zweien seiner Leute davon. Kramer und Toni Burian richten sich im Schuppen ein, so gut es geht. Werner schickt Toni später zu Joanna und Boris und verstrickt seinerseits den Polizisten in ein Gespräch, um ihn abzulenken.

»Gewagt! Sehr kühn, alle Achtung«, kommentiert Julian Bolesławs Bericht von der Konferenz in der Villa. »Ich hätte das nie von ihnen verlangen können. Aber wenn sie es von sich aus machen und wenn es gelingt, dann kann es uns sehr helfen«, fügt er hinzu.

»Und wenn es fehlschlägt?«, fragt Bolesław.

»Tja, Bolesław, eine Lebensversicherung gibt es in solchen Zeiten nicht. Jeden von uns kann es jederzeit erwischen.«

Bolesław weiß es und nickt. Es ist merkwürdig. Oft wagt man selbst halsbrecherische Handstreiche und denkt mit keiner Faser an die Gefahr, in der man schwebt. Und dann wieder überkommt es einen. Da sieht man tausend Möglichkeiten, die Verderben bringen könnten. Und bei Bolesław tritt das besonders ein, wenn er Freunde bedroht weiß, dann spielt ihm seine Phantasie die tollsten Streiche.

Nach einer Weile des Überlegens sagt Julian: »Also: Die Deutschen wollen das Sägewerk im Eilzugtempo demontieren und die Holzvorräte, die sie für den Stellungsbau benötigen, abtransportieren. Dazu sollen sowjetische Kriegsgefangene eingesetzt werden. Daraus ergibt sich, dass die Deutschen nicht damit rechnen, die Front halten zu können, sondern sich schon jetzt auf weiter rückwärts gelegene Linien orientieren.«

»Und was ergibt sich daraus für uns?«

Julian sieht seinen Genossen lächelnd an. »Dass wir bald frei sind, Bolesław! Und dass es viel Arbeit gibt. Was meinst du?«

Bolesław wiegt den Kopf. »Ja, ich würde sagen, wir müssen erstens den Abtransport verhindern und zweitens die Gefangenen befreien.«

Julian nickt. »Schön wär's, wenn uns das gelänge. Aber wir müssen weiterdenken, Bolesław. Bald werden die Deutschen abziehen. Wir werden frei sein, von den Bergen herab einmarschieren in Bielsko, in die Kreisstadt. Und unsere Landsleute müssen darauf vorbereitet sein. Deshalb ist es notwendig, dass wir das Manifest des Komitees der Nationalen Befreiung vom zweiundzwanzigsten Juli verbreiten. Jeder muss es kennen. Es muss in die Wohnungen, an die Hauswände der Städte und Dörfer. Wenn es die Deutschen abreißen, dann kleben wir es eben wieder an.«

Bolesław wiegt bedenklich den Kopf. »Hast du die Exemplare denn schon? Sonst brauchen wir uns nicht den Kopf zu zerbrechen, wer sie anklebt. Und außerdem möchte ich zu bedenken geben: Wenn wir uns mit der Aktion Sägewerk befassen, werden wir wenig Zeit dafür erübrigen können.«

»Wir haben die Plakate, und sie werden geklebt. Und die Handzettel verteilt«, erklärt Julian entschieden.

Boris klopft zum zweiten Mal an die Haustür, etwas lauter als das erste Mal. Frau Stallmach kommt aus dem Fremdenzimmer, das neben dem des Dienstmädchens liegt. Sie öffnet die Tür. Boris zieht beflissen seine Mütze und grüßt:

»Guten Abend, Frau Ingenieur! Verzeihen Sie bitte, ich muss dringend den Herrn Ingenieur sprechen.«

»Was, so spät am Abend noch? Hat das nicht Zeit bis morgen früh?«, will ihn Nora abwimmeln.

»Es geht um das große Sägegatter. Es muss heute Nacht ausgebaut werden. Aber wir kommen nicht klar damit«, versucht Boris die Frau von der Notwendigkeit des Gesprächs zu überzeugen.

Frau Stallmach zögert. »Ich weiß nicht, ob ich ihn jetzt stören kann, er hat Besuch.«

Boris ist verzweifelt. Er kann ihr doch nicht sagen, dass er von den Partisanen kommt und ihr Mann sehnsüchtig auf einen von ihnen wartet. Aber ist es Ahnung, Zufall, oder hat Dr. Stallmach Boris' Stimme gehört – jedenfalls öffnet sich die Tür, Dr. Stallmach tritt in die Diele und schaut ihn im abendlichen Halbdunkel an, als überlege er, wo er ihn schon einmal gesehen habe. Schließlich fragt er: »Was wünschen Sie?« Seine Haltung ist betont kühl und distanziert, als wolle er mahnen: Vorsicht! Wir können jetzt nicht reden. Und noch ehe Boris etwas erwidern kann, fügt er hinzu: »Ist im Sägewerk etwas nicht in Ordnung?«

Boris versteht den Wink und wiederholt, was er Nora schon gesagt hat: »Mit dem großen Gatter gibt es Schwierigkeiten.«

»Mit dem großen Gatter?«, fragt Dr. Stallmach erstaunt.

In diesem Augenblick erscheint Werner hinter ihm und sagt: »Wenn Sie dienstlich zu tun haben, räume ich das Feld. Wir können ja unser Gespräch morgen fortsetzen.«

»Sehr freundlich von Ihnen«, erwidert der Ingenieur förmlich, während Werner durch den Flur in sein Zimmer schlendert.

»Bitte, Herr …«, fordert Stallmach Boris auf, einzutreten.

»Krupkat«, stellt sich Boris vor.

»Krupkat?«, wiederholt Dr. Stallmach, die Tür hinter sich schließend und Boris einen Platz anbietend. Er selbst geht ein paarmal auf und ab, lauscht noch einmal an der Tür. Dann setzt er sich Boris gegenüber und sagt leise: »Sie waren mit im Sägewerk gestern?«

Boris nickt und ergänzt: »Ich war der Kutscher.«

Dr. Stallmach ist zufrieden. »Gut, dass Sie da sind, Herr …«

»Krupkat«, hilft Boris wieder aus.

»Ja, Herr Krupkat. Ich muss Sie dringend ersuchen, dass die Herren«, und dabei deutet er mit dem Kopf nach oben, »unter keinen Umständen zurückkommen. Man hat jeden Winkel dieses Hauses durchsucht, mein Dienstmädchen wurde erschossen, und, Sie haben es ja selbst gesehen, man hat alle möglichen Leute bei mir einquartiert. Heeresbeschaffungsamt, sagen sie. Aber ich habe da andere Vermutungen. Auch die Polizei war hier. Einer ihrer Leute ist im Schuppen postiert, und sicher ist auch die ganze Umgebung überwacht. Ich beschwöre Sie, lassen Sie mich von nun an in Ruhe! Es ist für beide Teile zu gefährlich. Die Lebensmittel Ihrer Leute hat man gefunden. Und Kleider einer Frau!« Dabei sieht er Boris an, als sei dort oben etwas geschehen, was unter keinen Umständen gebilligt werden könne. Da Boris noch immer nichts erwidert, stößt Dr. Stallmach nach: »Ich hoffe, Sie begreifen, in welcher Lage ich mich befinde!«

»Durchaus«, entgegnet Boris. »Darum bin ich hier. Sie haben von unserer Seite nichts zu befürchten, und wir erwarten von Ihnen nur absolutes Stillschweigen über alle Dinge, die uns betreffen.«

»Darauf können Sie sich verlassen. Das liegt ja in meinem eigenen Interesse!« Dr. Stallmach erhebt sich und geht wieder im Zimmer auf und ab. Endlich bleibt er vor Boris' Sessel stehen und bekräftigt noch einmal, nun ruhiger und besonnener: »Sie können unbesorgt sein. Ich gebe Ihnen mein Wort.«

Und Boris glaubt ihm. »Übrigens hat mich doch nun dieser Offizier gesehen. Sollte er tatsächlich ein Mann der Abwehr sein, wird er sich nach mir erkundigen.«

Stallmach nickt und erwidert: »Ich werde ihm sagen, dass Sie im Sägewerk arbeiten.«

»Vielleicht forscht er nach?«

»Dann muss ich Sie ordentlich einstellen. Kommen Sie morgen früh um acht in mein Büro.«

Boris erhebt sich, und Dr. Stallmach begleitet ihn an die Haustür. Als Boris gegangen ist, tritt Werner wie zufällig aus seinem Zimmer. Auch Nora kommt aus der Küche und fragt: »Kann ich jetzt den Tee bringen?«

Dr. Stallmach und Werner Schütt nehmen das Angebot dankbar an. Sie können eine Entspannung gebrauchen. Werner erkundigt sich beiläufig nach dem Besucher. Dr. Stallmach erklärt, dass es ein Angestellter des Sägewerks gewesen sei, ein Volksdeutscher namens Krupkat.

Frau Stallmach will sich wieder zurückziehen und entschuldigt sich mit der Küchenarbeit.

»Man kann Ihnen das doch gar nicht zumuten, gnädige Frau«, meint Werner. »Da muss doch schnellstens Abhilfe geschaffen werden.«

»Leichter gesagt als getan«, seufzt der Ingenieur. »Wo soll man so schnell jemanden finden, und noch dazu einen vertrauenswürdigen Menschen?«

Nora beruhigt ihn: »Ich schaffe das schon.«

»Vielleicht kann ich Ihnen da helfen«, wendet sich Werner Schütt an das Ehepaar.

»Was das Heeresbeschaffungsamt alles vermag«, äußert Dr. Stallmach ein wenig sarkastisch.

Werner überhört den ironischen Ton und sagt ganz ernst: »Auf das Mädchen würden Sie sich verlassen können.«

Nora möchte nicht, dass sich ihr Mann in seiner Bitterkeit zu unüberlegten Antworten hinreißen lässt. Sie fühlt, dass er am Ende seiner Nervenkraft ist, und sucht ihm zuvorzukommen, indem sie sich ruhig und freundlich an Werner wendet: »Wann könnte denn die junge Dame kommen?«

»Vielleicht schon morgen, wenn es Ihnen recht ist.«

Und so wird man sich schnell einig.

Nach diesem Gespräch ziehen sich die Stallmachs, mit dem Hinweis, sich wegen der Aufregungen der letzten Tage ein wenig ausruhen zu wollen, zurück.

Werner geht noch einmal hinaus ins Freie. Langsam tritt er aus der Haustür, steigt die wenigen Stufen hinunter und geht den Fahrweg entlang auf den Schuppen zu, in dem Toni sich einquartiert hat. Es ist eine wundervolle, sternenklare Nacht. Die Luft ist kühl und rein, und ringsum regt sich kein Laut.

Werner entdeckt Toni am Eingang des Schuppens. Er sitzt neben dem Polizisten auf einem Brett, das sie über zwei Holzklötze gelegt haben.

»Feldwebel!«, ruft ihn Werner förmlich an.

Toni springt auf, geht rasch ein paar Schritte auf Werner zu, nimmt Haltung an und fragt: »Herr Oberleutnant?«

Werner zieht eine Schachtel Zigaretten aus der Brusttasche seines Waffenrocks, bietet auch Toni eine an und fragt: »Haben Sie Feuer?«

Toni holt eine Schachtel Streichhölzer hervor, lässt hinter der schützenden Hand eines aufflammen und gibt erst Werner Feuer, dann zündet er sich seine R 6 an. Werner fordert Toni auf, ihn ein Stück zu begleiten. Der Polizeiposten vermerkt das zwar mit Befremden, bleibt aber auf seinem Brett sitzen. Schließlich lautet ja sein Befehl, das Haus im Auge zu behalten. Und daran hält er sich. Sollen die beiden nachts im Walde rinntappen, wie's ihnen Spaß macht.

Als Werner und Toni sicher sind, nicht mehr gesehen zu werden, suchen sie Boris in seinem Versteck auf. Werner berichtet den beiden, dass Joanna als Dienstmädchen bei Stallmach anfangen kann, und Boris informiert seinerseits die beiden davon, dass er als Arbeiter im Sägewerk beginnen wird. Sie sind mit den Resultaten sehr zufrieden. Aber Boris muss in der Nacht noch zu Joanna und sie von der neuen Lage unterrichten. Außerdem schlägt Werner für die kommende Nacht ein Treffen mit Julian oder einem seiner Leute vor, damit die Aktion detailliert vorbereitet werden kann. Ort und Zeit des Treffs werden festgelegt.

Boris bricht sofort auf, während Werner und Toni zur Villa zurückgehen. Aber noch ehe sie sie erreicht haben, hören sie mehrere Schüsse. Sie sehen einander verdutzt an. Boris kann das nicht gelten, der ist in der entgegengesetzten Richtung verschwunden. Es muss von Stallmachs Haus kommen. Im Laufschritt, sichernd, nähern sich Werner und Toni der Villa. In einiger Entfernung bleiben sie stehen. Um die Ecke des Hauses kommt Kramer mit schussbereiter Waffe. Toni ruft ihn an. Er läuft auf die beiden zu. »Gott sei Dank, dass Sie da sind«, stößt er erleichtert hervor.

»Was war denn los?«, fragt Werner.

Und nun erzählt Kramer, dass er hinter dem Haus Geräusche gehört habe: erst leise Schritte, dann Rascheln und Klopfen. Zuerst dachte er, dass es der Herr Oberleutnant und der Herr Feldwebel seien. Dann kam ihm die Sache aber doch verdächtig vor. Er sah nach und entdeckte am Fenster des Dienstmädchenzimmers einen Mann, einen Zivilisten. Als der ihn bemerkte, rannte er Hals über Kopf davon. Er, Kramer, schoss zwar sofort, verfehlte aber den Mann in der Dunkelheit. In den Büschen war offenbar noch ein zweiter verborgen. Aber allein konnte er die beiden nicht verfolgen. Er vermute, dass das die beiden Fallschirmspringer gewesen seien, die mit dem Dienstmädchen Kontakt aufnehmen wollten.

Nicht schlecht, sagt sich Werner. Bei dieser Annahme sollten wir ihn lassen. Aber wer war es nun wirklich? Werner und Toni sind genauso ratlos wie der Polizist. Es ist doch kaum anzunehmen, dass es Julians Leute waren. Joanna muss doch inzwischen Bericht erstattet haben. Und die jungen Einbrecher von neulich würden nicht zwei Nächte hintereinander das gleiche Haus heimsuchen. So dusslig kann niemand sein. Wer also war es?

Kramer gibt sofort telefonisch eine Meldung des Vorganges an das Kreiskommando durch; Werner erklärt, dass er die Umgebung durchsuchen wolle. Toni und Kramer sollen inzwischen abwechselnd das Haus weiterbewachen. Kramer ist damit einverstanden. Erstens entspricht das seinem Befehl, zweitens macht er nachts nicht gern Streifendienst im Wald. Es ist ihm unheimlich. Insgeheim bewundert er den Mut des Oberleutnants.

Werner begibt sich in Boris' und Joannas ehemaliges Versteck und beschließt, hier auf den vereinbarten Treff zu warten. Es kann ja nicht lange dauern. Jedenfalls war dies die günstige Gelegenheit, sich mitten in der Nacht unverdächtig vom Hause zu entfernen. Später hätte Börles Mann argwöhnisch werden können.

Zornig fährt Börle Pelka an: »Also das hält man doch nicht für möglich! Da läuft Ihnen dieses Mädchen direkt in die Arme, und Sie knallen sie ab!«

Pelka versucht einen Einwand: »Herr Major …«

»Schweigen Sie!«, herrscht Börle den Leutnant an. »Endlich eine gute, handfeste Spur, der Anfang der Schnur, mit der man den Fisch hätte an Land ziehen können. Und was macht der Pelka, dieser Unglücksmensch? Er spielt hier den Scharfrichter.«

Pelka möchte erneut etwas erklären, aber der Major schneidet ihm wieder das Wort ab. »Sie sind ein Versager, Pelka, eine Null, auf der ganzen Linie! Ich kann Sie hier nicht brauchen, Herr Leutnant. Ich werde Sie an die Front abstellen!«

Pelka resigniert. Er lässt nun alles über sich ergehen. Eine ganze Flut von Beschimpfungen bricht über ihn herein. Aber Pelka weiß: Sturm im Wasserglas. Börle braucht ihn. Wie oft wollte er ihn schon abschieben. Aber er hat es noch nie versucht. Vor allem müsste ja auch Teschner zustimmen.

Erst nach geraumer Zeit entlässt ihn Börle. Pelka hat eigentlich gehofft, den Treffer als Erfolg buchen zu können. Die Abreibung, die ihm der Alte dafür verpasste, findet er höchst unverdient. Sicher wäre diese Dame lebend nützlicher gewesen. Aber immerhin hat er sie entlarvt und gestellt. Börle selbst hat ja überhaupt nichts herausbekommen. Jedoch wozu sich aufregen. So ist es nun mal: Wenn etwas schief geht, sind immer andere schuld, aber Erfolge gehen auf sein Konto.

Als Leutnant Pelka das Zimmer verlässt, klemmt Hauptwachtmeister Böhnke einen dünnen Aktendeckel unter den Arm und tritt mit der Meldung: »Sehr dringende Mitteilungen, Herr Major!«, beflissen in das Zimmer seines Chefs.

Als erstes liest Börle Kramers Meldung über die Ereignisse an der Villa. Börle haut mit der Hand auf den Schreibtisch. »Natürlich. Das waren die beiden Agenten aus Moskau. Und Stallmachs Dienstmädchen war ihr Anlaufpunkt. Völlig logisch. Dass dieser Trottel von Stallmach nichts merkt, ist ja kein Wunder. Aber der Pelka! Statt diese Dame festzunehmen und den Herren eine anständige Falle zu stellen, knallt er die eine ab und verscheucht die anderen. Übrigens, wo war denn die Abwehr während des Vorfalls?«

»Die Herren waren spazieren«, erklärt Böhnke. Kramer hatte das zwar am Telefon erzählt, aber nicht mit in die Meldung aufgenommen.

»Ich lach mich tot!«, bricht Börle aus. »Der Feind greift an, und die Abwehr geht spazieren. Typisch Wehrmacht. Jetzt wundert mich überhaupt nichts mehr. Das ist offenbar die Taktik, die diese Herren auch gegen die Russen anwenden.« Er ist inzwischen aufgestanden und tigert mit mächtigen Schritten in seinem Arbeitszimmer umher.

Nach einer Weile weist Böhnke vorsichtig auf eine zweite Meldung hin, die ebenfalls interessant sei.

Börle blickt den Hauptwachtmeister kurz an, setzt sich hinter seinen Schreibtisch, legt das obere Blatt beiseite und beginnt das zweite zu lesen. »Fahndungsmeldung nach dem Mädchen mit dem blauen Wollkleid. Soll das ein Witz sein, Böhnke? Das Mädchen ist doch tot. Dank Pelka!«

»Trotzdem, Herr Major. Die Streife hat sie gestellt und einem Oberleutnant ausgeliefert, einem Oberleutnant der Abwehr aus Krakau.«

»Aus Krakau?«, fragt Börle, der sich eben erhoben hat. Er setzt sich wieder hin, nimmt das Blatt in die Hand und liest gespannt. »Tatsächlich, Oberleutnant Werner Schütt. Und die Dame reiste im Auftrag des Sägewerks Beskowica.« Börle springt auf. »Jetzt ist mir natürlich klar, weshalb diese Figuren just in dem Augenblick zur Villa kommen, da der Oberleutnant spazieren geht! Verbinden Sie mich sofort mit der Abwehr-Leitstelle in Krakau!«

Böhnke nimmt Haltung an und wendet sich zum Gehen.

»Oder warten Sie, Böhnke. Eine Bereitschaft sofort marschbereit vors Tor. Krakau lassen wir für später! Jetzt wird Börle mal zeigen, was 'ne Harke ist!«

Und während er gravitätisch durch die Räume schreitet, malt er sich triumphierend aus, was Teschner für Augen machen wird, wenn er ihm seine Resultate präsentiert und ihm sagen kann, wie Pelka, des Standartenführers liebstes Kind, Parademärsche auf dem Holzweg geklopft hat. Und er, der alte Börle, hatte die Nase im Wind und von Anfang an die richtige Spur gewittert.

Bereits einen ganzen Nachmittag lang beobachtet Rolf Bogner die Rangierarbeiten auf dem Güterbahnhof von Bielsko. Die dreißig Kilometer bis hierher hat er fast ohne Pause in etwa sieben Stunden zurückgelegt, weil er ja nicht einfach die Landstraße entlangmarschieren konnte, sondern immer geschützte Seitenwege benutzen musste. Seit halb drei am Nachmittag liegt er nun hinter einem mächtigen Haselbusch und verfolgt die Vorgänge auf dem Rangierbahnhof. Das Gelände wird nur locker kontrolliert, da der Bahnhof hauptsächlich zivilen Zwecken dient. Wenn auch von hier aus viele land- und forstwirtschaftliche Erzeugnisse »heim ins Reich« gehen oder an die Front, so wird aber zugleich die polnische Bevölkerung des Generalgouvernements – wenn auch kärglich – auf diesem Wege versorgt. Deshalb werden die Partisanen vermutlich nur bestimmte Transporte angreifen. Ganz am anderen Ende, an der großen Verladerampe, scheint ein besonders bewachter Bezirk zu sein. Aber das ist fast einen Kilometer weit entfernt.

Direkt unter Rolfs Standort steht eine Baracke, die offenbar den Bahnangestellten als Aufenthalts- und Umkleideraum dient. Hier hat er Gleisbauarbeiter, Streckenwärter, Rangierer in ihren blauen Uniformen hineingehen und in verschmiertem Drillichzeug wieder herauskommen und an die Arbeit gehen sehen. Es verläuft alles ganz unregelmäßig, aber es gibt längere Zeitabstände, in denen der Schuppen leer und unbewacht ist. Jetzt wäre es gut, wenn der Rettich, diese Pflaume, da wäre. Dann könnte einer reingehen und der andere Schmiere stehen. Allein läuft man immer Gefahr, überrascht zu werden. Also muss er warten, bis es dunkel wird. Dann ist er plötzlich eingeschlafen.

Erst in der Nacht wacht er wieder auf. Er weiß nicht, wie spät es ist. Seine Uhr ist stehengeblieben. Auf einem Abstellgleis entdeckt er einen Güterzug. Offenbar arbeitet dort einer der Rangierer. Rolf sieht ihn zwar nicht, aber er hört hier und da ein metallisches Klopfen oder das Zischen der Dampfbremse. In der Baracke scheint niemand zu sein.

Rolf wartet noch eine Weile, dann läuft er wieselflink den Abhang hinab, geht in die Baracke. Rechts liegt ein Waschraum, dahinter eine kleine Küche, dann folgt ein größerer Raum mit Kleiderspinden, einem ramponierten Tisch und ebensolchen Stühlen. Hier wird gefrühstückt und Skat gespielt, tippt Rolf. Die Spinde sind mit Vorhängeschlössern abgesperrt. Kein Problem, sagt sich Rolf, geht in den Waschraum, findet ein Leinenhandtuch, fädelt es in den Bügel des ersten Spindes, ein kräftiger Ruck, und schon springt das Schloss auf. Der Spind gehört offenbar einem Arbeiter, der keinen Dienst hat, denn er enthält nur eine ziemlich ölige Drillichhose, eine schwarze Drillichjacke, ein Paar alte Holzschuhe, einen Haufen Putzlappen, Werg und eine alte Ölkanne. Beim nächsten Spind hat er mehr Glück. Oben im Fach steht eine Brotbüchse aus Aluminium. Rolf öffnet sie. Zwei Doppelstullen! Er klappt sie auseinander. Kunsthonig. Er ist etwas enttäuscht. Aber der Hunger ist groß, und er stopft die beiden Brote hintereinander in den Mund, während er weitermacht. Die Uniform, guter Stoff, gut erhalten. Aber zu klein. Also zum nächsten Spind. Wieder Fehlanzeige. Im fünften Spind endlich findet Rolf, was er sucht: eine Eisenbahneruniform, Hose und Rock, ein bisschen zu weit, aber in der Länge passend. Rasch kleidet er sich um, rafft seine Wehrmachtsuniform zusammen und will eben den Raum verlassen, als er am Eingang ein Geräusch hört. Ein Rangierer kommt herein, offenbar, um auf die Toilette zu gehen oder auch um sich Zigaretten zu holen. Als er den Aufenthaltsraum betritt, ist er zunächst starr vor Schreck. Rolf, der in der Erregung eines der geöffneten Vorhängeschlösser als Waffe gefasst hat, schlägt damit wie mit einem Faustkeil zu. Er trifft den Rangierer an den Schläfen, und dieser sinkt mit einem Schrei zusammen. Der Schrei fährt Rolf durch Mark und Bein. Er lässt seine Wehrmachtsuniform sowie das Vorhängeschloss fallen und läuft davon. Nach einiger Zeit merkt er, dass er gar nicht verfolgt wird. Er bleibt stehen und verschnauft. Jetzt erst kommt er zur Besinnung. Die Bilder der letzten Minute tanzen vor seinen Augen.

Ich konnte nicht anders. Ich musste ihn niederschlagen,

rechtfertigt er sich. Sonst wäre alles aus gewesen. Wozu mache ich mir überhaupt Vorwürfe! Übrigens hat der Schlag gesessen – wie der Jagdhieb Old Shatterhands ! Ehe der aufwacht, bin ich über alle Berge! Als Bahner habe ich ja freie Fahrt. Da komme ich bestimmt durch. Und wenn ich als Bremser auf einem Güterzug fahre.

Klar ist ihm natürlich, dass er sich hier, auf diesem Rangierbahnhof, nicht wieder blicken lassen darf. Er muss sehen, dass er mit einem Personenzug Boden gewinnt. Mit dem ersten besten Zug will er in Richtung Krakau fahren. Von dort dann in Richtung Heimat. Und er stellt sich vor, wie er zu Hause bei Onkel Karl auf dem Lande unterkriecht. Dort findet ihn kein Mensch in den Scheunen und auf den Böden, und zu hungern braucht er auch nicht. Da oben der Garzel und die anderen, so glaubt er, die halten sowieso nicht mehr lange durch.

Im ersten Morgenlicht erreicht Rolf den großen Bahnhofsvorplatz von Bielsko. Ehe er ihn überschreitet, kommt eine Polizeistreife aus dem Bahnhofsgebäude. Die drei Polizisten gehen auf einen Einsatzwagen zu, den sie seitlich geparkt haben. Einer wendet sich noch einmal um und stutzt.

»Was ist denn das?«, fragt er und bleibt stehen. Auch die beiden anderen blicken jetzt zurück zu dem düsteren Backsteinbau. Der Streifenführer hat ebenfalls zu beiden Seiten des Portals die hellen Flecken gesehen. Er geht ein paar Schritte zurück und stellt fest, dass es etwa einen Meter hohe und zirka sechzig Zentimeter breite Plakate sind. Er leuchtet eines mit seiner Taschenlampe an. Oben prangt dekorativ, mitten in einem geschwungenen rotweißen Band, der polnische Adler. Darunter steht in fetten Lettern: Manifest.

»Verdammte Sauerei!«

»Die hingen gestern Abend noch nicht da!«, stellt einer seiner Begleiter, ein untersetzter Vierzigjähriger, fest.

Der andere sagt: »Polnisch. Wenn man nur wüsste, was draufsteht auf dem Mistblatt.«

»Abmachen!«, kommandiert der Polizeimeister. »Beide. Aber vorsichtig. Und seht zu, dass wenigstens eins heil bleibt. Als Beweisstück!«

Rolf Bogner hat inzwischen etwa die Mitte des Bahnhofsvorplatzes erreicht. Die beiden Polizisten, mit dem Ablösen der Plakate beschäftigt, haben ihn dennoch bereits bemerkt. Auch der Polizeimeister, der vor dem Bahnhof hin und her geht, mustert ihn. Während Bogner bisher gerade über den Platz dem Eingang des Bahnhofs zustrebte, kommen ihm nun Bedenken. Er wird langsamer, zaudert. Der Polizeimeister bemerkt das, bleibt stehen und betrachtet den Eisenbahner aufmerksam.

»Komischer Heini«, sagt der schnurrbärtige Ältere zu seinem jüngeren Kollegen.

Rolf Bogner versucht jetzt, rechts am Bahnhofsgebäude vorbeizugehen. Der Polizeimeister läuft ebenfalls in diese Richtung, und Rolf Bogner muss seinen Weg kreuzen. Rolf grüßt fast mechanisch stramm militärisch, wie ein Rekrut auf dem Kasernenhof. Damit fällt er auf.

Der Einsatzleiter ruft Rolf Bogner an: »He, Mann, kommen Sie mal her!«

Rolf sucht sein Heil in der Flucht. Hinter sich hört er die Aufforderung: »Halt! Stehen bleiben!«

Der erste Schuss peitscht zur Warnung dicht vor ihm auf das Pflaster und schwirrt dann irgendwo ins Gelände. Rolf sieht ein, dass er gegen die drei auf dem offenen Platz keine Chance hat, und bleibt stehen.

»Ihre Papiere!«, fordert ihn der Polizeimeister auf.

Rolf hat keine. Er lehnt es auch ab, sich vom Bahnhofsvorsteher identifizieren zu lassen.

»Ach, keine Papiere und hier nicht beschäftigt. Und mitten in der Nacht auf Achse. Woher haben Sie die Plakate?«, kommt plötzlich die Frage des Polizeimeisters wie aus der Pistole geschossen.

»Was für Plakate?«, fragt Rolf verängstigt.

»Du willst uns wohl auf den Arm nehmen? Raus mit der Sprache!«

»Ich weiß nicht, was Sie von mir wollen!«, ruft Rolf verzweifelt aus.

»Na, das wirst du bald erfahren! Los, packt das Stückchen Mist auf den Wagen, und ab zur Wache«, kommandiert der Polizeimeister.

Rolf wird mit Handschellen gefesselt, der ältere, ein Oberwachtmeister, kriegsdienstverpflichtet, setzt sich neben ihn in den Fond des Polizeikübelwagens. In rasender Fahrt geht es durch die Stadt zum Kreiskommando. Rolf wird in eine Einzelzelle gesperrt, während der Polizeimeister nach Börle fragt. Da dieser das Haus verlassen hat, wird er Pelka vorgeführt.

Der Leutnant hört sich alles an: Junger Mann, am Bahnhof aufgegriffen, ohne Papiere, Eisenbahneruniform, vor frisch geklebten Plakaten mit polnischem Text. Die beiden Plakate werden ihm übergeben. Pelka nickt zufrieden und befiehlt dem Polizeimeister dann, die Stadt nach weiteren Plakaten abzusuchen. Der nimmt diesen Befehl mürrisch auf. Seine Leute seien jetzt mehr als vierzehn Stunden im Einsatz. Aber das lässt Pelka nicht gelten. Die Sache sei dringend.

Als der Polizeimeister weg ist, geht Pelka an seinen Schreibtisch. Da hat er doch eben eine Anzeige vom Rangierbahnhof erhalten. Eine Eisenbahneruniform sei gestohlen worden von einem jungen Mann in Militärklamotten. Die Wehrmachtsuniform wurde sichergestellt.

Das war kein Profi, überlegt der Leutnant. Die Uniform, das ist doch ein faustdickes Indiz. Ein Mann, der Angst hat und auf der Flucht ist. Moment mal. Eine Uniform ohne Mütze? Und dort eine Mütze ohne Uniform? Beide Male überrascht worden und davongelaufen? Hungrig? Ängstlich? Tatsächlich: Die Merkmale dieses Überfalls haben eine verblüffende Ähnlichkeit mit dem Einbruch bei den Stallmachs. Wenn das wahr wäre!, spekuliert Pelka. Wenn dieser junge Mann identisch wäre mit jenem! Er sieht sich nochmals die Anzeige an. Nein, eine Feldmütze war nicht dabei. Mein lieber Junge, wenn dir die Kappe passt, dann wäre erwiesen, dass meine Vermutung richtig und Börle auf dem Holzweg ist! Ein Geschenk des Himmels! Wenn ich Beweise in der Hand habe, werde ich es einzurichten wissen, dass sie dem Standartenführer Teschner nicht verborgen bleiben. Ich bin sicher, das wird ihn interessieren.

Werner Schütt fröstelt schon ein wenig, als Joanna, Boris, Bolesław und Wincenty im Versteck eintreffen. »Wollt ihr mich hier auf Eis legen?«, fragt Werner.

Boris sieht erstaunt auf seine Uhr und sagt: »Wir sind pünktlich. Sogar ein paar Minuten früher als vereinbart!«

Werner erzählt ihnen, was passiert ist und dass er die Gelegenheit benutzt hat, unauffällig die Villa zu verlassen.

»Das waren Jan und Józef«, erklärt Bolesław. »Sie wollten Hanka Flugblätter bringen für Beskowica. Sie waren noch nicht zurück, als wir aufgebrochen sind. Wir konnten doch nicht ahnen, dass Hanka …« Bolesław verstummt. Er wendet sich weg und geht ein paar Schritte zur Seite.

Die anderen schweigen. Sie wissen, dass ihn der Tod seiner Schwester tief getroffen hat. Aber keiner kann ihm helfen.

Joanna berichtet nach einer Weile an Bolesławs Stelle zunächst von der Flugblatt- und Plakataktion, die in dieser Nacht läuft. Deshalb sei Julian auch nicht mitgekommen. Er sei in der Kreisstadt, weil dort die Hauptarbeit laste. Aber er habe Bolesław die Leitung der Aktion Sägewerk übertragen. Und Bolesław habe auf der Grundlage von Werners Angaben bereits einen Vorschlag ausgearbeitet. Ein paar Punkte seien allerdings noch unklar.

Bolesław hat sich inzwischen wieder so weit gefasst, dass er seinen Plan darlegen kann: »Also wenn Joanna mich zutreffend unterrichtet hat, soll zunächst das Schnittholz im rollenden Einsatz zur Verladerampe in Bielsko transportiert und dort teils verladen und zum anderen Teil gestapelt werden, um später abgefahren zu werden. Letztlich sollen in einem geschlossenen und bewachten Transport die Maschinen nach Bielsko gebracht und verladen werden. Bevor dieser Konvoi abgeht, will man die sowjetischen Kriegsgefangenen liquidieren. Hast du herausbekommen können, wie das erfolgen soll?«, wendet er sich an Werner.

»Leider nein. Die Anweisung aus Krakau lässt das völlig offen. Sie umschreibt das mit der eleganten Wendung, dass für die Rückführung der Gefangenen keine Fahrzeuge benötigt werden, sondern nur für die Wachmannschaft.«

Bolesław wendet sich an Wincenty: »Also müsst ihr im Sägewerk genau aufpassen und erkunden, wie die Faschisten den Mord durchführen wollen. Unsere Aktion läuft darauf hinaus, die sowjetischen Kriegsgefangenen zu befreien und den Abtransport der Maschinen zu verhindern. Dabei müssen uns dann die befreiten Gefangenen unter allen

Umständen helfen, sonst, fürchte ich, reichen unsere Kräfte nicht aus, zumal ein Teil unserer Leute die Agitationskampagne durchführt. Die Holzabfuhr können wir nach Lage der Dinge nicht verhindern. Wir dürfen die Deutschen nicht im geringsten stören. Sie müssen den Eindruck haben, dass alles wie am Schnürchen klappt. Wir werden dann im entscheidenden Augenblick überraschend zuschlagen. Nur so werden wir Erfolg haben. Ehe die Deutschen dann Verstärkungen heranziehen, sind die sowjetischen Gefangenen und die Maschinen in Sicherheit.«

Joanna, Boris und Wincenty kennen Bolesławs Plan offenbar schon, denn sie warten auf Werners Reaktion. Werner lässt sich alles noch einmal durch den Kopf gehen. Sicher hat Bolesław recht, wenn er davon ausgeht, dass nicht alles erreicht werden kann, und das wichtigste ist, Menschen und Maschinen zu sichern. Aber unter den augenblicklichen Bedingungen ist das Geschehen an der Front entscheidend. Und das Holz geht an die Front. Vorsichtig wendet er ein: »Das Holz, die Bohlen und Bretter, ist aber kriegswichtig. Das wird für die Befestigungsanlagen an der Weichsellinie von der Wehrmacht dringend benötigt. Müssen wir nicht alles tun, um die faschistische Hauptkampflinie zu schwächen?«

Etwas verärgert über den Einwand gegen seinen Plan, den selbst Julian glänzend fand, brummt Bolesław: »Wir können nur leisten, was in unseren Kräften steht. Darüber hinauszugehen ist Selbstmord.«

Jetzt greift Boris in die Debatte ein: »Werner, wir haben natürlich auch überlegt, ob wir die Holzabfuhr verhindern können. Wir sind zu der Überzeugung gelangt, dass wir sie bestenfalls verzögern können. Vorzeitige Störaktionen würden zur Folge haben, dass stärkere Militär- oder

Polizeieinheiten herangezogen würden, und damit wäre unsere Hauptaufgabe, das Leben der sowjetischen Gefangenen zu retten, gefährdet. Zu einer großen Aktion gegen Wehrmachts- oder SS-Verbände reichen unsere Kräfte keineswegs aus.«

»Wir haben ohnehin noch Sorgen mit einer versprengten Einheit, die irgendwo im Gebiet hinter dem Sägewerk sitzt. Es können Verzweifelte sein, die vom Krieg die Nase voll haben. Es können aber ebenso junge Leute sein, die auf eigene Faust Krieg spielen wollen. Die könnten uns im ungeeignetsten Augenblick in die Quere kommen. Ja, selbst wenn sie zur Unzeit einen Polizeieinsatz auslösen, wäre das verhängnisvoll für unseren Plan«, ergänzt Bolesław.

»Dieser Unsicherheitsfaktor müsste sich doch beseitigen lassen«, meint Werner mit einem Blick auf Boris.

Bolesław winkt ab: »Dazu reicht die Zeit nicht. Wir wissen nicht einmal genau, wo sie sitzen. Und Julian ist der Meinung, Verzweifelte, die sich in den Wald verkriechen, sind wie angeschossene Eber, unberechenbar und gefährlich. Man geht ihnen am besten aus dem Wege. Wenn wir sie aufstöbern, denken sie, wir wollen sie ausräuchern, und fangen zu ballern an.«

»Ja, wenn ihr kommt, aber wenn ein deutscher Oberleutnant und ein Feldwebel mit ihnen reden, dann fragt sich noch, ob sie so abweisend bleiben.«

»Wenn sie noch immer Zutrauen zu den Wehrmachtsuniformen haben, dann sehe ich sowieso schwarz«, zweifelt Bolesław den Sinn von Werners Vorhaben an.

»Mir scheint, es lässt sich in wenigen Worten klären, wer wir sind und was wir wollen.«

»Werner hat recht«, bestätigt Boris.

»Wenn aber diese merkwürdigen Strauchsoldaten nun

nicht auf eure Vorstellungen eingehen, wenn sie euch festsetzen und wir euch befreien müssen. Wenn sie euch für treue Wehrmachtsangehörige halten, von denen sie verraten werden könnten …«

»Das lasst nur unsere Sorge sein. Um uns braucht ihr euch nicht zu kümmern. Du kalkulierst die Sägewerkaktion unter der Voraussetzung, dass von den deutschen – wie hast du gesagt, Strauchsoldaten? – keine Gefahr droht.«

Boris, der Werners Behagen an dem Wort »Strauchsoldaten« merkt, fragt: »Ist das Wort auch wieder eines von euren Sprichwörtern?«

»Nein, noch nicht. Bisher kennen wir im Deutschen nur ›Strauchdiebe‹, aber wer weiß, vielleicht wird es mal eins.«

»Und was mache ich dabei?«, fragt Joanna Werner.

»Du hältst die Stellung bei Stallmach.«

Alle Beteiligten einigen sich auf Bolesławs Plan und auf Werners Versuch, den »Strauchsoldaten« näher zu kommen.

»Und Joanna ist für alle Fälle unser Anlaufpunkt. Über sie erfahrt ihr, was wir erreicht haben«, sagt Werner.

Und Boris fügt hinzu: »Aber bitte trennt die Sägewerkaktion von der Flugblattaktion. Wenn in einer Sache etwas schief geht, darf dadurch nicht zugleich auch die andere auffliegen.«

Alle sind einverstanden. Bolesław und Wincenty entfernen sich. Joanna und Boris bleiben im Versteck nahe der Villa und dem Sägewerk, weil beide am frühen Morgen hier eingesetzt sind. Werner geht zurück zur Villa.

Auf halbem Wege kommt ihm Toni entgegen. »Der Polizeimajor sitzt bei uns!«

»Was, mitten in der Nacht?«, ruft Werner überrascht aus. »Seit wann ist er da?«

»Seit ein paar Minuten.«

»Wie viel Leute hat er mit?«

»Hier nur seinen Fahrer und einen Mann.«

»Wieso hier nur?«

»Sein Fahrer erzählte mir, dass ein großer Einsatzwagen gleich zum Sägewerk weitergefahren ist«, erläutert ihm Toni die Situation. Und dann fragt er: »Ob das uns gilt?«

Werner zuckt die Schultern. »Wir müssen es feststellen. Vorn Dachboden aus«, entscheidet er.

Sie einigen sich, dass Werner auf den Dachboden geht, dass Toni die Polizisten in ein Gespräch verwickelt und ablenkt und dass Boris und Joanna, die sie rasch herbeiholen, absichern.

Als sich Toni auf dem Fahrweg der Villa wieder nähert, steht Kramer an Börles Kübelwagen. Böhnke sitzt hinter dem Lenkrad und ein weiterer Polizist im Fond des Wagens. Die drei rauchen, blicken aufmerksam in die Richtung, aus der Toni kommt, und entspannen sich wieder, als sie Toni erkennen.

»Das ist mein Schlafgenosse«, stellt Kramer seinen beiden Kumpanen Toni vor.

»Da habt ihr euch ja eine herrliche Villa ausgesucht; Möbel à la Chippendale«, frotzelt Böhnke.

»Schuppendale«, korrigiert Kramer.

Sie lachen.

»Nicht so laut«, mahnt Böhnke, »sonst verscheucht ihr ja alle Vögel.«

Währenddessen konnte Werner unbemerkt auf den Boden gelangen. Die Außentür, das hatte ihm Toni noch gesagt, hat Kramer mit einer Alarmanlage gesichert, sodass Werner durch den Schuppen gehen muss. Boris verbirgt sich gleichfalls im Schuppen, um Werners Rückweg zu sichern, Joanna liegt hinter einem Holzstoß und beobachtet den Schuppeneingang. Vom Standort des Kübelwagens kann sie nicht gegesehen werden.

Werner hört unten Börle erregt sprechen: »Du behauptest also, keine dienstliche Bescheinigung für eine Reise nach Krakau ausgestellt zu haben?«

Auch Dr. Stallmach antwortet heftig: »Ich behaupte das nicht, es ist so! Ich habe nichts ausgestellt, und schon gar nicht für das Dienstmädchen. Die Unterschrift kann nur gefälscht sein. Zeig mir diesen ominösen Schein.«

»Gern, sobald ich ihn habe.«

»Du hast also gar nichts? Das ist doch ein starkes Stück! Was soll das alles?«

Börle überhört diesen Vorwurf und sagt ruhig, als sei nichts gewesen: »Warte ab. Wir werden klarer sehen, so oder so, sobald der Oberleutnant da ist, dein Gast.«

»Mein Gast! Gewiss, nur vergiss bitte nicht, dass du ihn mir ins Haus gesetzt hast«, protestiert der Ingenieur.

Börle fährt unbeirrt fort: »Er hat am Bahnhof in Bielsko nicht nur den von dir unterschriebenen Auftrag, sondern auch die Dame in Empfang genommen.«

Etwas ironisch stellt Dr. Stallmach fest: »Die Dame hatte er jedenfalls nicht bei sich, als er hierher kam.«

»Das ist nicht das einzige Merkwürdige an der Geschichte«, hält Börle dagegen.

»Hasso, merkwürdig ist alles. Überlege doch mal. Ich soll mein Dienstmädchen mit einem Reiseauftrag und in einem Kleid meiner Frau nach Krakau schicken. Auf der Rückreise holt sie am Bahnhof ein Oberleutnant ab, einer vom Heeresbeschaffungsamt wohlgemerkt. Deine Leute händigen Dame und Schein anstandslos aus, der Herr besucht dich, du quartierst ihn bei mir ein. Und nun argwöhnst du Zusammenhänge zwischen ihm und mir und meinem Dienstmädchen, das deine Leute ja fast zur fraglichen Zeit vorsorglich erschossen haben. Gegen wen richtet sich eigentlich jetzt dein Verdacht?«

Börle lässt sich auf keine nähere Diskussion ein und weicht mit einer Floskel aus: »Für mich ist jeder verdächtig, von dessen Unschuld ich nicht überzeugt bin.«

»Also bin ich dir auch verdächtig!«, bohrt Dr. Stallmach weiter.

Börle blickt ihn nur kurz an: »An sich ja. Aber ich kenne dich. Und schließlich hast du uns ja zu dieser ganzen Untersuchung veranlasst.«

»Ich kann mir das alles nicht erklären«, sagt Norbert Stallmach kopfschüttelnd.

»Ich auch nicht«, gesteht Börle. »Noch nicht«, schränkt er ein. »Aber gespannt bin ich, was der Herr Oberleutnant Schütt dazu zu sagen hat.«

»Dieser Sorte von Leuten fällt in jeder Lage etwas ein.«

»Das muss aber etwas verdammt Gescheites sein. Der alte Börle lässt sich nicht so leicht hinters Licht führen!«

Werner überlegt fieberhaft. Da muss uns wirklich etwas Besonderes einfallen, um den Verdacht des alten Fuchses zu zerstreuen. Was machen wir? Können wir überhaupt noch wagen, Joanna als Dienstmädchen bei Stallmach einzuführen?

»Das dauert ja eine Ewigkeit!«, stöhnt Böhnke. Er will sich eine Zigarette anzünden, stellt aber fest, dass er keine mehr bei sich hat.

Kramer sagt: »Ich habe noch Vorrat im Schuppen. Ich hole welche.«

Toni will aushelfen, hat aber nur noch drei Stück in der Tasche. Als er selbst verzichten will, wehren alle drei Polizisten großmütig ab, und Kramer schlurft langsam zum Holzschuppen. Nach einer Weile geht in der Villa eine Tür. Schritte sind zu hören. Im Bad rauscht das Wasser. Böhnke und der Hauptwachtmeister lauschen aufmerksam auf diese Vorgänge. Dann wird es wieder still.

Dr. Stallmach hat sich zu Bett begeben, während der Major auf Werner Schütt wartet. Dieser schleicht, als Dr. Stallmach sich von Börle verabschiedet hat, sofort zur Leiter und will zu Boris hinuntersteigen. Nach drei, vier Sprossen geht plötzlich die Tür auf. Kramer kommt herein. Er knipst eine Signallampe an und geht auf sein Marschgepäck zu, das am Kopfende seines provisorischen Lagers gestapelt ist, kramt herum, holt etwas hervor und will sich wieder zum Gehen wenden. Da fällt der Strahl seiner Lampe auf die Leiter. Er sieht ein paar Stiefel, leuchtet höher hinauf und erkennt nun Werner Schütt.

»Sie, Herr Oberleutnant?«, stößt Kramer verblüfft hervor. »Ich denke, Sie sind auf Streife. Oder gibt's was Besonderes da oben?«

»Sie haben nicht zu fragen und nur zu reden, wenn Sie gefragt sind, verstanden?«, zischt ihn Werner energisch, aber so leise wie möglich an.

»Dem Herrn Major werde ich trotzdem Meldung machen müssen. Er erwartet Sie nämlich dringend …«

Weiter kommt er nicht. Boris hat ihn von hinten gepackt, die Luft abgedrückt, zu Boden gerissen und geknebelt. Werner und Boris verständigen sich durch Zeichen. Sie packen Kramer, nehmen seine Sachen und bringen ihn hinaus. Draußen kommt ihnen Joanna zu Hilfe.

Als sie ein Stück entfernt sind, macht Werner Joanna und Boris flüsternd mit der Situation vertraut. »Was nun?«, fragt er.

»Es gibt drei Möglichkeiten«, sagt Boris.

»Nämlich?«

»Wir sind zu viert gegen drei Polizisten. Dabei ist das Überraschungsmoment auf unserer Seite. Der Polizeimajor wäre ausgeschaltet. Variante eins. Die zweite: Wir verschwinden klammheimlich. Wäre nur die Frage, wie wir Toni von den beiden Polizisten loseisen. Und die dritte: Du gehst jetzt zu Börle und lässt dir was einfallen.«

Joanna reagiert spontan: »Die Variante eins scheidet aus, weil sie die Aktion Sägewerk von vornherein unmöglich macht.«

»Richtig.« Boris bestätigt ihre Auffassung.

»Für die zweite Möglichkeit haben wir keine Zeit mehr, fürchte ich. Ehe wir Toni freibekommen, haben sie den Braten längst gerochen«, meint Werner.

»Also Lösung drei. Und was ist dir dafür eingefallen?«, fragt Joanna.

»Zunächst einmal so viel, dass du morgen früh pünktlich in einem einfachen blauen Kleid mit weißem Gürtel deinen Dienst antrittst.«

»Ich weiß nicht …«, warnt Boris.

»Wir müssen den Stier bei den Hörnern packen.«

»Und woher habe ich das Kleid?«, will Joanna wissen.

»Woher du willst, nur nicht aus Frau Stallmachs Kleiderschrank. Nun lasst euch selber auch was einfallen!«

Werner kehrt jetzt eilig zur Villa zurück. Nicht von der Schuppenseite, sondern von der Vorderseite geht er ungeniert auf das Haus zu.

Böhnke und Toni stehen vor dem Polizeifahrzeug. Offenbar ein bisschen nervös. Der andere Polizist ist eben im Schuppen verschwunden. Als Böhnke Werner erblickt, ist er überrascht. »Ach, Herr Oberleutnant?«

»Ja?«, sagt Werner kurz.

»Der Herr Major erwartet Sie dringend. Im Arbeitszimmer des Herrn Doktor Stallmach.«

»Danke«, erwidert Werner und geht rasch hinein.

Der Major sitzt in einem der großen Fauteuils, als Werner eintritt. Er erwacht aus einem Halbschlummer, scheint erst eine Weile zu brauchen, um sich zu vergegenwärtigen, was los ist. »Ach, Herr Oberleutnant Schütt«, stellt er schließlich fest.

»Ihr Fahrer sagte mir, dass Sie mich hier erwarten.«

»Ja natürlich. Ich muss dringend mit Ihnen sprechen. Konnte ja nicht ahnen, dass Sie so ein Waldmensch sind.«

»Ihr Mitarbeiter zeigte wenig Neigung, sich nach dem Vorfall hier etwas umzusehen.«

»Ja, ich habe die Meldung erhalten. Und? Hatten Sie Erfolg?«

»Leider nein.«

»Hätte ich mir fast denken können«, bemerkt Börle zweideutig.

»Hatte leider keine Spürhunde zur Verfügung«, kontert Werner, auf Börles eigene misslungene Fahndung anspielend.

»Vielleicht erzählen Sie mir erst mal, was sich gestern auf dem Bahnhof Bielsko abgespielt hat«, gibt Börle bissig zurück.

»Tüchtig, tüchtig! Sie haben also schon ermittelt, dass ich gestern Nachmittag eine Dame mit einem Reiseauftrag für das Sägewerk am Bahnhof in Bielsko abgeholt habe.«

Börle ist etwas aus der Bahn gekommen, weil Werner so ruhig darauf reagiert und ihm den Wind aus den Segeln nimmt. Er fasst sich aber schnell wieder. »Ich hätte diese Dame gern einmal kennengelernt.«

»Aber gern«, geht Werner auf Börles Vorschlag ein. »Sie wird morgen, vielmehr heute früh pünktlich ihren Dienst hier antreten.« Dabei blickt Werner auf die Uhr.

»Wie?«, fragt Börle erstaunt.

»Ja, als Dienstmädchen.«

»Und wieso reist sie mit einem Auftrag des Sägewerks?«

»Herr Major. Wir können unseren Verbindungsleuten selbstverständlich keine Reisebescheinigungen mit einem Stempel unserer Dienststelle geben. Andererseits muss ein solcher Auftrag örtlich fixiert sein. Nach den Meldungen, die wir erhalten hatten, kam insbesondere das Gelände hier um das Sägewerk für unseren Auftrag in Betracht. Und so vereinbarten wir es bei meiner Abreise aus Krakau. Die Dame selbst war mir unbekannt. Und deshalb musste ich Ihrem Mitarbeiter dieses Indiz als Anhaltspunkt geben.«

»Hm.« Börle scheint Werners Erklärung einzuleuchten. Aber noch ehe der Major etwas erwidern kann, wird heftig an die Tür geklopft. Ohne die Aufforderung dazu abzuwarten, tritt Böhnke ein. Er ruft erregt: »Herr Major!«

Ein wenig gereizt fragt Börle: »Was ist denn los?«

»Kramer ist verschwunden!«

»Was?«

»Er wollte bloß ein paar Zigaretten holen und kam ewig nicht wieder. Da hat der Knetschke nachgesehen. Kramer ist weg, seine Sachen sind ebenfalls verschwunden. Nur das hier, das lag an der Leiter, die zum Boden führt.«

»Eine Signallampe.«

»Gehört Kramer.«

»Was halten Sie davon?«

»Die Fakten sind eindeutig«, erwidert Werner.

»Das ist ja geradezu gespenstisch!«, stöhnt Börle und geht mit Böhnke hinaus, um sich an Ort und Stelle von dem Vorfall berichten zu lassen. »Haben Sie denn nichts gemerkt?«, fragt er Böhnke im Hinausgehen. In der Haustür bleibt er plötzlich stehen. »Verkrümelt kann er sich doch nicht haben?«

Böhnke schüttelt den Kopf: »Unwahrscheinlich. Wenn er das gewollt hätte, wäre er schon längst über alle Berge. Das hier wäre für ihn der ungünstigste Augenblick überhaupt. Wir sitzen ihm doch im Nacken. Und er hätte riskiert, ganz schnell gefasst zu werden. Wahrscheinlich hat er irgendjemand überrascht und ist beseitigt worden.«

Börle nickt. »Fragt sich nur, wen!«

»Der Feldwebel war die ganze Zeit bei uns, scheidet also aus. Der Oberleutnant kam von der anderen Seite, als Knetschke in den Schuppen ging. Er hätte kaum die Möglichkeit gehabt, Kramer wegzuschaffen.«

»Also sehen wir nach, ob wir um das Haus herum etwas finden.«

Werner überlegt, was er tun soll. Da klingelt das Telefon. Er nimmt den Hörer ab. Leutnant Pelka wünscht den Major zu sprechen. Dringend. Werner holt Börle zurück.

Börle nimmt den Hörer. »Was gibt's?«

Pelka teilt ihm mit, dass er vermutlich einen der Jungen gefasst hat, die den Überfall auf die Villa verübt haben. Der Gefangene verweigere zwar noch die Aussage, aber eine Gegenüberstellung mit Frau Stallmach müsse Klarheit bringen.

»Also her mit ihm«, weist Börle an. »Mit dem ersten Strahl der Sonne erwarte ich Sie hier. Aber knallen Sie den Vogel nicht wieder ab, ehe er gesungen hat!«

Börle wirft den Hörer auf die Gabel und sagt zu Werner: »Na, da bin ich aber gespannt, was der Pelka da gefischt hat. Behauptet, es sei einer von denen, die den Überfall hier gemacht haben. Eine Streife habe ihn am Bahnhof aufgegriffen, vermutlich beim Plakatekleben. Zuvor habe er in einer Baracke auf dem Rangierbahnhof eingebrochen. Das sei sicher ermittelt. Ein junger Deutscher. Pelkas Annahme werde erhärtet, wenn das stimme. Ja, wenn! Und wer waren die heute Nacht? Wieder andere? Sitzt der Stallmach vielleicht auf einem Schatz? Der sieht doch gar nicht so aus, als sei etwas zu holen bei ihm. Du liebe Güte! Spezialrichtung: Ästhetisch-funktionelle Einheiten des Städtebaues. So ähnlich lautete seine Doktorarbeit. Den Posten hier habe ich ihm besorgt. Sonst würde er sich wahrscheinlich schon die Welt von unten ansehen. Aber jetzt müssen wir erst mal der Sache mit Kramer auf den Grund gehen. Böhnke! Wir brauchen Verstärkung! Holen Sie ein paar Leute aus dem Sägewerk ran. Aber dalli!« Dann wendet er sich Werner zu, sieht ihn nachdenklich an und sagt: »Tja, und wir sehen uns inzwischen mal den Schuppen an. Darf ich bitten, Herr Oberleutnant?«

Werner geht mit Börle hinaus. Der Hauptwachtmeister Knetschke und Toni folgen ihnen, während Böhnke mit dem Sägewerk telefoniert.

Toni sieht Werner forschend an. Mit einem ganz leichten, kaum wahrzunehmenden Heben der Schultern gibt der ihm zu verstehen, dass er nicht weiß, ob ihm Börle glaubt und weiterhin vertraut oder nicht.

Und an die Flakhelfer, oder was das sonst für junge Soldaten im Gebirge sind, ist vorerst nicht zu denken. Börles Aktivitäten hier sind alles andere als günstig. Zumal er offensichtlich ohne Plan hektisch durch die Gegend fegt wie ein aufgestörter Eber.

»Keine Nacht kommt man mehr zum Schlafen. Das ist zum Verzweifeln!«, fährt Dr. Stallmach aus dem Halbschlummer hoch, als die Geschäftigkeit in seinem Arbeitszimmer, im Korridor und vor dem Hause zunimmt.

Auch seine Frau hat diese Unruhe längst bemerkt. »Willst du mir nicht endlich reinen Wein einschenken, Norbert!«

Er winkt nur resigniert mit der Hand ab und lässt sich ins Kopfkissen zurückfallen.

»Was geht hier eigentlich vor?«, bohrt sie weiter. »Du weißt doch mehr, als du mir sagst.« Dabei streicht sie ihm mit der Hand über den Kopf. Sein Haar ist hart und strähnig.

»Wer kennt sich hier noch aus«, erwidert er bitter.

»Eben, ich merke schon lange, dass du dich festgefahren hast. So rede doch wenigstens. Das schlimmste für mich ist doch dieses unheimliche Warten, dieses tatenlose Zusehen.«

»Ich tue auch nichts anderes«, resigniert Dr. Stallmach.

Sie packt ihn jetzt an beiden Oberarmen und begehrt entschieden Auskunft: »Was will dieser Börle schon wieder in unserem Haus? Was hattest du so lange mit ihm zu bereden?«

Stallmach seufzt abweisend: »Aber Nora!«

Doch diesmal will sie sich nicht abspeisen lassen. »Hast du etwas mit diesem Lebensmittellager zu tun, das auf dem Dachboden entdeckt wurde? Weshalb hast du die Anzeige wegen des Kleides aufgegeben? Ich kenne mich einfach nicht mehr aus in dir. Wusstest du, dass sie Hanka verhaften wollten, und hast du sie deshalb weggeschickt, um sie zu schützen?«

»Nora! Börle ist aus irgendeinem Grund nervös und misstrauisch. Gegen dich, mich, ja selbst gegen diesen Oberleutnant, der bestimmt nicht vom Heeresbeschaffungsamt ist. Ich nehme an, er kommt von der Abwehr.

Börle misstraut jedem! Bin ich denn sicher, ob nicht er das Kleid hat entwenden lassen, um mich auf die Probe zu stellen, ob nicht er dies und das inszeniert, um meine Zuverlässigkeit zu überprüfen?«

»Das leuchtet mir nicht ein. Niemand konnte normalerweise diesen Verlust so schnell bemerken. Es war reiner Zufall.«

»Und der Überfall, war der auch Zufall, hätte man den auch ignorieren sollen?«

»Das ist etwas anderes.«

»Aber damit hat alles angefangen!«

»Angefangen hat es viel früher. Wir hätten uns nie auf diese ganze Sache einlassen sollen.«

»Du warst damals von dem Angebot sehr angetan, weil ich auf diese Weise nicht an die Front musste. Ich kann mich auch noch erinnern, dass ich dir vorgeschlagen habe, zu Hause zu bleiben, aber du wolltest nicht.«

»Ich wollte dich nicht allein lassen. Und jetzt treibt dieser furchtbare Mensch, dieser Börle, Keile zwischen uns. Lass doch nicht zu, dass er das Vertrauen zwischen uns zerstört, Norbert. Was liegt an ihm. Wir müssen unseren eigenen Weg gehen. Sag mir, was los ist!«

»Nichts ist los, nichts, was dich beunruhigen müsste. Und im Übrigen denke bitte daran, dass in wenigen Tagen alles überstanden ist.« Er blickt auf seine Uhr und stellt fest: »Ich muss aufstehen, ich muss heute eine Stunde früher im Werk sein.«

Diesmal beteiligt sich der Major nicht an der Suchaktion. Er steht nachdenklich am Fenster von Dr. Stallmachs Arbeitszimmer. Eben ist er verständigt worden, dass Standartenführer Teschner ihn zum Mittagessen in Bielsko erwarte.

Und anschließend wünsche er Leutnant Pelka zu sprechen. Das bedeutet nichts Gutes. Teschner misstraut ihm, aber so leicht lässt sich Börle nicht an die Wand spielen! Von der Abwehr nicht, von Teschner nicht und von Pelka schon gar nicht!

Börle ist so in seine Betrachtungen versunken, dass er es kaum zur Kenntnis nimmt, als Dr. Stallmach in das Zimmer tritt, aus dem Schreibtisch einige Papiere nimmt und dann das Haus verlässt, um zur Arbeit zu gehen. Gleichmütig nimmt der Major Böhnkes Meldung entgegen, dass die Durchsuchung der näheren Umgebung des Hauses ergebnislos verlaufen sei. Auch Schuppen und Boden seien gründlich unter die Lupe genommen worden. – Er hat nichts anderes erwartet!

»Der Oberleutnant und der Feldwebel?«, erkundigt sich Börle lediglich.

»Waren bei mir, die ganze Zeit. Nichts Besonderes zu berichten.«

Börle nickt und winkt Böhnke mit der Hand, dass er ihn allein lassen soll. Nach einiger Zeit blickt er aufmerksam auf den Fahrweg, der zur Villa führt. Tatsächlich, da kommt eine Dame im blauen Kleid. Das kann nur das angekündigte Dienstmädchen sein. Börle tritt schnell vor die Haustür. An der ersten Stufe des Aufganges trifft er auf Joanna.

Sie blickt den Polizeimajor kurz an und will an ihm vorübergehen. Er tritt ihr in den Weg und fragt: »Wohin?«

Ob das gut war mit dem Kleid, überlegt Joanna, als sie dem Polizeigewaltigen des Kreises von Angesicht zu Angesicht gegenübersteht. »Hier wohnt doch Dr. Stallmach?«, fragt sie zurück?

»Gewiss«, bestätigt Börle.

Joanna bedankt sich und will an dem Major vorüber ins Haus gehen.

Er hält sie am Arm fest und sagt: »Polin, wenn nicht alles täuscht?«

Joanna steht jetzt ganz dicht neben Börle. Sie sieht ihm ruhig, durchdringend in die Augen.

Da sie nichts antwortet, fragt er weiter: »Sie wollen als Hausmädchen arbeiten?«

Joanna nickt nur.

Mit Anspielung auf ihr Kleid und ihr Aussehen stellt er ironisch fest: »Sie sehen nicht danach aus, finde ich.«

Joanna muss sich eine bissige Erwiderung verkneifen. Aber sie lächelt und nimmt seine Bemerkung scheinbar als Kompliment hin. »Vielleicht wissen die deutschen Herrschaften Chic und Eleganz an Damen zu schätzen«, setzt sie leise hinzu.

Und Börle, angenehm berührt von ihrer charmanten Art, will gerade antworten, als Werner Schütt aus dem Haus kommt. Zu Börles Bedauern verabschiedet sich Joanna mit einem Nicken von ihm, gibt Werner die Hand und geht ins Haus. Börle registriert alles aufmerksam.

Als sie verschwunden ist, fragt Werner Schütt: »Zufrieden?«

Der Major merkt wohl die Anspielung auf seine Wachsamkeit, gibt der Frage durch seine Antwort aber eine andere Deutung: »Ganz attraktive Person. Die Abwehr ist zu beneiden.«

Ein Motorengeräusch unterbricht den Disput. Beide blicken in die Richtung, aus der es kommt. Nach einer Weile fährt ein Polizeikübelwagen mit hohem Tempo vor.

»Tja, das ist Pelka«, stellt Börle fest. »Jetzt wird's interessant«, bereitet er sich auf die Vernehmung des Jungen und auf die Gegenüberstellung mit Frau Stallmach vor.

Werner blickt ihn fragend an.

»Wir wollen Frau Stallmach einen jungen Mann gegenüberstellen. Pelka behauptet, dass er zu den Einbrechern in die Villa gehört. Ich bin da zwar anderer Auffassung. Pelka hält sie für desertierte junge Soldaten, Flakhelfer, die als Infanteristen an die Front sollten. Der junge Mann habe leider nicht gestanden. Na, mir wäre so was nicht passiert. Bei mir hätte der gestanden. Aber davon mal abgesehen. Der Pelka ist auf dem Holzwege. Unsere Jugend lässt sich für den Führer in Stücke reißen! Die ist durch eine harte Schule gegangen! Wenn es ein alter Reservistenhaufen wäre, gut. Aber die jungen Leute brennen doch auf Einsatz, auf Abenteuer und Bewährung. Nein, ich kann es einfach nicht glauben, dass uns die Jugend des Führers im Stich lässt! Oder was meinen Sie, Herr Oberleutnant?«

Werner ist sich nicht sicher, worauf Börle hinauswill. Vorsichtig erwidert er auf die Frage des Polizeichefs: »Herr Major, wenn wir nicht zuverlässige Hinweise hätten, dass hier Fallschirmspringer des Nationalkomitees abgesprungen sind, wären wir nicht hier. Wegen ein paar jüngeren oder älteren Deserteuren tritt die Abwehr nicht in Aktion.«

Börle nickt befriedigt, weil er sich dadurch in seiner Auffassung der Tatbestände bestätigt sieht, und lädt Werner ein, an der Vernehmung des Inhaftierten teilzunehmen.

Leutnant Pelka meldet sich sehr selbstbewusst mit dem Häftling zur Stelle. Börle empfängt ihn kühl.

Inzwischen hat Joanna Weglowska die geräumige Diele der Villa betreten. Der Parkettfußboden ist gut gepflegt, die helle Holztäfelung an den Wänden, die Jagdtrophäen und die Tierbilder weisen darauf hin, dass die Einrichtung von einem passionierten Jäger vorgenommen wurde. Auch die

Möblierung trägt den Stil einer bäuerlich-weidmännischen Vornehmheit. Joanna hat dem Jagdhandwerk immer mit zwiespältigen Gefühlen gegenübergestanden, weil sie darin nicht nur eine notwendige Seite der Wildhege sieht, sondern oft auch die Lust am Töten, am Auslöschen einer Kreatur. In dieser nachdenklichen Betrachtung findet Nora die junge Polin, als sie aus ihrem Schlafzimmer tritt. Vor Überraschung bleibt Frau Stallmach auf der Türschwelle stehen. Das kann doch nicht wahr sein! Mein Kleid, das blaue mit dem weißen Ledergürtel! Im nächsten Augenblick aber fängt sie an zu zweifeln. Material und Farbe sind sehr ähnlich, aber die Kragenpartie ist anders und der Rock viel enger. Es kann nicht ihr Kleid sein.

»Guten Morgen«, grüßt Joanna leise.

Nora ist noch zu erregt, um gleich etwas erwidern zu können.

So setzt Joanna erneut an: »Mir wurde gesagt, dass Sie dringend ein Dienstmädchen benötigen.«

»Ja, das stimmt«, antwortet Frau Stallmach kühl. Und im gleichen Augenblick überlegt sie, dass jetzt noch Zeit sei, die Sache abzubiegen, zu sagen, sie schaffe es allein, sie brauche niemand. Frau Stallmach sieht Joanna in die Augen. Eigentlich macht sie einen sympathischen Eindruck. Gewiss, resolut, selbstsicher, aber nicht unfreundlich, nicht verschlossen.

Darum fügt sie kurz entschieden hinzu: »Nett, dass Sie mir helfen wollen. Machen Sie sich ein wenig frisch, und dann können Sie in der Küche anfangen. Ihre Sachen legen sie einstweilen in mein Schlafzimmer.« Frau Stallmach kramt in ihrem Kleiderschrank, holt eine Kleiderschürze heraus und gibt sie Joanna: »Hier, ziehen Sie das an. Es ist besser für die Hausarbeit.«

Joanna bedankt sich.

Nora geht hinaus. Auf der Diele wird sie bereits von Börle und Werner Schütt erwartet. Der Major erkundigt sich nach ihrem Befinden und trägt dann sein Anliegen vor. Nora kann eine Gegenüberstellung natürlich nicht abschlagen. Börle bereitet sie noch vor: »Er trägt heute allerdings keine Wehrmachtsuniform, lassen Sie sich dadurch nicht irritieren.«

Dann ruft er Rolf Bogner herein. In dem Moment kommt auch Joanna aus dem Schlafzimmer, umgekleidet. Börle kümmert sich nicht weiter um sie.

Nora blickt den jungen Mann, der gefesselt in einer Eisenbahneruniform vor ihr steht, aufmerksam an. Sie erkennt ihn wieder. Er hat sie überfallen, das steht fest. Aber wie er jetzt mit niedergeschlagenen Augen vor ihr steht, sechzehn, höchstens siebzehn Jahre alt, tut er ihr leid. Er könnte ihr Sohn sein. Sie muss ihm helfen, dem armen Kerl! Pelka, der neben Rolf steht, stößt ihn in die Rippen. »Kopf hoch!«, kommandiert er. Zögernd kommt Rolf der Aufforderung nach und sieht Frau Stallmach schuldbewusst und hilfeflehend an. Und Nora fängt seinen Blick auf, völlig ruhig, als wolle sie ihm zu verstehen geben: Sei getrost. Von mir hast du nichts zu befürchten.

»Nun, Frau Stallmach«, mahnt Börle und mustert Nora aufmerksam. Ihm ist ebenso wenig wie Werner, Joanna und Pelka das Zögern Nora Stallmachs entgangen. Auch der schuldbewusste Ausdruck im Gesicht Rolf Bogners ist von allen bemerkt worden.

Nora Stallmach aber sagt zu aller Überraschung: »Ich kenne diesen jungen Mann nicht.«

Pelka tritt mit mühsam unterdrückter Entrüstung einen Schritt auf Nora zu und sagt beschwörend: »Lassen Sie sich von seiner Aufmachung nicht irritieren, gnädige Frau! Sie müssen sich den Kerl in Feldbluse vorstellen.«

Börle registriert die Reaktion Pelkas mit innerem Schmunzeln, obgleich er die Aussage von Frau Stallmach so wenig glaubt wie Pelka. Andererseits ist er aber froh, dass der Leutnant nun keinerlei Beweismittel in der Hand hat. Zunächst jedoch spielt er den ehrlichen Makler und rügt Pelka indirekt: »Sie haben doch die Wehrmachtsklamotten von dem Kerl. Warum lassen Sie ihn denn erst in diesem Räuberzivil antanzen. Also los, Tapetenwechsel, und dann das Ganze noch einmal!«

Auch die Wiederholung der Vorstellung bringt keinen Erfolg. Frau Stallmach findet, dass an der Uniform etwas fehle, Silberlitzen am Kragen und auf den Schultern und ein silberner Stern. Und auch älter seien ihres Erachtens die Leute gewesen.

Pelka kocht vor Wut. Er ist sicher, dass Börle Frau Stallmach auf irgendeine Weise zu dieser Aussage bewogen hat, nur damit er bei seinem Märchen von den beiden Fallschirmspringern bleiben kann. Und er nimmt sich vor, heute Mittag Teschner davon zu berichten. Bei ihm hofft er Unterstützung zu finden. Wir wollen doch sehen, schließt er diese Überlegung ab wie lange Börle sein Kartenhaus noch stützen kann.

Börle frohlockt. Das läuft ja glänzend. Der ehrgeizige Pelka hat mit seiner Schau jämmerlich Schliff gebacken. Die Sterne stehen günstig. Natürlich fühlt er, dass Frau Stallmach nicht die Wahrheit sagt. Warum sie das tut, das wird, so tröstet er sich, eine spätere Untersuchung ergeben. Im Augenblick aber ist es Börle geradezu angenehm, belogen zu werden.

Pelka macht seinem Ärger Luft, indem er Nora Stallmach suggestiv fragt: »Warum wollen Sie diesen Lumpen schützen?«

Sie erwidert völlig gefasst: »Dazu bin ich gar nicht in der Lage. Sie haben mich gefragt, und ich habe geantwortet, so gut ich konnte. Alles andere ist Ihre Sache.«

»Selbstredend, gnädige Frau«, legt sich Börle ins Mittel. »Sie haben uns sehr geholfen, und wir danken Ihnen dafür verbindlichst.« Zu Pelka gewandt, ordnet er an: »Ab mit dem Kerl. Und von schützen kann hier gar keine Rede sein. Das Plakatekleben reicht ja völlig aus.«

Pelka nimmt Haltung an, macht eine exakte Wendung und verlässt mit Rolf Bogner das Haus. Draußen wird der Gefangene von zwei Polizisten eskortiert und in Pelkas Kübelwagen gebracht.

Börle ruft Pelka, der eben die Haustür schließen will, noch einmal zurück und sagt ihm, dass er den Häftling dann in der Kreisverwaltung persönlich vernehmen möchte. Und als Pelka gegangen ist, fragt er Werner Schütt: »Nun, Herr Oberleutnant, haben Sie Lust, an diesem Verhör teilzunehmen? Wenn Pelka da auch irrt, so verspreche ich mir doch einige Aufschlüsse. Ganz so harmlos, wie er sich gibt, ist dieser junge Mann sicher nicht.«

Werner ist von diesem Angebot überrascht und weiß nicht, was er davon halten soll. Trotzdem sagt er: »Verbindlichsten Dank, Herr Major. Ich nehme selbstverständlich gern an.« Als ihm Börle einen Platz in seinem Wagen anbietet, lehnt er jedoch ab. »Ich komme später mit meinem Wagen nach. Zuvor muss ich noch eine Stippvisite im Sägewerk machen.«

»Im Sägewerk?«, horcht Börle auf. »Gibt's was Besonderes?«

»Ein Hinweis. Vermutlich eine Seifenblase. Aber wir müssen allem nachgehen. Fahren Sie schon voraus. Ich komme bald nach. Übrigens, mein Fahrer macht auf der Strecke bestimmt Boden wieder gut. War mal Mechaniker bei Brauchitsch.«

»Donnerwetter«, staunt Börle. »Tolle Truppe, die … äh, das Beschaffungsamt!«

»Ich kann mich nicht beklagen. Jedenfalls sind wir noch immer ans Ziel gekommen«, erwidert Werner.

Börle blinzelt nachdenklich und verabschiedet sich dann mit einer Verbeugung gegen Frau Stallmach. Werner Schütt winkt er vertraulich zu: »Bis gleich!«

Frau Stallmach geht ins Arbeitszimmer ihres Mannes und telefoniert. Joanna ist jetzt zum ersten Mal für einen Augenblick mit Werner allein und kann ihm endlich zuflüstern: »Boris erwartet euch so bald wie möglich. Er hat mit Bolesław und Julian gesprochen.«

»In Ordnung«, bestätigt Werner und geht hinaus, während Joanna ihre Arbeit in der Küche aufnimmt.

Das Sägewerk liegt in einer weiten Talsenke am Fuße eines hochaufragenden bewaldeten Höhenrückens. Vor diesem breiten Bergmassiv wirkt das Sägewerk von weitem wie ein winziges Spielzeug. Und doch erreichen allein die Holzstapel auf dem weit verzweigten Holzplatz mehrere Meter Höhe. Mit seinen vielen Gängen und Wegen gleicht der Holzplatz einem Labyrinth. Für Boris, Werner und Toni ist das ein idealer Treffpunkt, obgleich an diesem Morgen der Abtransport auf vollen Touren läuft. Die Folge der riesigen Transportfahrzeuge reißt nicht ab. Alles funktioniert reibungslos.

Sonderführer Barnach gönnt sich die erste Verschnaufpause. Er trinkt mit Dr. Stallmach eine Tasse Kaffee. Alles Aufsichtspersonal konzentriert sich auf die etwa zweihundert sowjetischen Kriegsgefangenen. So können sich Boris, Werner und Toni in einem abgelegenen Bezirk des Holzplatzes ungestört treffen. Wincenty und zwei seiner Leute sichern den Treffpunkt ab. Werner und Toni sind nicht durch den offiziellen Eingang in das Werk gekommen, sondern auf einem Pfad, den wenige Stunden vorher Jan und Józef hinter dem Werk erkundet haben, als sie zu Hanka wollten.

Boris gibt Werner einen kurzen Lagebericht: Der bewaldete Höhenzug ist für einen Angriff auf das Werk vorzüglich geeignet. Er bietet eine glänzende Deckung, hat einige Stellen, die ein ausgezeichnetes Schussfeld offen lassen, und vor allem kommt man unbemerkt bis an die Umzäunung des Werkes heran. Da der Holzplatz längsseits an den Wald grenzt, findet man im Labyrinth der Bretter und Balken dann gute Deckung. Die deutschen Soldaten beschränken sich auf einen Streifendienst. Für einen ständigen Schutz der mehr als zwei Kilometer langen unübersichtlichen Strecke reichen ihre Kräfte nicht aus. Sie konzentrieren sich auf eine sorgfältige Bewachung der Maschinen und Gefangenen. Diese sind in einem alten Stollen untergebracht, der nahe dem Werk liegt. »Nach dem jetzigen Tempo zu schließen, müsste der Abtransport in einer Woche abgeschlossen sein«, stellt Boris fest. »Für unsere Aktion bleiben uns also im Höchstfalle sechs oder sieben Tage. Wir brauchen dafür jeden Mann. Frage an euch: Wie weit seid ihr mit dem Versuch, Kontakt mit den Versprengten aufzunehmen?«

Toni und Werner sehen sich an, dann antwortet Werner: »Boris, der alte Börle hat uns bisher ganz schön in Atem gehalten. Erst vorhin ist er abgerauscht, und auch nur, weil er mit dem Standartenführer in Bielsko zu Mittag essen muss. Ich soll anschließend an der Vernehmung des von Pelka

Festgenommenen teilnehmen und fahre dann gleich ihm nach. Er ist sehr misstrauisch, er wird uns vermutlich nicht aus den Augen lassen.«

»Wollt ihr unter diesen Umständen darauf verzichten, den Kontakt mit den Versprengten zu suchen?«

»Im Gegenteil, ich glaube, dass wir den Kontakt schon haben ...« Nun erzählt er die Geschichte von dem gefangenen jungen Burschen. Er sei sicher, dass es sich um einen der versprengten Soldaten handle. Es stehe jedenfalls fest, dass es sich nicht um eine von den Nazis dorthin postierte Einheit handle. Der Junge mache auch gar keinen so verzweifelten und labilen Eindruck, sondern habe sich bisher wacker gehalten.

Auch Toni bestätigt auf Grund seiner Beobachtungen, dass der Junge vermutlich einer der Versprengten sei.

»Und damit haben wir das Ende des Fadens in der Hand, der uns zu dieser Gruppe führt«, stellt Werner fest.

»Übrigens, die Gruppe wird jetzt ziemlich aktiv«, berichtet Wincenty. »Jan und Józef haben aus Beskowica die Mitteilung überbracht, dass dort in den letzten Tagen drei ähnliche Einbrüche wie in Stallmachs Villa erfolgt sind. Immer handelt es sich um zwei oder drei junge deutsche Soldaten. Bewaffnete. Die Einwohner von Beskowica haben die Partisanen um Unterstützung gebeten. Wir vermuten, dass die Gruppe in der Blauen Höhle liegt.«

»In der Blauen Höhle? Wo ist das?«

»Das war früher mal eine Touristenattraktion. Von hier aus etwa zwei Stunden zu Fuß. Jedenfalls nicht direkt in unserem Operationsgebiet«, erläutert Wincenty.

Nach einer Weile der Überlegung gibt Boris zu bedenken: »Tja, wir stehen jetzt vor der Frage, ob man sich in dieser Situation nicht besser darauf beschränken sollte, zu tun, was vorrangig ist! Diese Gruppe spielt doch im Zusammenhang mit unserer Aktion eine untergeordnete Rolle. Sollten wir das Ganze nicht fallen lassen, um uns nicht unnötig damit zu belasten?«

»Es geht doch aber auch darum, Menschen zu gewinnen, und nicht nur darum, dass bestimmte Operationen glücken«, erwidert Werner.

»Dazu habt ihr auch nach der Aktion noch Zeit.«

»Bist du sicher?«, fragt Toni und sieht Boris an. Aber dieser schweigt.

Eine Weile sind alle nachdenklich, dann sagt Werner: »Ich denke so: Börle ist offenbar in Schwierigkeiten. Er braucht Erfolg und wird nicht zögern, die erstbeste Chance dafür zu nutzen. Wenn er vierzig Deserteure auf leichte Weise kassieren kann, wird er zufassen. Wir müssten ihn, mit diesem Ziel vor Augen, in einen Hinterhalt locken.«

»Ausgeschlossen«, wehrt Boris ab. »Du kennst unseren Grundsatz: Keine Störung der Sägewerkaktion vor dem Abtransport der Maschinen und der Befreiung der sowjetischen Gefangenen.«

»Mir scheint, die Sägewerkaktion wird durch dieses Ablenkungsmanöver nicht gestört, sondern unterstützt, weil die Polizei auf eine andere Fährte gelockt wird«, gibt Wincenty zu bedenken.

»So ist es«, bestätigt Werner. »Wir müssen den Jungen dazu bekommen, dass er ein weit von hier gelegenes Gebiet nennt, in dem angeblich seine Kameraden hausen. Das muss so gewählt sein, dass Börle mit seinen Leuten in eine Falle gerät, in der er durch geringe Kräfte aufgerieben werden kann. Dabei könnten wir den Jungen befreien, der uns dann zu seinen Kameraden bringt. Von einem der ihren eingeführt, würden wir leichteres Spiel haben.«

»Eine gewagte Sache. Schon an der ersten Klippe kann sie scheitern.«

»Na, das merken wir ja dann.«

»Bei dem misstrauischen Börle, das wird gefährlich für dich, Werner. Du sitzt in der Höhle des Löwen.«

»Darum macht euch keine Sorgen. Ich habe schon dicker drin gesessen.«

Bei ihren weiteren Überlegungen wird immer deutlicher, dass das Unternehmen ein Vorteil für die Aktion Sägewerk ist. Die Polizei zersplittert ihre Kräfte und wird ihres Führers beraubt. Sie vermutet die Partisanen nicht im Sägewerk. Und letzten Endes könnte man von der versprengten Gruppe eine Verstärkung für die entscheidende Aktion erwarten. Alle sind sicher, dass auch Julian und Bolesław dem Plan zustimmen. Sie vereinbaren, für den Fall, dass der Junge mitspielt, ein Stichwort, das Werner telefonisch an Joanna durchgibt.

»Noch eins«, gibt Boris zu bedenken. »Ihr müsst es auf alle Fälle so einrichten, dass ihr mit eurem Wagen am Anfang oder am Ende der Kolonne fahrt. Zur eigenen Sicherheit.«

»Geht in Ordnung«, sagt Toni.

Julian ist zunächst nicht begeistert von der Idee, Börle mit Hilfe des deutschen Deserteurs in die Falle zu locken. Er komme sich wie ein Schachspieler vor, der sich im Zugzwang befindet, hält er Boris entgegen, der mit ihm über diese außerplanmäßige Aktion spricht.

»Aber einen Unterschied zum Schach gibt es schon. Dort diktiert der Gegner, wenn man im Zugzwang ist, hier sind es die Freunde.«

»Trotzdem, wir hätten uns vorher verständigen müssen.

Bolesławs Leute kann ich nicht einsetzen. Die müssen die Sägewerkaktion vorbereiten. Also bleibt Władysławs Truppe. Und die sind von der Plakataktion erschöpft, hätten Schlaf verdient, die Jungs.«

»Wer hätte nicht Schlaf verdient!«, erwidert Boris.

»Na schön. Sehen wir uns die Sache mal an!« Julian geht zur Karte des Gebietes. »Hier an dieser Stelle ist es günstig. Da ist der Hohlweg schlecht, macht eine Kurve um eine Felsnase. Auf der anderen Seite liegt ein versumpfter Waldsee. Da können wir durch Felsbrocken die Fahrzeuge stoppen. Werners und Tonis Kübelwagen werden wir passieren lassen, wenn er an der Spitze fährt. Und am Ende würden sie bestimmt den nötigen Sicherheitsabstand einhalten. Ist ja polizeiliche Vorschrift«, fügt er lächelnd hinzu. »Die Frage ist nur, wo sitzt Börle mit dem Jungen.«

Boris registriert mit Genugtuung, dass Julian Feuer zu fangen beginnt, und sagt: »Der Junge ist vermutlich im vordersten Wagen. Er muss ja den Weg zeigen. Und wenn Börle mitkommt, fährt er auch vorn. Er will sich wahrscheinlich nicht den Staub seiner Muschkoten in die Nase steigen lassen.«

»Vermutlich, wahrscheinlich! Womöglich will Börle aber auch nicht auf eine Mine fahren und sitzt im zweiten oder dritten Wagen. Und wenn ihn Teschner gar nicht entbehren kann in Bielsko? Dann liegen wir drei Tage im Busch und warten auf den Weihnachtsmann. Ein so beschissen vorbereitetes Unternehmen habe ich noch nicht erlebt«, schimpft Julian.

Aber Boris kennt ihn schon gut genug, er weiß, dass er bereits am Grübeln ist, wie er mit allen Eventualitäten fertig wird.

»Du musst ins Sägewerk zurück an deinen Arbeitsplatz.

Gerade jetzt darfst du dir nicht leisten, zu lange wegzubleiben. Du darfst nicht auffallen. Bolesławs Leute sollen sich auch nicht stören lassen. Diese Sache hier mache ich schon. Wann müssen wir spätestens bereitstehen?«

»Ich würde sagen, ab vierzehn Uhr, damit ihr euch in Ruhe vorbereiten könnt. Es kann bei Werner und Toni natürlich Verzögerungen geben.«

»Na, dann wird's aber höchste Zeit.«

»Falls die Aktion anläuft, gibt Werner an Joanna das Stichwort ›Koffer packen‹ durch. Wenn ihr im Bereitstellungsraum eintrefft, wird auch die Nachricht dort sein.«

»Also los. Gehen wir ans Werk!«

Wanda, die Tochter von Dubjenski, schlendert über den Marktplatz von Bielsko. Sie trägt ein schlichtes, dunkelgraues Kostüm und elegante, weiche Damenstiefel. Den dünnen Lederriemen ihrer Lederhandtasche hat sie spielerisch um ihr Gelenk geschlungen. Mal schaut sie in ein Schaufenster, in dem nichts Besonderes zu entdecken ist, mal betrachtet sie ein Haus, das kein bemerkenswertes Kennzeichen aufweist, außer dass es, wie alle Häuser hier, abgeputzt werden müsste. Wer kann im fünften Jahr des Krieges so unbeschwert am Vormittag durch Bielsko schlendern?

Werner Schütt und Toni Burian haben keinen Blick für sie, als sie mit ihrem Kübelwagen vom Marktplatz in die Seitenstraße einbiegen, in der sich das Kreiskommando der Polizei befindet. Die dunkelhaarige junge Dame will gerade die Straße überqueren, als Toni mit ziemlicher Geschwindigkeit heranfährt und abbiegt. Verblüfft schaut sie dem Fahrzeug nach. Dann ändert sie ihre Absicht und folgt dem Fahrzeug, das etwa fünfzig Meter weiter parkt. Werner Schütt steigt aus und geht in das Gebäude der Polizeiverwaltung. Vorsichtig schlendert sie von hinten an das Fahrzeug heran, als wolle sie sich vergewissern, ob sie richtig gesehen hat. Endlich macht sie kehrt, betritt das Café Usambara schräg gegenüber der Kreisverwaltung und nimmt an einem der kleinen Marmortische Platz, direkt hinter der großen Fensterscheibe, durch die man das Polizeigebäude genau im Auge behalten kann.

Börle empfängt Werner Schütt mit den Worten: »Sie haben sich ziemlich verspätet, mein Lieber. Ihr Mann ist eben doch nur der Mechaniker von Brauchitsch!«

Werner lächelt und macht eine entschuldigende Geste.

»Oder haben Sie im Sägewerk wichtige Entdeckungen gemacht?«, forscht Börle.

»Nichts von Belang.«

»Tja, mit Belanglosigkeiten vertrödeln wir die meiste Zeit«, seufzt Börle. Und dann informiert er Werner über das erste Verhör des Jungen, das leider auch nichts Greifbares erbracht habe. »Schade, dass ich nicht weitermachen kann. Ich hätte ihn gern in ein länger dauerndes Wechselbad genommen, das löst den härtesten Stuhlgang. Aber Sie kennen den Standartenführer. Er hält auf Pünktlichkeit. Wollen Sie inzwischen auch speisen? Ich kann Ihnen da ein vorzügliches Lokal empfehlen.«

Werner verneint und bittet den Major, sich den Jungen einmal vornehmen zu können. Börle ist unangenehm berührt, macht aber dann eine Geste, die ausdrückt: Na, meinetwegen, bedienen Sie sich. Er verlässt darauf den Raum. Dem Bewacher Rolf Bogners macht er ein Zeichen, den Gefangenen nicht in die Zelle, sondern wieder in das Verhörzimmer zu bringen.

Werner sieht den Jungen an. Sie haben ihn in dieser

Stunde schon übel zugerichtet. Er wendet sich an den Bewacher, der unbewegten Gesichts vor der Tür steht, jederzeit zu neuen Taten bereit: »Ich werde mir den Burschen mal allein vorknöpfen. Sorgen Sie dafür, dass wir ungestört bleiben.«

Einen Augenblick zaudert der Hüne, aber dann befolgt er die Anordnung. »Bin im Vorzimmer«, meldet er sich ab.

»In Ordnung«, quittiert Werner.

Werner hilft dem Jungen, der vor allem in der Lebergegend Schmerzen zu haben scheint, sich auf einen Stuhl zu setzen. Der Junge ist noch arglos genug, jede helfende Geste für einen Ausdruck menschlichen Mitleids zu nehmen. Er weiß noch nicht, dass ihm Börle in gleicher Weise auf den Stuhl hätte helfen, ihm über das Haar hätte streichen können. Und doch wäre das nur eine berechnete Geste gewesen. Der Junge jedenfalls ist froh und dankbar, und so entschließt sich Werner, sofort zur Sache zu kommen. Er kann nicht viel Umschweife machen. Die Zeit ist knapp und muss genutzt werden. Werner beugt sich zu Rolf Bogner hinab und spricht eindringlich und halblaut zu ihm: »Wir haben vielleicht nur wenige Minuten Zeit. Was ich Ihnen jetzt sage, kann über Ihr Leben entscheiden. Für Sie ist nicht wichtig, wer ich bin, sondern nur, was ich Ihnen sage.«

Rolf hebt den Kopf und sieht Werner Schütt an wie ein angeschossenes Reh.

»Große Schmerzen?«, fragt Werner. Rolf nickt nur. »Das ist erst der Anfang«, sagt Werner. »Von diesen Menschen hier werden Sie so lange geprügelt, bis Sie sich in einem Zustand befinden, in dem Sie selbst nicht mehr wissen, was Sie sagen oder tun. Wer ihnen in die Fänge gerät, ist zu bedauern. Aber für Sie gibt es eine Chance. Hören Sie jetzt genau zu!« Werner entwickelt ihm seinen Plan, der ihm und seinen Freunden die Rettung brächte und den Polizeimajor in eine Falle locken würde. Rolf Bogner ist bereit, mitzumachen. Dann spricht Werner mit ihm durch, was er zu Börle sagen soll. Rolf Bogner prägt sich alles genau ein.

Danach geht Werner in das Vorzimmer und sagt zu dem Vierschrötigen: »Er scheint auf der weichen Welle nicht zu empfangen.«

Der Polizist grinst und entgegnet: »Hab ich mir schon gedacht.«

Werner geht zum Telefon, während der Polizist zu Rolf Bogner ins Zimmer zurückkehrt mit der Bemerkung: »Lohnt nicht mehr, ihn in die Zelle zu bringen, und dass er hier keine Dummheiten macht, dafür sorge ich.«

Werner wählt Dr. Stallmachs Nummer. Nora kommt ans Telefon. Er verlangt Joanna Weglowska. Ob Nora seine Stimme erkannt hat? Ist ja auch egal. Joanna meldet sich. Werner sagt ihr: »Wahrscheinlich werden wir heute noch verreisen müssen. Es ist noch nicht ganz sicher. Aber packen Sie auf alle Fälle schon den Koffer.«

Joanna bestätigt, dass sie verstanden hat. Dann legt sie auf. Das Stichwort war gefallen!

Toni Burian sitzt hinter dem Lenkrad. Er wird langsam ungeduldig. Börle ist aus dem Haus gegangen, von Werner nichts zu hören und zu sehen. Immerhin, vielleicht hat Werner jetzt die Gelegenheit, mit dem Jungen zu sprechen. Aber solange Börle nicht zurückkommt, kann aus dem geplanten Unternehmen nichts werden. Ein Fahrzeuggeräusch schreckt ihn aus seinen Gedanken. Es ist Börles Wagen. Er fährt in rascher Fahrt vor. Der Major steigt aus und geht, an dem salutierenden Posten vorbei, eilig in das Gebäude.

Auch Wanda Dubjenska, die noch immer im Café sitzt,

hat Börles Rückkehr beobachtet, und es scheint, als habe sie darauf gewartet. Sie öffnet ihre Handtasche, kramt darin, holt eine Briefkarte und einen Drehbleistift heraus. Nachdenklich spielt sie eine Weile mit ihrem Schreibgerät. Sie möchte die Miene des Polizeichefs sehen, wenn er erfährt, dass zwei russische Agenten in seinem Hause ein und aus gehen. Und sie gäbe etwas darum, dabei sein zu können, wenn sich die Deutschen gegenseitig erledigen. Dann hätte Dubjenski wenigstens einen Triumph. Denn was sie ihm sonst zu berichten hat, ist wenig erfreulich.

Gewiss, die Deutschen haben die Plakate mit dem Manifest von Chelm im Verlaufe des Vormittags restlos beseitigt. Aber die Flugblätter sind nur zu einem geringen Teil abgeliefert worden. Sicher ist, dass die Bevölkerung von den Zielen der Nationalen Front unter kommunistischer Führung unterrichtet ist. Die polnische antifaschistische Gruppe hat ganze Arbeit geleistet. Und Wanda Dubjenska zweifelt nicht, dass die beiden Deutschen auch mit ihr Kontakt haben. Vielleicht kriegen die deutschen Polizisten mit den beiden Fallschirmspringern sogar den Zipfel zu fassen, mit dem sie diese ganze Widerstandsgruppe an Land ziehen können. Das wäre dann die Chance für Dubjenski, nach dem Abzug der Deutschen das Heft in die Hand zu bekommen. Er war immerhin mal ein prominentes Mitglied der Piast-Partei, hat noch Anhänger, und seine politischen Freunde sind in der Londoner Exilregierung angemessen vertreten.

Also: Soll der deutsche Polizeichef sehen, was er aus diesem Dossier macht. Sie beginnt zu schreiben.

Börle erscheint Werner ziemlich misslaunig. Offenbar hat ihm Teschner den Kopf gewaschen. Er erkundigt sich, ob

Werner etwas erreicht habe, und nimmt offenbar mit einer gewissen Befriedigung zur Kenntnis, dass es diesem nicht besser ergangen ist als ihm selbst.

»Na, dann müssen wir den jungen Mann noch mal etwas eindringlicher befragen. Wäre doch gelacht, wenn wir nicht in den Genuss dieser zweifellos kostbaren Singstimme kämen.«

Mit dem Kopf macht er dem Vierschrötigen und einem zweiten Mann eine Andeutung, die von beiden verstanden wird. Jeder bewaffnet sich mit einem Schlaggerät. Dann öffnet Börle die Tür zum Vernehmungszimmer und stellt sich, beide Hände in die Hüften gestemmt, vor Rolf Bogner in Positur. Der Junge blickt ängstlich von einem zum anderen.

Börle fragt: »Nun, hast du's dir überlegt?«

Rolf: »Ich sage alles, was Sie wissen wollen.«

»Das wäre mehr, als ich erhoffen kann«, spottet Börle. »Mir würde schon genügen, dass du uns fein sauber berichtest, was du weißt. Und keine Märchen, wenn ich bitten darf, sondern nur schöne, runde, greifbare Tatsachen. Also schieß mal los. Zuerst, wie heißt du, woher kommst du.«

»Ich heiße Rolf Bogner und komme vom Infanterieregiment sechshundertdreiundachtzig, achte Kompanie.«

»Regiment sechshundertdreiundachtzig? Achte Kompanie?«, wiederholt Börle, und Rolf bestätigt es.

Der zweite Polizist, ein aufgeschossener, hagerer Mann, notiert die Angaben. Börle lebt jetzt, da Rolf Bogner auszusagen bereit ist, sichtbar auf. Nun wird er doch endlich mal dem alten Teschner handgreiflich vor Augen führen können, was er an dem alten Börle hat. Sein Schützling Pelka hat keine Silbe aus dem Jungen herausbekommen.

»Aber noch sehr jung für die Wehrmacht. Jahrgang?«

»Neunzehnhundertachtundzwanzig«, antwortet Rolf

Bogner. »Bis vorige Woche waren wir noch Flakhelfer. Aber unsere Vierlinge wurden für aktive Flakeinheiten abgezogen. Und dann wurden wir plötzlich in eine Infanterieeinheit umgewandelt, Hals über Kopf verladen und abtransportiert. Hier in den Wäldern wurden wir von Partisanen angegriffen. Viele sind gefallen. Nur siebenunddreißig Mann sind übrig geblieben.«

»Und wo sind die?«

»In so 'ner alten Höhle, nass und kalt das Loch. Nicht zum Aushalten.«

»Eine große Höhle?«

»Ja, wir hatten alle Mann reichlich Platz darin.«

»Das kann nur die Blaue Höhle seine, stellt Börle, zu Werner gewandt, fest. »Tja, und wie kommen Sie nun mitten in der Nacht auf den Bahnhof? Weshalb schlagen Sie dort einen Mann nieder und berauben ihn?«

»Wir hatten kaum noch was zu essen. Deshalb mussten wir versuchen, immer zwei, drei Mann, etwas zu beschaffen. Vorgestern war ich mit meinem Freund auf Achse. Da waren wir plötzlich an dieser Villa bei dem Sägewerk.«

»Also doch«, sagt Börle, jetzt ganz hellhörig.

»Ja«, bestätigt Rolf. »Das ist ein ganz schönes Stück zu laufen von der Höhle. Wir hatten uns verfranzt.«

»Und da habt ihr dann eine wehrlose Frau überfallen, eine Deutsche noch dazu. Habt die Küche ausgeräumt und seid abgetrabt, stimmt's? Und heute bei der Gegenüberstellung, da wollte dich die Frau aus Mitleid verschonen.«

»Nein«, protestiert Rolf energisch. »An der Villa waren wir, wir wollten auch rein, sehen, ob was zu holen ist. Aber dazu sind wir nicht gekommen. Als wir uns ranschlichen, hörten wir die Frau schreien und sahen zwei deutsche Soldaten herauskommen, einen Feldwebel und einen Unteroffizier. Wir wollten abhauen. Aber da haben uns die beiden entdeckt und gestellt. Sie hatten MPi, wir nichts. Wir dachten, jetzt ist es aus. Die sind von der Wehrmacht.«

»Ich denke, es war ein Feldwebel und ein Unteroffizier?«

»Ja.«

»Also waren sie doch von der Wehrmacht.«

»Dachten wir ja auch zuerst, Walter und ich. Aber dann fragten sie uns aus, was wir da suchen und so. Sie konnten sich natürlich denken, was mit uns los war. Und da versuchten sie uns zu bewegen, zu den Partisanen zu gehen. Sie trügen zwar die Uniform der Wehrmacht, kämen aber von einem Komitee, ja, so hieß es, Nationalkomitee ›Freies Deutschland‹. Wir haben ihnen aber nicht getraut. Wir wollten ja auch um keinen Preis zu den Polen. Da haben sie uns wieder laufen lassen. Ich hatte aber keine Lust, in diese lausige Höhle zurückzugehen, und bin abgehauen.«

»Und das soll ich Ihnen glauben?«, herrscht ihn Börle plötzlich an.

Werner hatte eigentlich damit gerechnet, dass Börle den Köder schlucken würde, der doch so schön in seine Theorie passt. Denn nun könnte er gegen seinen Widersacher Pelka etwas Handgreifliches ins Feld führen.

Börle geht jetzt ein paarmal im Zimmer hin und her. Dann fängt er in ruhigem Ton an zu sprechen, fast väterlich: »Wenn Sie mir gesagt hätten, dass Sie in der Villa waren, allein oder nicht, das lasse ich dahingestellt, und dass Sie sich dort mit einem hübschen jungen Mädchen getroffen haben, einer Polin, dann hätte ich Ihnen das geglaubt.« Und nun stellt sich Börle wieder vor Rolf Bogner, gibt den jovialen Ton auf und fährt ihn an: »Flugblätter hast du geholt bei dieser Polin, nach Bielsko geschafft und hier in der Nacht angeklebt. Wir haben Beweise!«

Rolf sieht Börle ängstlich an und sagt nur: »Nein!«

»Auf dem Rangierbahnhof sind Flugblätter gefunden worden; in der Baracke, in die du eingedrungen bist. Den Bahnbeamten hast du niedergeschlagen, weil er dich überrascht hat.«

»Nein! Ich hatte Hunger und wollte weg, nach Hause, nach Deutschland!«

»Also desertieren, aha! Du Miststück! Das gibst du also zu!« Börle beginnt wieder durch den Raum zu wandern. Und plötzlich, wie Sonnenschein nach einem Gewitter, strahlt Milde aus dem Gesicht des Chefs der Polizei. »Fahnenflucht, darauf steht die Todesstrafe«, stellt er fest. »Aber nehmen wir einmal an, deine Geschichte stimmt, und du führst uns zu deinen Komplizen. Dann könnte man natürlich sagen, er ist von den Deserteuren desertiert. Und Minus mal Minus gibt bekanntlich Plus. Da wäre man nicht unbedingt gezwungen, Anklage zu erheben. Und wenn wir die übrigen sechsunddreißig Schäfchen eingefangen haben Der Kommandeur ist gefallen?«

»Nein, er ist nicht gefallen. Er führt das Kommando.«

»Führt das Kommando? Das ist ja ein Ding aus dem Tollhaus!« Börle schüttelt den Kopf und wendet sich zu Werner. »Das wird Sie auch interessieren, Herr Oberleutnant.«

»Unbedingt«, bestätigt Werner.

»Dann sind Sie also mit von der Partie?«

»Selbstverständlich«, erwidert Werner.

Börle setzt erneut zu einer Wanderung an: »Also was wollte ich sagen. Ja. Wenn es diese Höhlenbewohner gibt, wie Sie behaupten, dann wäre Ihre Geschichte in einem Punkte erst einmal bewiesen. Und das käme selbstverständlich der Glaubwürdigkeit Ihrer ganzen Geschichte zugute.« Börle bleibt stehen, strafft sich. »Nun, worauf warten wir noch! Bereitschaftskommando drei, sofort aufsitzen. In fünf Minuten geht's los!«, kommandiert er. Und freundlich fügt er gegen Werner Schütt hinzu: »Diesmal geben Sie mir doch die Ehre und fahren in meinem Wagen, Herr Oberleutnant. Oder haben Sie zuvor wieder einen Hinweis zu überprüfen?«

Werner mustert Börle kurz. Der erwidert seinen Blick mit dem Ausdruck eines Kartenspielers, der nicht weiß, welche Trümpfe sein Gegenspieler in der Hand hat. Werner kommt nicht umhin, Börles Einladung anzunehmen. Er muss auch darauf verzichten, Joanna ein zweites Mal anzurufen. Auf das Signal »Koffer packen!« sollte die Falle gestellt werden. Hoffentlich hat sie sein einschränkendes »wahrscheinlich« von vorhin nicht zu ernst genommen. Schlimmer ist, dass er bei Börle mitfahren muss. Dieser misstrauische Fuchs! Das erschwert die ganze Aktion. Damit haben wir nicht gerechnet. Auch Toni ist entsetzt, als er einen Polizisten als Passagier erhält und Werner in Börles Wagen Platz nimmt. Während die Fahrzeuge, ein Kradfahrer an der Spitze, gefolgt von Börles Kübelwagen, zwei großen Mannschaftswagen mit einem Zug schwer bewaffneter Bereitschaftspolizei und Tonis Kübelwagen am Schluss, davonbrausen, verlässt Wanda Dubjenska das Café und steckt ihre Mitteilung in den Hausbriefkasten der Polizeiverwaltung.

Julian hat seine Leute gruppiert. Direkt hinter dem Felsvorsprung haben sie mehrere dicke Felsbrocken vorbereitet, die jederzeit auf den Hohlweg gerollt werden können. Eine solche Steinlawine bringt den größten LKW zum Halten. Der Weg dürfte dann selbst für Panzer nicht mehr passierbar sein. Auf drei Bäumen und dem Felsen sitzen Scharfschützen. Oberhalb des Weges sind MPi-Schützen postiert, die auch über ausreichend genug Handgranaten verfügen. Die Falle wäre perfekt, wenn nicht drei Männer unter allen Umständen überleben müssten. Den Weg nach rückwärts, hinter der Felsnase, sichert Władisław mit drei Mann.

Julian hat seinen Beobachtungsposten bezogen, von dem aus er den Weg an mehreren Stellen mit dem Fernglas einsehen kann. Joannas Nachricht hat er bekommen. Die Sache läuft also. Bis zur Blauen Höhle sind es von hier noch vier, fünf Kilometer, bis zur Villa mindestens doppelt so viel, kalkuliert er. Auf dem Weg steht hohes Gras, am Rand liegen hier und da dick bemooste Steine. Die Blätter an den Bäumen sind gelb, und der Boden ist bereits mit Laub bedeckt. Der Weg unterhalb des Felsens ist im Frühjahr und Herbst immer feucht und glitschig. Er führt hier durch eine Senke, aus der das Wasser nicht abfließen kann. Deshalb auch der morastige See jenseits des Weges. Der Tag ist still. Nur hin und wieder hämmert ein Specht oder warnt ein Häher. Wie lange mag hier kein Mensch gewesen sein? Früher war das mal ein vielbegangener Wanderweg. Julian erinnert sich noch an einen Schulausflug seiner Klasse zur Blauen Höhle. Damals hatten sie sich vorgestellt, wie man hier als Indianerhäuptling, als Ritter oder auch als Räuber, natürlich mit edlen Motiven, einen Gegner stellen und unter günstigen Bedingungen selbst überlegene Kräfte vernichten könnte. Nun sitzt er wirklich auf diesem Felsen und verwirklicht Tagträume des Schülers Julian. Nur dass es jetzt aufgehört hat, ein Kinderspiel zu sein.

In der Ferne hört er Motorengeräusch. Er richtet seinen Feldstecher auf die erste Stelle, die einen Blick auf den Weg freigibt. Nach geraumer Zeit ist es so weit. Fünf Fahrzeuge, registriert er, vorn ein Kradfahrer, dahinter ein Kübelwagen, in der Mitte zwei große LKW und am Schluss wieder ein Kübelwagen. Also gibt es nur eins: den Kradfahrer und den ersten PKW durchlassen, dann die Steinlawine auf die beiden LKW, Handgranaten dazwischen. Werner und Toni sind entweder vorn oder, was wahrscheinlicher ist, hinten. Also werde ich mich auf vorn konzentrieren, um Börle und den Jungen zu kassieren. Börle lebend zu bekommen wäre gut.

Jetzt sind die Wagen am nächsten Einschnitt. Im vorderen Wagen, so viel hat er jetzt erkannt, sitzt ein Polizist am Lenkrad und neben ihm ein dicker Polizist, vermutlich Börle selbst. Im Fond jemand in Wehrmachtsuniform. Der Junge! Den vierten Insassen kann er in der Eile nicht ausmachen. So vermutet er also, dass Werner und Toni im letzten PKW sind. Julian gibt Władisław seine Anweisungen: Kradfahrer und den ersten Wagen durchlassen. Steinlawine und Handgranaten auf die dicken Brocken, letzten Wagen schonen. Börle im ersten möglichst lebend erwischen. Ein Stück vor der Einbruchstelle einen Baum quer über die Fahrbahn, damit die vorderen nicht davonfahren können! Dann begibt sich Julian an die Baumbarrikade.

Władisław übernimmt seinen Posten am Ende der Falle. Er hat wahrscheinlich das beste Los des Unternehmens gezogen, denn ihm bleibt nur die Begrüßung Werners und Tonis.

Als Böhnke um den Felsvorsprung biegt, sieht er, wie sich mehrere Meter oberhalb ein dicker Felsbrocken bewegt. Er gibt Gas, und dicht hinter ihm poltert der riesige Stein auf den Weg. Der Fahrer des LKW kann sein Fahrzeug nicht mehr herumreißen. Er prallt gegen den Felsbrocken. Und da kracht der zweite in die Flanke des Lasters. Die Planken splittern. Der nächste LKW fährt gleichfalls auf. Toni tritt geistesgegenwärtig auf die Bremse, wirft den Rückwärtsgang ein und zieht sich hinter die Felsnase zurück. Es war auch höchste Zeit, denn schon krepieren die ersten Handgranaten. Toni ist von dem Manöver voll in Anspruch genommen und kann sich nicht um den Polizisten kümmern, der aus dem Wagen springt und Deckung sucht. Zwei Partisanen laufen arglos auf den Wagen zu, in dem sie Werner Schütt und Toni Burian vermuten. Ehe sie sich's versehen, hat der Polizist seine MPi abgedrückt. Einer von beiden bricht tot zusammen. Ein Scharfschütze vom Felsen, der den Vorgang beobachtet, schießt zwar sofort und trifft den Polizisten, aber er kann den Tod seines Genossen nicht mehr ungeschehen machen. Es ist Władisław.

Hinter der Felsnase ist jetzt Ruhe eingetreten, lediglich weiter vorn, im Wald, fallen noch vereinzelt Schüsse. Dort verläuft das Unternehmen ebenfalls etwas anders als geplant. Das Gelände ist nicht mehr ganz so ideal wie unmittelbar hinter dem Felsvorsprung. Zwar steigt links ein bewaldeter Höhenrücken steil hoch, rechts aber erstreckt sich hinter dem See eine sumpfige Wiese. Der Kradfahrer ist gestürzt und konnte schnell unschädlich gemacht werden. Böhnke aber, durch den Unfall gewarnt, steuert seinen Wagen geistesgegenwärtig an der gefällten Tanne, wo sich Julian und drei weitere Genossen verschanzt haben, vorbei. Er bleibt zwar zehn, zwanzig Meter dahinter im Sumpf stecken, aber er hat die Barriere erst einmal hinter sich. Julian erkennt jetzt, dass sich auch Werner Schütt in diesem Kübelwagen befindet, und gibt deshalb zunächst das Zeichen: Nicht schießen!

Börle springt indessen angstbeflügelt aus dem Wagen und flitzt wie ein Dachs quer durch die sumpfige Wiese auf den gegenüberliegenden Waldrand zu. Werner packt Rolf Bogner am Arm und läuft mit ihm auf die andere Seite. Böhnke nimmt hinter dem Wagen Deckung und eröffnet das Feuer in Richtung Barrikade. Jetzt gibt auch Julian das Feuer frei. Böhnke bricht, von mehreren Schüssen getroffen, zusammen, aber Börle hat inzwischen den schützenden Wald am gegenüberliegenden Berghang erreicht. Als Werner mit Rolf Bogner in Sicherheit ist, sieht er sich nach dem Major um. Drei von Julians Leuten haben die Verfolgung aufgenommen. Erstaunlich, wie flink korpulente, behäbige Männer laufen können, wenn es um ihr Leben geht. Börle rennt und schießt immer wieder aufs Geratewohl nach hinten. Sein Vorsprung ist bereits zu groß, als dass er noch eingeholt werden könnte.

Bei den notgedrungen unzulänglichen Vorbereitungen müssen Julian und seine Leute mit dem Ergebnis zufrieden sein: Ein Toter und drei Verwundete auf der eigenen Seite. Rolf Bogner wohlbehalten befreit. Das Einsatzkommando der Sicherheitspolizei aufgerieben. Der Chef allerdings entkommen.

Julian gönnt allen eine Verschnaufpause. Rolf Bogner sitzt auf einem Baumstamm und trinkt kalten Tee aus der Feldflasche, die ihm einer der Partisanen gegeben hat. Inzwischen werden die erbeuteten Waffen eingesammelt, die beiden LKW und der Kübelwagen des Polizeikommandeurs in Brand gesteckt. Dann trennen sich ihre Wege. Julian zieht mit den Genossen zurück in seinen Schlupfwinkel, während Werner, Toni und Rolf Bogner zur Blauen Höhle fahren. Sie müssen allerdings erst ein ganzes Stück zurück und dann eine andere Route nehmen. Der Hohlweg ist vorerst unpassierbar für Fahrzeuge aller Art.

Kurz vor vierzehn Uhr ereignet sich im Sägewerk ein Unfall. Ein Bohlenstapel fällt ein und begräbt zwei sowjetische Kriegsgefangene unter sich. Beide sind schwer verletzt, Knochenbrüche, Quetschungen. Es sieht schlimm aus. Dr. Stallmach besteht darauf, einen Arzt hinzuzuziehen, und gerät deswegen in eine heftige Auseinandersetzung mit dem Sonderführer Barnach, der sich gegen jede Verzögerung heftig sträubt. Da er sich in der Öffentlichkeit der Anordnung des Werkdirektors nicht widersetzen kann, macht er dem Ingenieur dann unter vier Augen heftige Vorwürfe. Er wisse doch genau, dass die Brüder nur noch eine Galgenfrist von wenigen Tagen hätten, wozu dann das Theater! Dr. Stallmach bleibt nichts anderes übrig, als ihn mit dessen eigenen Argumenten zu schlagen. Die Gefangenen wüssten nicht, was ihnen bevorsteht, man dürfe sich deshalb nichts anmerken lassen. Wenn sie es vor der Zeit erführen, seien erhebliche Störungen des Abtransportes zu befürchten. Und das gehe dann zu Lasten des Herrn Sonderführers. Da ist er still. Aber der Unfall und der nachfolgende Disput verzögern Dr. Stallmachs Mittagspause um eine reichliche Stunde.

Nora Stallmach wartet unruhig zu Hause. Sie schlägt Joanna vor, bereits zu essen, will aber selbst weiterhin warten. Mehrmals tritt sie vor die Tür und blickt zum Wald hinüber. Ihr Mann nimmt stets einen kleinen Pfad durch diesen Wald, auf dem er vom Werk zur Villa eine halbe Stunde braucht. Sie ist sehr froh, als sie ihn endlich in der Ferne erkennt, geht aber ins Haus zurück, weil er es nicht mag, wenn sie sich wegen jeder Kleinigkeit Sorgen macht.

Nora merkt sofort, dass er Ärger gehabt hat. Er kann das nicht so schnell abstreifen. Beide setzen sich schweigend zum Essen. Joanna wäscht in der Küche ab. Da hört sie draußen hastige Schritte. Es muss ein Mann in Stiefeln sein. Die Haustür wird aufgestoßen. Dr. Stallmach hat sich erhoben und geht in die Diele. Zu seiner Überraschung steht Börle vor ihm, mit geöffnetem, verschmutztem Waffenrock, die Stiefel voller Schmutz, ohne Mütze, die Pistole in der Hand. »Ich muss telefonieren, sofort!«, stößt er, völlig außer Atem, hervor.

»Aber bitte«, bringt Dr. Stallmach verblüfft gerade noch hervor. Da ist Börle bereits im Arbeitszimmer verschwunden.

Joanna ist nicht minder überrascht als Dr. Stallmach, Börle hier zu sehen. Was ist passiert? Da muss doch etwas schief gegangen sein, wenn auch Börles Einzug hier nicht gerade sehr triumphal war. Es gehörte aber zu Werner Schütts Plan, Börle bei der Aktion entweder gefangen zu nehmen oder auszuschalten. Was nun? Jetzt wird es brenzlig für sie. Sie muss auf der Hut sein. Sie versucht zu erfahren, mit wem Börle telefoniert und was er sagt. Sie hört noch: »Darüber werden wir später reden. Schicken Sie zuerst sofort einen Wagen hierher, zur Villa Doktor Stallmachs, jawohl, Ende.«

Börle lässt sich erschöpft in einen der bequemen Sessel in Dr. Stallmachs Arbeitszimmer fallen. Der Ingenieur setzt sich ihm gegenüber, vorsichtig, als könne eine Erschütterung eine Explosion auslösen. Börle sitzt reglos da und starrt auf seine Stiefelspitzen. Dr. Stallmach beobachtet ihn mit Erstaunen. Diese Maschine an Tatkraft, stets unter Dampf, wie eine Lokomotive fauchend, zischend, aber auch pfeifend, auf einmal still, ohne Bewegung. Das gibt es doch gar nicht! Er scheint nicht zu merken, dass ich hier bin.

»Was ist denn geschehen, Hasso. So kenn ich dich ja gar nicht«, redet er ihm freundlich zu.

»So? Woher willst du mich auch kennen! Aus der Schule? Das ist lange her. Seitdem ist viel Wasser den Berg hinuntergeflossen. Wen kennt man überhaupt? Niemand, nichts. Überall läuft man in Fangeisen. Ja, mein Lieber, in Fangeisen! Einmal erwischt es jeden, hörst du, jeden!«

»Aber doch nicht dich!«, ruft Dr. Stallmach ungläubig aus.

»Doch, Norbert, doch. Börle ist gestolpert. Diesmal hauen sie mir die Beine weg«, brütet er vor sich hin. Aber dann gibt er sich einen Ruck.

Norbert Stallmach spürt, jetzt regt er sich wieder, der alte Hauer. Wäre ja auch ein Wunder gewesen, wenn er klein beigegeben hätte.

Börle steht auf. »Aber war nicht auch über mir eine schützende Hand, so wie über dem Führer am zwanzigsten Juli? Wenn es so etwas gibt wie eine Vorsehung, hat sie dann nicht gesprochen?«

Der Ingenieur lehnt sich zurück und hört sich die Fragen, die Börle wohl mehr sich selbst stellt, gelassen an. Dieses krause Schicksaldenken ist Stallmach, dem humanistisch gebildeten, naturwissenschaftlich orientierten Mann, fremd. Aber Menschen wie Börle können sich, wenn sie stolpern, zwangsläufig nur mit Hilfe ihrer Illusionen wieder aufrichten.

Der Polizeimajor geht mit großen Schritten im Raum hin und her. Jetzt macht er wieder Dampf, sagt sich Dr. Stallmach. Bald wird sie wieder prusten, die Lokomotive!

Schon fast wieder der alte, stellt sich Börle vor Dr. Stallmach hin und wettert wie ein Kapuziner: »Nein, so schnell zieht man dem Börle das Fell nicht über die Ohren! Wäre doch gelacht, wenn ich aus der blöden Geschichte nicht wieder rauskäme. Da sitzen ja auch noch andere drin. Und nicht zu knapp! Die Laus hat mir der Pelka in den Pelz gesetzt. Jetzt geht mir ein Licht auf! Ich Idiot! Dass ich nicht gleich daraufgekommen bin. Na, das passiert mir nicht wieder. Hohn und Spott, dass ich noch seine Beförderung einreichen soll. Musste ich dem Teschner zusagen. Wofür eigentlich? Aber ich weiß schon. Er hat so wunderschöne blaue Augen. Germanischen Langschädel, hohe Fußspanne. So recht nach dem Geschmack der SS. Unsereiner kann sich abstrampeln, wie er will, das zählt alles nicht. Wir können die Kastanien aus dem Feuer holen, aber weil wir ein paar Zentimeter zu klein sind, ein bisschen zu dick, den Kopf ein wenig zu rund, das Haar zu dunkel haben, deshalb sind wir nur die Heloten!« Nun beginnt er wieder zu wandern, ganz Empörung.

Dr. Stallmach fragt: »Was ist denn bloß passiert?«

Börle macht eine wegwerfende Geste und sagt schließlich beiläufig: »Wir sind den Polen in die Falle gegangen. Hohe Verluste. Das Ding werden sie mir anhängen wollen.«

Dr. Stallmach horcht auf. Dann sagt er verständnisvoll: »Schlimme Sache. Aber eines verstehe ich nicht. Ehrlich gesagt, ich wundere mich, weshalb du die letzten Tage alles selbst machst. Du hast doch sonst stets deine Leute für derartige Aktionen eingesetzt.«

Börle mit Erstaunen: »Du hast dir über mich Gedanken gemacht? Wozu denn das? Was kann dir schließlich daran liegen, ob ich zu Boden gehe? Aber bei dir ist auch nicht alles so lupenrein gewesen in letzter Zeit. Ein anderer an meiner Stelle hätte da nicht so großzügig drüber weg gesehen.«

»Aber ich bitte dich!«, protestiert Dr. Stallmach.

»Schon gut, schon gut!«, beschwichtigt ihn der Major. »Sicher bist du völlig ahnungslos. Aber was tut das schon. Wer einmal drinsteckt in so 'ner Sache, der kommt so schnell nicht wieder heraus. Wenn erst eine Untersuchung anläuft – zutage kommt da immer etwas. Wir haben alle Dreck am Stecken. Und entscheidend ist dann, bei wem was festgestellt wird. Darauf kommt es an. In jeder Beziehung. Und nun kann ich dir auch sagen, weshalb ich mich persönlich um die Ermittlungsarbeiten gekümmert habe. Der Pelka, einer meiner Offiziere, besonderer Schützling des Standartenführers, hatte da in einigen Punkten eine andere Theorie als ich, besonders die Vorgänge hier betreffend. Und ich dürfte kein alter Polizeihase sein, wenn ich nicht wüsste, dass fast immer die Theorie dessen bestätigt wird, der die Ermittlungen führt. Ich musste mich also selbst in die Sielen legen, weil der Pelka sonst unter allen Umständen versucht hätte, seine Auffassung durchzudrücken. Und Teschner hatte von der Sache bereits einen schriftlichen Bericht angefordert. Wenn die Angelegenheit nach Pelkas Vorstellungen gelaufen wäre, dann hätte sich am Ende folgendes Bild ergeben: Der Börle ist eine Niete. Was bei ihm an Erfolgen zu verzeichnen ist, geht auf seine Mitarbeiter. Und damit hätte ich die Ernte von Jahren abschreiben müssen. Den SS-Leuten käme das sehr gelegen. Denen passt meine Nase nicht. Tja, Norbert, ich wollte ihnen zeigen, dass es nicht auf die schönen blauen Augen ankommt, sondern auf den Grips, den einer hat. In den letzten Tagen sah es dann auch ganz gut für mich aus. Ich war sicher, das Spiel schon gewonnen zu haben. Die Aussage deiner Frau, wenn auch ein bisschen undurchsichtig, hat ihm einen entscheidenden Trumpf aus der Hand geschlagen. Trotzdem konnte ich den Stich nicht einstreichen, denn ich bin selber überstochen worden. Und nun ist der Pelka fein raus aus dem Schneider. Jetzt hat er wieder Oberwasser, und ich sitze drin. Selbst die andere Chance, die ich gewittert habe, ist hin. Eine Zeit lang schien es mir, dass der Oberleutnant von der Abwehr …«

»Schütt?«, fragt Dr. Stallmach dazwischen.

Börle stutzt, merkt, dass er sich vergaloppiert hat, sagt sich dann aber, darauf kommt es nun auch nicht mehr an, und bestätigt: »Ja.« Dann setzt er seine Beichte fort: »Ich glaubte also, dass der Schütt, für den Teschner in gewisser Weise gebürgt hat, als er ihn in meinem Büro traf, selbst einer der Fallschirmspringer sei. Es gab da bestimmte Verdachtsmomente. Das wäre ein Fressen geworden, wenn ich, der popplige Polizist, dem SS-Standartenführer hätte unter die Nase reiben können, dass er einem Agenten des Nationalkomitees auf den Leim gekrochen ist. Er und Pelka haben ja nie so recht geglaubt, dass es diese Ostagenten hier überhaupt gibt. Tja« schließt er resigniert, »nun werde ich den Bericht anders aufsetzen müssen: Aktion persönlich geleitet. Nichts ausgerichtet aber selbst beinahe gefangen worden!«

Dr. Stallmach steht auf, holt eine Cognacflasche und zwei Gläser, gießt ein und hebt sein Glas, indem er Börle tröstend zunickt, der daraufhin wieder Platz nimmt. »Du wirst schon irgendwie aus der Sache rauskommen. Auf Leute wie dich kann man doch heutzutage nicht verzichten«, muntert er den Polizeimajor auf.

Börle lacht nur sarkastisch auf: »Man hat schon auf ganz andere verzichtet!«

»Du siehst bestimmt zu schwarz.«

»Dein Wort in Gottes Ohr! Aber du hast recht. Man ist erst verloren, wenn man sich selbst verloren gibt. Noch steht Börle auf beiden Beinen im Ring. Der Coup der Partisanen hat mich nicht zu Fall gebracht. Und der war nicht von schlechten Eltern. Weshalb sollte ich über Pelkas Intrigen straucheln?«

»Ist denn außer dir niemand davongekommen?«, will Dr. Stallmach wissen.

»Keine Ahnung!«, sagte Börle schulterzuckend.

»Und der Oberleutnant Schütt? War der bei dir?«

»In meinem Wagen sogar!«

»Ist er tot?«

»Wahrscheinlich ist er auch hops gegangen.«

»Schade, er wäre dein Bundesgenosse gewesen, wenn er davongekommen wäre.«

»Ach, weißt du – hilf dir selbst, so hilft dir Gott. Wem von diesen Brüdern willst du noch trauen, nach solchen Erfahrungen? Auf niemand kannst du bauen, auf niemand, lass dir das von mit gesagt sein. Jeder muss sich selbst durchbeißen.« Dabei blinzelt er den Ingenieur mit seinen listigen Augen an.

Wozu braucht er denn einen Wagen, der Dicke?, denkt Pelka. Er hat doch seinen Kübel bei sich. Vielleicht hat er Beute gemacht. Also das ist wieder mal typisch. Ich fange den Vogel, ich liefere die richtige Theorie. Und da fährt der Herr dann selbst hinaus …

In der Unterredung mit Teschner hatte Pelka endlich Gelegenheit, die Ereignisse der letzten Zeit ins rechte Licht zu rücken. Aus seiner Darstellung konnte Teschner leicht entnehmen, dass die greifbaren Ergebnisse auf sein Konto kamen: Erschießung des Dienstmädchens, Verhaftung des Plakatklebers und der Nachweis, dass er den Einbruch auf dem Rargierbahnhof verübt hat. Und Pelka war felsenfest überzeugt, dass es der gleiche Bengel war, der in der Villa eingebrochen hatte. Wenn Börle sich auch noch so gegen diese Theorie wehrte, aus welchem Grund auch immer, aber bei Teschner, da konnte er die Dinge nicht drehen und wenden, wie er's brauchte. Da blieb es ein Verdienst, das Dienstmädchen der Stallmachs außer Gefecht gesetzt zu haben, da wurde der Nachweis honoriert, dass der junge Plakatkleber den Überfall auf den Rangierbahnhof verübt hat …

Es klopft. Ein Wachtmeister bringt eine als dringend deklarierte Nachricht, die im Hausbriefkasten gefunden worden ist. Pelka betrachtet das Kuvert, kein Absender. Hm. Vorsichtig rollt er mit einem runden Bleistift die Gummierung auf, nimmt die Briefkarte heraus und liest. Eine Frauenhandschrift. Das ist ja 'n Ding! Der Leutnant springt auf, bleibt aber hinter seinem Schreibtisch stehen. Er liest den Brief nochmals. Hm. Wenn das wahr ist! Er wiegt das Schreiben wie eine Kostbarkeit in der Hand. Anonym. Aber die Angaben präzise, klar. Da gibt es keinen Zweifel! Der Schütt und sein Feldwebel, das sind die beiden Fallschirmspringer. Das ist ein Ding! Das Nationalkomitee »Freies Deutschland« hat sich in der Polizeizentrale des Kreises eingenistet! Diese Nachricht ist eine Aktie, die Zinsen trägt. Was lässt sich daraus machen?

So viel ist zunächst einmal sicher: Wenn der Börle mit seinen paar Hanseln von Deserteuren kommt und Pelka kassiert den Schütt und seinen Feldwebel, mit denen der Major eben noch gemeinsame Sache machte, dann hätte er ihm die Schau gestohlen. Aber vielleicht ist da noch viel mehr rauszuholen!

Eitel und ehrgeizig, wie Börle ist, muss man damit rechnen, dass er diesen Brief verschwinden lässt und so tut, als habe er selbst von Anfang an den Braten gerochen. Und damit kann Pelka ihn fangen.

Behutsam geht Pelka zu Werke. Er gummiert den Rand, feuchtet ihn etwas an und klebt das Kuvert wieder zu. Und nun muss er Teschner einweihen. Gemeinsam können sie dann Börle überführen, dass er entscheidende Hinweise in Zusammenhang mit einem Staatsverbrechen unterdrückt. Mitwisserschaft, ja Mittäterschaft sind nicht mehr auszuschließen. Das bricht ihm das Genick!

Pelka blickt auf die Uhr. Die Zeit reicht aus. Er nimmt den Telefonhörer ab. »Den Standartenführer bitte, dringend!«

In der Abenddämmerung kommt Julian mit seinen Leuten in seinem Unterstand an. Bolesław betrachtet den Toten und die Verwundeten mit Trauer und tiefem Erschrecken. Was hat das zu bedeuten? Ist etwas schief gegangen mit dieser Hals-über-Kopf-Aktion? Władysław! Da ist er nun durch hundert waghalsige Unternehmungen gegangen, der große Stratege des Risikos. Auch Boris, der sofort nach Schichtwechsel in Julians Hauptquartier eilt, ist niedergeschlagen. Bolesław schüttelt nur den Kopf, nachdem Julian von dem Geschehenen berichtet hat.

Sachlich gibt Julian eine Einschätzung der Aktion, die insgesamt ein Erfolg gewesen, aber nicht ganz wie geplant verlaufen sei.

»Das ist aber sehr wohl wollend formuliert«, murmelt Bolesław vor sich hin. »Im Grunde ist die Operation, in größerem Zusammenhang gesehen, ein Schlag ins Wasser.«

»Wieso?«, fragt Boris. »An der Aktion Ciupaga hat sich deshalb nichts geändert.«

»Da bin ich nicht so sicher«, widerspricht Bolesław. »Bis jetzt wusste man nichts von uns. Nun haben wir einen spektakulären Schlag geführt. Wer weiß, was das für Kreise zieht. Für sie ist jetzt auf alle Fälle klar: Die Partisanen sind da! Die jungen Deutschen, das glaube ich, mögen jetzt außer Gefahr sein. Börle wird das Ganze für einen Schwindel halten, für ein Ablenkungsmanöver. Aber er wird nun darauf gefasst sein, dass im Sägewerk eine Bombe platzt. Wenn ihr ihn wenigstens gefasst hättet, dann könnte man in Bielsko vielleicht glauben, er sei mit den Deserteuren kollidiert. So aber weiß er Bescheid, in welche Falle er getappt ist.«

»Schon möglich, dass Börle derartige Schlüsse zieht. Aber er hat keinen konkreten Anhaltspunkt für unseren Plan bezüglich des Sägewerks. Dass irgendetwas geschieht, damit musste er auch vorher rechnen. Und was die jungen deutschen Soldaten betrifft, sehen wir jetzt viel klarer. Wir wissen, wo sie sitzen, dass sie sich vermutlich gegen jedermann zur Wehr setzen, der sie aufstöbert. Das ist auch etwas wert, Bolesław«, hält ihm Julian entgegen.

»Und wie steht es mit Joanna? Mit Werner und Toni?«, fragt Boris. »Hat Börle im Verlauf der Aktion Verdacht geschöpft?«

Julian wiegt den Kopf. »Schwer zu sagen. Er hat Werner nicht mit uns kooperieren sehen, auch Toni nicht. Aber ich weiß nicht, was vorher war, in der Kreisverwaltung. Wie sehr sich Werner für das Unternehmen engagieren musste. Vielleicht hat er Börle erst dazu überredet. Dann allerdings …«

»Also müssen wir Joanna sofort aus Stallmachs Villa zurückziehen«, folgert Bolesław.

Julian stimmt zu. Boris auch. Aber er fragt: »Wenn nun Werner und Toni aus irgendeinem Grunde noch einmal dorthin zurückkehren?«

»Trotzdem«, entscheidet Julian. »Wozu Joanna zusätzlich gefährden? Wenn Börle Verdacht schöpft, dann kann auch sie Werner nicht retten. Wenn er keinen schöpft, dann ist auch Joannas Abwesenheit für ihn unverdächtig.«

»Das leuchtet ein«, bestätigt Boris.

Bolesław übernimmt es, Joanna sofort zu benachrichtigen.

»Das bedeutet aber, dass wir ab sofort auf jeden Einblick in die Maßnahmen der Gegenseite verzichten«, konstatiert Bolesław.

»Ohne die deutschen Genossen hätten wir nie einen gehabt«, erwidert Julian.

»Stimmt«, pflichtet Boris bei.

»Aber nachdem wir ihn haben, sollten wir ihn nicht so leichtfertig preisgeben.«

Julian fasst Bolesław am Arm. »Bolek, versteife dich nicht in eine fixe Idee, dass etwas geschehen ist, was auch anders hätte ablaufen können. Wir sind bei der Aktion Cipaga jetzt an einem Punkt, wo es kein Zurück mehr gibt. Der Mund ist gespitzt. Jetzt muss gepfiffen werden!«

Boris nickt. Bolesław erwidert nichts mehr. Und auch sonst gibt es keinen Widerspruch. Nun fordert Julian Bolesław auf, seinen Plan für den Ablauf der Aktion zu unterbreiten.

»Nach unseren Informationen wird die Holzabfuhr noch drei Tage lang fortgesetzt. Am vierten werden die Maschinen verladen und am fünften abgefahren. Wir können also sowohl am Abend des vierten wie auch am Abend des fünften eingreifen. Es ist aber besser, wir lassen die Maschinen noch verladen, dann können wir sie aus der Gefahrenzone bringen. Sonst besteht für die Deutschen noch eine Chance, sie zu zerstören, wenn sie die Kraft zu einem Gegenschlag haben.«

Julian nickt und sagt: »Das wäre nicht ausgeschlossen.«

Nun tritt Bolesław vor die Karte und zeigt, wo und wie er seine Leute einzusetzen gedenkt.

»Die Operation beginnt hier, zwischen dem Sägewerk

und dem etwa fünfhundert Meter nördlich davon gelegenen Stollen. Eine Gruppe unter Jans Führung erledigt die Bewachung des Stollens, nachdem die Tore geschlossen wurden. Zu dieser Gruppe muss auch Boris gehören, der sofort die. Verbindung zu den Gefangenen herzustellen und diese aus dem Stollen heraus etwa in die Gegend der Abzweigung des Weges zur Villa zu führen hat. Dort werden sie so weit wie möglich bewaffnet und stehen als Reserve bereit, um in den Kampf um das Sägewerk einzugreifen und den Maschinentransport in unser Versteck gegen etwaige Verstärkungen der deutschen Polizei zu decken. Einen Teil der Leute werden wir sicher auch im Kampf um das Werk brauchen, falls unser überraschender Schlag nicht sofort gelingt. Gut wäre es, wenn vor der Aktion ein Kontakt mit den Gefangenen zustande käme. Aber sie sind zu gut bewacht. Ein Versuch der Kontaktaufnahme wäre zu gefährlich. Er könnte das Ganze verraten. Wir müssen darauf vertrauen, dass die Improvisation klappt. Sobald der Gefechtslärm beim Stollen beginnt, gehe ich mit einer zweiten Gruppe über den Holzplatz vom Süden her gegen das Werk vor, während eine dritte Gruppe den Schuppen angreift, in dem die deutschen Bewachungsmannschaften liegen. Sollte Börle weitere Sicherungskräfte der Polizei heranziehen, vor allem auch ein Kommando, das die geplante Liquidation der Gefangenen vollziehen soll, so müssen diese Kräfte sofort von den Gefangenen angegriffen werden. Dann allerdings entsteht hier oben an der Wegkreuzung ein Vakuum.«

»Das auszufüllen wäre, wenn Werner und Toni Erfolg haben«, wirft Boris ein.

»Ja, wenn.«

Es kommt zu einer Diskussion über die Details, aber im Ganzen wird der Plan gebilligt.

Walter Rettich hat seinen Wachdienst beendet und meldet sich bei Oberfeldwebel Weigel ordnungsgemäß zurück. Dann legt er sich auf seinen Schlafplatz. In der Nähe des Eingangs sitzt Hauptmann Garzel und macht sich Notizen. Oberfeldwebel Weigel putzt routinemäßig seine Pistole. »Das Zeug setzt in diesem Loch verdammt schnell Rost an!«, predigt er immer und hält die Jungs zu regelmäßiger Waffenpflege an. Aber er will damit zugleich für Beschäftigung sorgen, denn nichts ist in solcher Lage schlimmer als ein tatenloses Dahindösen.

Neben Walter Rettich liegt Günter Ehlert, ein Klassenkamerad Walters. Er hält die Hände hinter dem Kopf verschränkt, das rechte Bein wie ein Dreieck auf den Boden gestellt, den linken Unterschenkel auf das rechte Knie gestützt und schlägt mit dem linken Fuß den Takt zu den Liedern, die er vor sich hin summt oder pfeift. Alles, was Film und Funk in letzter Zeit zu bieten hatten, mixt er zu einem eigenwilligen Potpourri. Dabei wählt er meist Lieder, deren Texte eine zynische Anspielung auf ihre unerquickliche Situation enthalten. Als er schließlich zu einer Zarah-Leander-Parodie ansetzt: »Davon geht die Welt nicht unter, siehst du sie manchmal auch grau, einmal wird sie wieder bunter …«, da reißt Walter Rettichs Geduld. »Halt endlich mal die Klappe, Ehlert, das hält ja kein Mensch aus!«, ruft er verärgert.

»Ach nee!«, mimt Ehlert den Erstaunten. »Das haltet ihr nicht aus! Ihr haltet einen Partisanenangriff, Hunger, Nässe, Kälte, dieses lausige Loch hier und was weiß ich alles aus. Nur wenn der Ehlert pfeift, das ist nicht auszuhalten. Sind die Oden des Herrn Studienrats Garzel vielleicht amüsanter? Ich weiß übrigens, was er da schreibt: Knitterbackes letzte Tage.«

Walter Rettich empört diese Dreistigkeit und Ungerechtigkeit gegenüber dem Studienrat. Knitterbacke, das ist ein Spitzname, der auf das schmale, faltige Gesicht des alten Lehrers anspielt. »Mensch, Ehlert, riskierst hier 'ne dicke Lippe, und dabei scheißt du in die Hose vor Angst.«

Jetzt ist Ehlert ehrlich entrüstet: »Halt du bloß die Luft an, Rettich. Wem haben wir es denn zu verdanken, dass wir hier Tote auf Urlaub sind? Keinem anderen als dir! Du hast den Bogner flitzen lassen, deinen Freund. Und du kannst sicher sein, früher oder später hetzt der uns den Heldenklau auf den Hals.«

Walter richtet sich halb auf, will dem Ehlert an den Kragen, aber dann lässt er sich wieder fallen. »Was reg ich mich auf. Man kann vom Ochsen nicht mehr verlangen als Rindfleisch. Und im Übrigen möchte ich schlafen«, sagt er und rollt sich zusammen.

Ehlert steht auf, winkt lässig ab und brabbelt, zum Ausgang gehend, vor sich hin: »So ist's richtig. Ein müder und hungriger Soldat ist der willigste. Er löckt nicht gegen den Stachel. Nicht wahr, Herr Hauptmann?«, wendet er sich jetzt herausfordernd direkt an Garzel.

Dieser hat sich von Ehlerts Gerede bisher nicht beirren lassen. Auch jetzt sieht er ihn ruhig an. »Was wollen Sie, Ehlert?«, fragt er.

Der Angeredete macht eine tiefe Verbeugung. »Nicht stören, Herr Studienrat, vor allem nicht stören. Denn es gibt keine stolzere Vaterschaft als die eines neuen Gedankens, sagt der Lateiner.«

Jetzt wird es dem alten Weigel zu viel. Er steht auf, tritt seelenruhig vor den Jungen hin und sagt lässig in seiner unnachahmlichen Art: »Weißt du, was dir fehlt? Ein ordentlicher Arsch voll! Und wenn du jetzt nicht die Schnauze hältst, dann wird dein Bedarf sofort gedeckt. Hast du mich verstanden?«

Das versteht selbst ein Ehlert. »Mein Bedarf ist schon gedeckt«, mault er und trollt sich.

Nun herrscht Stille in der Höhle, aber es ist keine erquickliche Ruhe, die eingezogen ist. Garzel lehnt den Kopf zurück und schließt die Augen. Weigel hat seine Pistole wieder zusammengesetzt und lädt durch.

Da kommt der Posten aufgeregt herein: »Ein Auto nähert sich auf dem Rasenweg, der zur Höhle führt!«

Alle sind sofort hellwach. Weigel springt auf. Der Hauptmann macht eine Geste, Ruhe zu bewahren. Er geht mit Weigel hinaus, beobachtet das langsam näher kommende Fahrzeug durch den Feldstecher. Ein Wehrmachtskübel. Sitzt denn da hinten nicht ... Tatsächlich: Rolf Bogner! Garzel zuckt ein wenig zusammen. Weigel merkt es. »Was Besonderes?«, fragt er. Garzel gibt ihm stumm das Fernglas.

»Bogner!«, sagt Weigel leise.

Garzel nickt. »Weigel, halten Sie die Bande im Zaum und schicken Sie mir den Rettich heraus. Ich werde sehen, was sie wollen.«

»Soll ich die Waffen ausgeben? Und Munition?«

Der Hauptmann sieht ihn einen Augenblick an, dann entscheidet er: »Nein!«

»Was werden die vorhaben?«

»Es sieht nicht so aus, als wollten sie unsere Festung stürmen«, erwidert er. »Drei Mann und davon einer von uns. Sieht eher nach Palaver aus. Erst werde ich mal hören, worum es sich handelt.« Weigel wendet sich zum Gehen.

Garzel ruft ihn noch einmal zurück. »Sollte mir etwas passieren, dann verlassen Sie sofort dieses Lager. Bringen

Sie mir die Jungs heil aus dem Schlamassel!«, schärft er ihm ein und fasst ihn mit der Rechten freundschaftlich am Arm.

Weigel erwidert nichts darauf und geht. Als er in die Höhle kommt, haben sich alle bereits bewaffnet und stehen mit finsterer Entschlossenheit vor ihm. Weigel zeigt auf die Waffen und fragt scharf: »Wer hat das befohlen?«

Niemand antwortet. Alle stehen wie die Standbilder.

»Also weg mit den Schießeisen«, kommandiert Weigel.

Keiner rührt sich.

»Was ist draußen los, Herr Oberfeld?«, fragt Günter Ehlert.

»Hängt es mit der Schießerei von vorhin zusammen?«, will ein anderer wissen.

Diesmal sind alle ernst und gespannt.

»Ein Kübelwagen nähert sich uns.«

»Ist Rolf Bogner dabei?«

»Er ist dabei«, bestätigt Weigel.

»Dieses Schwein!« – »Verräter!« – »Lump!«, hallt es durch die Höhle.

»Und jetzt führen Sie meinen Befehl aus!«, verlangt Weigel gebieterisch.

Wieder macht sich Ehlert zum Sprecher der Unzufriedenen: »Wir lassen uns nicht das Fell über die Ohren ziehen. Unsere Haut verkaufen wir so teuer wie möglich!« Er macht Anstalten, die Höhle zu verlassen.

Aber der Spieß tritt ihm in den Weg. »Sie bleiben!«, sagt er gelassen.

Ehlert pariert. Walter Rettich stellt seinen Karabiner wieder hin, die anderen folgen, einer nach dem anderen. Jetzt kann der Oberfeldwebel Walter Rettich zu Garzel schicken. Den übrigen möchte er inzwischen klarmachen, was für ein anständiger Kerl ihr Lehrer ist. Aber er spürt, wie wenig zugänglich angstgepeinigte Gemüter der Vernunft sind. So schiebt er es auf.

Die Begegnung zwischen Garzel und Werner Schütt beginnt frostig, fast feindselig. Rolf Bogner, der Abtrünnige, wird kaum beachtet. Er bildet eher ein Hemmnis für die Anknüpfung eines Gesprächs. Zunächst hält Garzel Werner Schütt und Toni Burian für Vertreter der Wehrmacht. Erst Rolf Bogners Hinweis, dass die beiden ihn befreit hätten und mit den Partisanen zusammenarbeiteten, veranlasst den Hauptmann zu der Frage: »In wessen Auftrag handeln Sie?«

»Wir arbeiten im Namen des Nationalkomitees ›Freies Deutschland‹«, erwidert Werner Schütt klar und unmissverständlich.

Garzels Miene verfinstert sich. Sein NS-Führungsoffizier hatte vor dieser Vereinigung alter Kommunisten mit »abtrünnigen Offizieren«, wie er sich ausdrückte, gewarnt. Aber auch viele Kameraden, die nicht zu den fanatischen Nazis zählten, hatten bedenklich den Kopf gewiegt. Die Geschäfte der Russen besorgen, das sei das Letzte. Dann lieber eine Kugel durch den Kopf. Und obgleich er sich durch seine Haltung in den letzten Tagen von den Durchhaltestrategen losgesagt hat, beeinflusst ihn ihr Standpunkt in dieser Frage nach wie vor. Dann aber regt sich das Bedürfnis, mehr über die Sache zu erfahren. »Die Organisation, von der Sie sprechen, Herr Oberleutnant, ist mir kein Begriff!«

Werner gibt Auskunft: »Dem Nationalkomitee gehören Menschen aller weltanschaulichen und politischen Richtungen an, Arbeiter und Schriftsteller, Soldaten und Offiziere, Gewerkschaftler und Politiker. Sein Präsident ist der Dichter Erich Weinert.«

Bei diesem Namen horcht Garzel auf. Seit elf Jahren befindet er sich in der Emigration, ebenso wie Brecht, Becher, Renn, Seghers, Döblin, Werfel, die Brüder Mann und viele andere Dichter. Wenn solche Leute dort mitsprechen?

»Gut und schön, und was will dieses Komitee?«

»Uns geht es darum, das deutsche Volk zu retten! Zu retten vor dem Untergang.«

»Und da kommen Sie zu uns? Einem verlorenen Haufen in den polnischen Bergen?«

»Zu allen, die mit Hitler brechen.«

»Unsere Ziele sind bescheidener. Wir wollen nichts weiter retten als unsere Haut, die einfache nackte Haut.«

»Und wie gedenken Sie das zu erreichen, wenn Sie weiter nichts tun, als hier abzuwarten?«, fragt Toni nicht ohne Schärfe.

Garzel blickt den Feldwebel, der sich ungefragt in das Gespräch der Offiziere mischt, missbilligend an. Werner lächelt. Garzel wendet sich an Werner, Tonis Frage ignorierend: »Der Krieg ist verloren. Jedes weitere Opfer sinnlos. Darum haben wir für uns den Krieg beendet. Das ist alles, wozu wir imstande sind. Was weiter mit uns geschieht, werden andere bestimmen.«

»Das nenne ich fatalistisch gesprochen, Herr Hauptmann«, gibt Werner zurück. »Gerade ein Mann wie Sie ist verpflichtet, weiterzudenken und zu handeln. Oder wem wollen Sie das überlassen? Wenn sich im deutschen Volk genügend Kräfte finden, die sich rechtzeitig besinnen und durch Taten beweisen, dass sie entschlossen sind, Deutschland von Hitler und seinem System zu befreien, dann erwerben sie damit das Recht, über Deutschlands künftiges Geschick zu bestimmen. Dann werden sie auch in der Welt Gehör finden.«

Rolf Bogner ist von den Gedanken des Oberleutnants beeindruckt. Das ist ein anderer Ton als Garzels Rede. Zugegeben, damals, nach dem Gefecht, hat ihm des Lehrers Haltung imponiert. Aber es klang alles ein bisschen wehmütig und hatte keine Zuversicht. Garni wusste zwar, was er nicht wollte, hatte aber keine Vorstellung, was er ihnen als Ziel angeben sollte. Dieser Oberleutnant hingegen hat ein Bild davon, was zukünftig in Deutschland geschehen soll. Er kann den anderen vielleicht Mut machen. Denn wenn das nicht gelingt, verzweifeln sie hier oben und geben auf, und zwar bald. »Herr Studienrat … Herr Hauptmann«, verbessert er sich. »Kann Herr Oberleutnant Schütt nicht mit den Kameraden sprechen? Schließlich geht es doch um unser Leben.«

»Sie schweigen«, verweist ihm Garzel sein Dazwischenreden. »Sie haben nicht mehr das Recht, das Interesse aller im Munde zu führen!«

Rolf Bogner zuckt unter diesem Tadel zusammen wie unter einem Schlag im Polizeipräsidium.

Toni Burian sieht erst den Jungen und dann Garzel an und kann sich die Bemerkung nicht verkneifen: »Wissen Sie, Herr Studienrat, wie viel Schläge er eingesteckt hat, um seine Kameraden nicht zu verraten? Wenn er einen Fehler gemacht hat, hat er ihn, glaube ich, längst wieder gutgemacht. Überhaupt sollten wir in diesem Augenblick nicht über die Schuldfrage streiten, sondern ernsthaft überlegen, was unter den gegebenen Umständen getan werden kann. Im Interesse dieser Gruppe. Wie wollen Sie denn überleben? Mit Walderdbeeren und kleinen Einbruchdiebstählen wird das auf die Dauer nicht zu machen sein. An der Seite der polnischen Partisanen und sowjetischen Gefangenen hätten Sie eine Chance. Die einzige, so weit ich sehe.«

Garzel streckt abwehrend die Hand aus, als gelte es, sich Beelzebub vom Leib zu halten. »Sie werden mich nie dazu bewegen, mit den Russen oder Polen gemeinsame Sache zu machen!« Nach einer beklemmenden Pause fügt er hinzu: »Ich bin aber bereit, mit meinen Schülern und Ihnen zu beraten, wie das Leben dieser Gruppe zu retten ist. Meinetwegen, wenn Sie sich etwas davon versprechen, legen Sie auch Ihre Vorstellungen dar, wie Sie sich das künftige Deutschland denken. Mehr Anklang finden Sie sicher, wenn Sie eine warme Mahlzeit ankündigen.«

»Das ist ein Wort, Herr Hauptmann!«, stimmt ihm Werner Schütt zu.

Gemeinsam mit Garzel betreten Werner Schütt, Toni Burian und Rolf Bogner die Höhle. Rolf Bogner wird mit feindseligen Blicken und wenig schmeichelhaften Zurufen empfangen. Dann wird es mäuschenstill. Der Hauptmann stellt Werner Schütt und Toni Burian vor und erteilt ihnen das Wort. Werner fordert zunächst Rolf Bogner auf, zu erzählen, wie es ihm ergangen ist. Toni hat seine Freude an der Aufrichtigkeit und Ungeschminktheit, mit der Bogner alles darstellt. Auch die Art, wie er über seine Fehler und Irrtümer spricht, gefällt ihm. Seine Schilderung macht Eindruck. Nach der Obhut von Börle und seinesgleichen haben die jetzt keine Sehnsucht mehr, sagt sich Toni.

»Tja«, greift Werner den Faden wieder auf. »Ich glaube, es hat wenig Sinn, Herrn Börle um eine warme Mahlzeit zu bitten.«

»Und holen können wir sie auch nicht, also bleibt es dabei: Riemen enger schnallen und träumen von einem Galadiner im Ritz!«, lässt Ehlert sich vernehmen.

»Euch bleibt aber keine Zeit zum Träumen, ihr müsst handeln! Ihr habt Hitler den Gehorsam verweigert. Nun tut den nächsten Schritt. Ihr könnt helfen. Es geht ganz einfach darum, gemeinsam mit polnischen Partisanen und sowjetischen Kriegsgefangenen das Sägewerk hier im Ort zu besetzen. In Anbetracht der bedrohlichen Lage an der Front werden die Nazis nicht mehr die Kraft haben zu einem Gegenschlag. Wahrscheinlich schaffen es die Partisanen auch allein ...«

An dieser Stelle platzt Weigel spontan dazwischen: »Nie werde ich mit den Russen und Polen gegen meine deutschen Landsleute kämpfen. Mit Hitler haben wir Schluss gemacht, gut. Wir wollen kein Blutvergießen mehr. Richtig. Aber Sie wollen nicht nur den Krieg fortsetzen, sondern ihn sogar in eine Art Bürgerkrieg, Deutsche gegen Deutsche, verwandeln. Ohne mich!«

Der alte Soldat hat erregt gesprochen. Und seine Worte sind nicht ohne Eindruck auf die Jungs geblieben.

Toni Burian erwidert klar und hart: »Dieser Krieg Deutsche gegen Deutsche hat früher begonnen als der gegen die Polen und die Russen. Und er wird nicht dadurch beendet, dass Sie hier erklären, Sie wollen ihn nicht. Wenn statt uns die Feldgendarmerie oder Polizei hier aufgekreuzt wäre, dann hätten Sie Ihren Krieg Deutsche gegen Deutsche gehabt, wider Willen. Und dann hätte ich nicht in Ihrer Haut stecken mögen. Sie sagen, Sie hätten mit Hitler Schluss gemacht? Und ich sage Ihnen, Sie fallen noch immer auf seine Parolen herein! Schluss mit ihm haben Sie erst gemacht, wenn Sie die Scheuklappen wegwerfen, die er Ihnen angelegt hat. Denn die hindern Sie daran, Ihre Lage richtig einzuschätzen, die hindern Sie, zu begreifen, dass Ihnen die polnischen Partisanen und die sowjetischen Soldaten, und nur sie, eine Überlebenschance bieten können. Je früher Sie das einsehen, desto besser ist es für alle. Sie haben selbst die Sinnlosigkeit der Fortführung dieses Krieges eingesehen. Nun beweisen Sie das durch Ihr Verhalten. Helfen Sie, das Leben von zweihundert sowjetischen Gefangenen zu retten – und lassen Sie das den ersten Schritt in ein neues Leben sein!«

Als Toni endet, herrscht zunächst Stille. Werner sieht Garzel an. Was wird er sagen. Aber der wartet ab. Auch Weigel ist nachdenklich. In Rolf Bogners Augen erkennt Werner die Bereitschaft mitzumachen. Aber er hält sich wohl nicht für berechtigt, als erster zu sprechen.

Zur Überraschung aller tritt Ehlert einen Schritt vor und sagt: »Ich mach mit!«

Kaum hat er das gesagt, springt ein aufgeregter kleiner Kerl auf ihn zu, als gelte es, etwas Schlimmes zu verhüten. »Nein, nicht. Ich will nicht töten!«, ruft er voller Angst beschwörend aus.

»Sülz nicht, Milli, du hast doch bloß die Hosen voll!«, ruft Walter Rettich.

»Milli« ist der Spitzname des Jungen. Er ist, erklären einige, eine Anspielung auf seine Größe. Aber den Jungs ist das peinlich. Gleichsam als Protest und um den unangenehmen Eindruck zu verwischen, erklären sich spontan mehrere bereit, an der Aktion teilzunehmen.

Garzel spürt, dass die Jungs am Ende ihrer Kräfte sind und, bewegt von Tonis Worten, nun auf seine Stellungnahme warten. Sie hoffen, aus der lähmenden Eintönigkeit ihres Höhlendaseins befreit zu werden. Nach langem Schweigen sagt er endlich: »Wenn ich Sie recht verstanden habe, meine Herren, wollen Sie uns nahe legen, durch rechtzeitige Erkenntnis dem Verhängnis zuvorzukommen und es abzuwenden.«

»So könnte man sagen«, bestätigt Werner Schütt.

Nach einem abermaligen nachdenklichen Schweigen erklärt Garzel schließlich schweren Herzens, aber in der Hoffnung, für die Jungen die richtige Entscheidung zu treffen, seine Bereitschaft mitzumachen. Auch Weigel schließt sich an. Und Milli schämt sich, dass er sich so spontan gegen die Aktion geäußert hat. Als er schließlich sein Gewehr aufnimmt, steht Toni neben ihm und sagt freundlich: »Wer ist schon für das Töten! Wir nicht. Uns geht es um das Leben. Um eures, um unsres. Dafür kämpfen wir. Je eher der Feind geschlagen wird, desto besser ist es für uns. Wir sagen: Krieg dem Kriege! Und dabei helfen wir heute mit!«

Werner fasst Toni am Arm und zieht ihn ein Stückchen zur Seite. »Du weißt, was zu tun ist. Bring die Jungs zu dem vereinbarten Bereitstellungsraum. Sprich mit ihnen noch einmal den Zweck der Partisanenaktion durch. Mache ihnen eindringlich klar: Nur so können sie sich retten. Ich muss mich jetzt um Joanna kümmern. Schon die ganze Zeit stehe ich wie auf Kohlen. Mist, dass uns der Börle entwischt ist!«

Toni nickt und erwidert: »Das hier geht schon klar. Am liebsten würde ich mitfahren.«

Werner schüttelt den Kopf. »Nicht zu machen, Toni. Du musst hier am Ball bleiben.«

»Und du pass auf dich auf!«, ruft ihm Toni nach.

Werner verabschiedet sich von Hauptmann Garzel. Dieser fragt ihn: »Und wer übernimmt hier das Kommando?«

»Die Verantwortung für Ihre Jungs kann Ihnen niemand abnehmen, Herr Hauptmann. Der Feldwebel Burian ist über alle Einzelheiten der Aktion informiert. Er steht Ihnen zur Verfügung. Den Befehl führen Sie. Ich selbst werde erst während der Aktion wieder an Ihrer Seite sein.«

Dann legen beide grüßend die Hand an den Mützenschirm zum alten militärischen Gruß.

Werner steigt in den Kübelwagen und fährt schnell davon. Die Jungs packen ihre Sachen, schaffen alles vor die Höhle und machen sich zum Abmarsch bereit.

Börle ist sang- und klanglos in sein Amt heimgekehrt und in seinem Dienstzimmer verschwunden. Er will allein sein. Pelka solle sich um alles kümmern, hat er der Sekretärin aufgetragen.

Das ist die größte Schlappe, die er bis jetzt erlitten hat. Es scheint schlimm um ihn zu stehen, wenn ihm so ein Hasenfuß wie der Stallmach Mut machen muss. Jetzt hilft alles nichts. Er muss eine Meldung machen. Er öffnet die rechte Schreibtischtür, zieht ein Fach heraus und entnimmt ihm ein paar leere Blätter, dreht die Bleistiftmine heraus und legt den Stift auf das Blatt. Dann atmet er tief durch. Das will überlegt sein. Die Mappe mit den Eingängen schiebt er zur Seite. Wie man's auch dreht, immer kleckert's auf die eigene Weste. Fest steht, dass der von Pelka verhaftete Bursche ihm ein Märchen aufgetischt hat. Warum aber ihm und nicht Pelka? Bleiben zwei Möglichkeiten: Entweder Pelka hat ihm das Ei gelegt oder der Schütt, der den Burschen während seiner Abwesenheit geimpft haben kann. Pelka oder Schütt. Immerhin, der Schütt ist an seiner Seite mit in die Falle marschiert. Hätte er nicht nötig gehabt! Und was kann dem an seinem Sturz liegen? So dreht und wendet er die Fakten, ohne zu einem Schluss zu kommen.

Inzwischen betritt Pelka bereits zum dritten Mal das Vorzimmer. Ob der Chef jetzt zu sprechen sei. Die Sekretärin hebt wie zuvor nur ratlos die Schultern. Der Leutnant wüsste zu gern, ob Börle den anonymen Brief schon gelesen hat Aber er muss seine Neugier zügeln, um keinen Verdacht zu erwecken. Teschner selbst will diesen Abend unter einem Vorwand noch vorbeikommen und Börle auf den Zahn fühlen. Wenn er da nichts von dem Brief erwähnt oder in anderer Weise den Schütt und seinen Feldwebel nicht ans Messer liefert, dann ist für ihn klar, dass Börle die beiden aus irgendeinem Grunde deckt. Wenn diese Bombe platzt, dann ist der Major geliefert.

Ob denn der Oberleutnant Schütt von der Abwehr mit dem Chef zusammen zurückgekommen sei, will Pelka noch wissen. Soweit ihr bekannt sei, sagt die Sekretärin, müsse der Chef allein zurückgekehrt sein.

»Ganz allein? Nicht einmal Böhnke war bei ihm?«

»Nein, nicht einmal Böhnke.«

»Da stimmt doch etwas nicht!«

Pelka lässt sich den Fahrer des Wagens kommen, der Börle abgeholt hat. Der weiß auch nichts, nur dass der Major ziemlich ramponiert ausgesehen habe, die Uniform dreckig und zerrissen, ohne Mütze, die Stiefel schmutzig. Pelka vermutet erst, dass diese Wehrmachtseinheit stärker gewesen sein muss, als Börle angenommen hat, und dass diese ihn in die Pfanne gehauen hat. Aber wenn es so wäre, fällt ihm ein, hätte er doch sofort Alarm geschlagen und sich nicht wie ein kranker Eber in seine Höhle verkrochen. Und dann wäre er auch nicht allein zurückgekommen. Allein! Mann, das ist doch gar nicht möglich! Sollte er tatsächlich mit diesem Schütt unter einer Decke stecken und ein Kommando nach dem anderen in die Falle führen wollen? Wenn der Teschner nur erst da wäre!

Kurze Zeit danach wird, ohne anzuklopfen, die Tür zu Börles Vorzimmer aufgerissen. Teschners Ajdutant, der Sturmführer, hat seine liebe Not, sie rechtzeitig vor seinem

Chef, der im Sturmschritt naht, aufzubekommen. Die Sekretärin stottert erschrocken: »Ich, ich werde Herrn Standartenführer sofort …«

»Nicht nötig! Rufen Sie Pelka. Er soll sich hier bereithalten!«

Damit hat er bereits die Klinke der Polstertür zum Chefzimmer niedergedrückt und steht vor Börles Schreibtisch.

Der Sturmführer schließt beflissen die Tür hinter seinem Kommandeur und setzt sich auf seinen Stammplatz im Vorzimmer, nimmt wie ein Grandseigneur eine Zigarette aus dem Etui und zündet sie an.

Börle, über die Störung ungehalten, will gerade aufbrausen, da erkennt er den Standartenführer. Der Major erhebt sich mechanisch, steht aber eher etwas verdattert als in ordnungsgemäßer Haltung da. Das hat ihm gerade noch gefehlt!

»So hab ich's gern! Draußen entscheidet sich das Schicksal Deutschlands, und meine Kommandeure sitzen hinter Polstertüren und arbeiten Denkschriften aus. Oder ist es Ihr politisches Testament? Zeigen Sie mal her!« Damit nimmt er den von Börle entworfenen Text zur Hand.

»Eine Meldung!«, kann der Major nur noch erläuternd sagen. Es ist bereits die dritte Fassung. Aber er ist noch immer nicht zufrieden damit. Nun ist nichts mehr zu ändern.

Teschner lässt das Blatt sinken und blickt Börle streng an. »Ist Ihnen klar, Börle, was das bedeutet?«

»Selbstverständlich, Standartenführer, Verrat!«

»Ich meine, was es für Sie bedeutet!«

»Ich verstehe nicht recht«, stutzt Börle.

»Das ist für Sie tödlich, Mann!«

»Das glaubte ich auch erst«, erwidert der Major ziemlich gelassen.

Teschner merkt auf. Woher nimmt Börle diese Dreistigkeit? In seiner Lage? »Und Sie haben nicht gemerkt, wie dieser Schütt Sie in die Falle gelockt hat?«, fragt er mit ironischem Unterton.

»Schütt?«, fragt Börle. »Möglich. Aber es ist nicht die einzige Möglichkeit.«

»Und ich gebe Ihnen keine Möglichkeit mehr, mich hinters Licht zu führen, Börle. Ich habe zuverlässige Hinweise, dass Schütt und sein Feldwebel Agenten des Nationalkomitees sind. Und ich weiß, dass Sie über die gleichen Informationen verfügen!«

»Informationen? Ich? Wovon sprechen Sie, Standartenführer?«

»Konkret von einer Information, die Ihnen heute zugegangen sein muss.«

»Ausgeschlossen!«, beharrt Börle.

Teschner geht zur Tür, öffnet sie und ruft: »Pelka!«

Der Leutnant meldet sich vorschriftsmäßig und tritt ein.

Teschner sieht ihn an. »Der Herr Major behauptet, in Sachen Schütt heute keinerlei Information erhalten zu haben.«

Pelka ist zunächst unschlüssig, wie er darauf reagieren soll. Wenn er jetzt behauptet, dass er von einer Information in dieser Angelegenheit weiß, dann müsste er sie gelesen haben. Der Brief ist aber wieder verschlossen. Von außen kann niemand ersehen, was er enthält. Vorsichtig formuliert er: »Alle Unterlagen für den Herrn Major liegen in dieser Mappe.« Er deutet auf die Unterschriftenmappe, die ganz rechts auf dem Schreibtisch liegt.

»Sie erlauben?«, fragt Teschner und schlägt die Mappe auf. Flüchtig überfliegt er die darin liegenden Vorgänge. Da, der Brief. Ungeöffnet. »Was ist das?«, fragt er Börle.

»Keine Ahnung. Ich habe die Mappe noch nicht durchgesehen!«, erwidert dieser.

»Sehen Sie nach!«

Börle öffnet den anonymen Brief und liest ihn.

Pelka beißt sich auf die Unterlippe. Verdammt! Wer will jetzt noch behaupten, Börle habe den Schütt gedeckt? Der Kerl hat doch einen sagenhaften Dusel! Er kann jetzt sogar fragen, woher weiß Teschner von dieser Information, noch bevor sie geöffnet wurde? Ich hätte sie nicht wieder zukleben sollen! Jetzt wird's brenzlig für mich.

Nachdem Börle den Brief gelesen hat, haut er mit der Faust auf den Schreibtisch, dass die gläserne Tischplatte zerspringt. »Verdammter Mist!«, ruft er mit ehrlicher Entrüstung aus.

Börle reicht Teschner das Schriftstück, der es kurz ansieht, dann auf den Schreibtisch wirft. »Und Sie haben nichts gemerkt von alledem?«, fragt ihn Teschner mit einem drohenden Unterton.

Börle erwidert kalt: »Herr Standartenführer haben das erste Gespräch mit dem Mann geführt und gaben mir Anweisung, ihn zu unterstützen.«

Teschner stutzt und erinnert sich offenbar erst jetzt der Begegnung mit Schütt bei seinem letzten Besuch. Er setzt sich auf die Lehne eines Sessels und drückt nachdenkend die Fingerspitzen aneinander. Er wirft einen schnellen Blick zu Pelka, als wolle er fragen: Was nun?

Der Leutnant merkt, dass Teschner den Frontalangriff abblasen will. Da hat doch der Börle, der Fuchs, wieder ein Schlupfloch gefunden!

»Also gut, Börle. Ich gebe Ihnen eine Chance, die Scharte wieder auszuwetzen. Die Sowjets stehen bei Sandomierz und können jeden Tag zum Angriff antreten. Wir müssen deshalb die Aktion Sägewerk beschleunigen und wenigstens einen Tag früher abschließen. Sie haften mir persönlich dafür, dass alles klappt und die Sache mit den sowjetischen Gefangenen ordnungsgemäß erledigt wird. Schnell, unauffällig, präzise! Lassen Sie sich zur Abwechslung da mal was einfallen und nicht nur in guten Ausreden! Über die anderen Vorgänge erwarte ich einen detaillierten Bericht.«

»Verstanden, Standartenführer!«, bestätigt Börle mit vorschriftsmäßiger Haltung.

»Noch eins! Pelka und einer meiner Offiziere werden Sie bei dem Unternehmen unterstützen. Also dann: Hals- und Beinbruch!« Damit wendet er sich zum Gehen. Auf der Türschwelle dreht er sich noch einmal um und sagt: »Pelka, auf ein Wort noch.«

Börle sieht den beiden nachdenklich hinterher, als sie den Raum verlassen. Dann ruft er Dr. Stallmach an, teilt ihm die Beschleunigung der Aktion mit und erkundigt sich, ob sein Gast, der Oberleutnant, zurückgekommen sei. Er mache sich große Sorgen um ihn. Der Ingenieur verneint, sein Gast wäre noch nicht aufgetaucht. Börle bittet, ihn sofort zu verständigen, falls er sich doch noch sehen ließe.

Pelka kommt zurück. Er scheint in guter Stimmung. Das macht Börle etwas unsicher. Eigentlich hätte er dazu keinen Grund, denn er muss ja fühlen, dass Börle gemerkt hat, was hier gespielt werden sollte! Börle überlegt, ob er ihm den Vertrauensbruch mit dem Brief aufs Butterbrot schmieren und ihm auf den Kopf zusagen soll, dass er ihn gelesen und wieder zugeklebt hat? Aber er fühlt, dass der Pfeil jetzt verschossen wäre.

»Pelka. Der Schütt ist noch nicht wieder aufgetaucht. Wahrscheinlich feiert er seinen Sieg mit den Polaken. Ein paar Stunden lassen wir dem Vogel seine Einflugschneise noch offen. Morgen in aller Herrgottsfrühe fassen wir zu, holen wir uns wenigstens das Täubchen, wenn der Habicht schon nicht zu kriegen ist. Aber dicht machen wir den Laden sofort. Sie haften mir dafür.«

»Zu Befehl, Herr Major.«

Dr. Stallmach geht nach dem Telefonat mit Börle nachdenklich im Zimmer auf und ab.

»Was ist denn?«, fragt Nora.

»Ach, weißt du, die Turbulenz nimmt kein Ende. Im Gegenteil. Der Kreisel dreht sich immer schneller. Ich muss noch mal ins Werk.«

»Jetzt noch? Mitten in der Nacht?«

»Ich kann's nicht ändern! Börle verlangt eine weitere Beschleunigung der Aktion.« Stallmach geht um den Tisch herum, stellt sich hinter den Sessel seiner Frau, streicht ihr über das Haar, die Wangen, die Schultern. »Nora. Um so schneller hat der Spuk hier für uns ein Ende. Freu dich doch!«

»Schon. Norbert. Aber das steht kein Mensch durch. Du nicht, die Arbeiter nicht und die russischen Gefangenen schon gar nicht.«

Norbert Stallmach macht nur eine unwillig abwehrende Geste. Er geht an sein kleines Wandschränkchen, holt eine Cognacflasche heraus, ein Glas und gießt es ziemlich voll. Er wendet sich zu Nora um: »Möchtest du auch einen Schluck trinken?«

Nora schüttelt den Kopf. Er fängt an zu trinken. Das hat er früher nie getan. Es müssen hier Dinge vor sich gehen, die außer aller Norm liegen. Er trinkt das Glas in einem Zug aus, gießt es nochmals voll und kippt das zweite gleich hinterher.

»Norbert!«, mahnt seine Frau.

Aber er atmet nur tief durch. »Ich gehe jetzt«, sagt er. Er nimmt Hut und Mantel von der Garderobe, kehrt aber nochmals in sein Arbeitszimmer zurück, legt den Arm begütigend um die Schultern seiner Frau und gibt ihr einen Abschiedskuss. In der Tür wendet er sich um und sagt wie beiläufig: »Bald hätt ich's vergessen. Wenn der Oberleutnant kommt, möchte Börle sofort verständigt werden.«

Nora wendet sich fragend um. »Wozu denn das?«

»Wie soll ich das wissen? Kann ich mich darauf verlassen, Nora?«

»Wie soll ich telefonieren, wenn er sich hier im Zimmer aufhält?«

Dr. Stallmach überlegt einen Augenblick. »Umso besser. Mag er es hören und seine Schlüsse selbst ziehen. Du kannst ihn nicht festhalten.«

Er geht um die Ecke seines Hauses und prallt fast mit einem Mann zusammen. Beide sind erschrocken. Es ist Wincenty. »Was wollen Sie denn hier?«, fragt Dr. Stallmach den Sägewerkarbeiter.

Der ist für einen Augenblick verlegen. Er kann ihm natürlich nicht sagen, dass er Joanna warnen will. Andererseits ist er Dr. Stallmach als ein Mann Julians bekannt. So vermutet Dr. Stallmach auch sofort, dass es um einen neuerlichen Auftrag geht, und er wehrt ungehalten ab. »Ich hatte Ihren Herren doch unmissverständlich gesagt, dass sie mich in der gegenwärtigen Situation mit allem verschonen möchten. Verstehen Sie! Es geht für mich und meine Frau um Kopf und Kragen! Hier geben sich Polizei und Militär die Klinke in die Hand.«

Wincenty bleibt nichts anderes übrig, als auf das Spiel einzugehen, so zu tun, als habe er tatsächlich eine Nachricht an den Ingenieur gehabt und respektiere nun dessen Vorbehalte. »Verstehe, Herr Doktor!«, erwidert er nur.

»Na also! Sagen Sie das Ihren Leuten ein für alle Mal. Und nun kommen Sie. Wir müssen sofort ins Werk. Die Aktion muss beschleunigt werden. Morgen früh kommt Börle mit seinen Leuten.«

Wincenty wirft noch einen verzweifelten Blick auf die Villa, sein Ziel, das zum Greifen nahe vor ihm steht. Es bleibt ihm aber nichts anderes übrig, als mit dem Ingenieur zurück ins Werk zu gehen. Wer weiß, wann sich die nächste Gelegenheit bietet, wieder davonzukommen. Er muss Bolesław schnellstens die Beschleunigung der Aktion und Börles Ankunft mitteilen.

Nora Stallmach kann nicht schlafen. Sie stellt das Radio an, holt sich Musik. Wilhelm Strienz' »Heimatland«. Sie blickt auf die Uhr. Halb zehn. Noch eine halbe Stunde, danach kommen Nachrichten. Heute Mittag war von Frontbegradigung im Weichselraum die Rede. Ob die beschleunigte Arbeit im Werk damit zusammenhängt? So viel scheint jedenfalls festzustehen: Die Ankunft von Schütt soll sofort gemeldet werden, weil Börle dem Oberleutnant nicht mehr traut. Damit ist auch Joanna gefährdet. Wozu sollen so viele Menschen noch für eine sinnlose Sache geopfert werden. Andererseits ist sie natürlich nicht ganz sicher, ob Joanna nicht doch zur Abwehr gehört. Trotzdem, sie muss sie warnen. Aber vorsichtig. Nora steht auf, öffnet die Tür und ruft: »Joanna! Fräulein Weglowska!« Sie geht durch die Diele, klopft an die Tür: »Joanna, sind Sie noch wach?«

»Ja, was ist?«

»Kommen Sie doch bitte einen Augenblick ins Arbeitszimmer. Ich möchte Ihnen gern etwas sagen.«

»Einen Moment, ich komme gleich.«

Nora geht zurück und setzt sich wieder in ihren Sessel. Kurz darauf tritt Joanna völlig angekleidet ein. Nora bietet ihr einen Platz an, dreht das Radio etwas leiser und sieht Joanna sinnend an. Sie lag also noch gar nicht im Bett. Offenbar ist sie stets auf alles gefasst. Muss sie wohl auch bei einer so komplizierten Rolle! Polin als Partnerin von Deutschen, die mit den Russen zusammenarbeiten und sich den Anschein geben, als gehörten sie zur Abwehr.

Joanna hat eine ganze Weile geduldig dagesessen und gewartet. Nun scheint es ihr zu lange zu dauern. Sie erinnert: »Bitte, Frau Stallmach, Sie wollten mir etwas sagen.«

Zögernd beginnt Nora: »Mein Mann hat einen Anruf bekommen ... er hat mir gesagt ... wir sollen sofort melden, wenn der Oberleutnant Schütt hier auftaucht. Verstehen Sie?«

Joanna mustert Frau Stallmach nachdenklich. Natürlich versteht sie. Aber wie soll sie sich dieses plötzlich veränderte Verhalten dieser Frau erklären?

Da Joanna nichts erwidert, fährt Nora fort: »Aber ich sehe, Sie sind angezogen. Sicher wollten Sie noch weggehen. Lassen Sie sich durch mich nicht aufhalten.«

»Sie meinen, es ist besser, wenn ich gehe«, fragt Joanna, als wolle sie sich vergewissern, was Nora meint.

Nora sieht sie an und sagt dann entschlossen: »Joanna, wir sollten uns nichts mehr vormachen. Ich vermute, dass der Oberleutnant, sein Feldwebel und Sie aus anderen Gründen hier sind, als Sie angeben. Einige Umstände haben mich aufmerksam werden lassen, und nun fügt sich eins zum anderen. Ich verstehe nichts davon, aber Ihre Haltung fordert mir Respekt ab. Vor allem aber möchte ich nicht, dass noch mehr Menschen sinnlos geopfert werden. Börles Anweisung kümmert mich nicht. Ich werde den

Oberleutnant nicht melden, wenn er kommt. Da können Sie sicher sein!«

»Und Ihr Mann?«, fragt Joanna.

»Der ist jetzt Tag und Nacht im Werk. Die Arbeiten sollen früher abgeschlossen werden. Sonst hätte er mir ja nicht den Auftrag weitergegeben, die Ankunft des Oberleutnants zu melden.«

Joanna horcht auf. Das müssen die Genossen wissen. Ich muss zu Julian. »Gut«, sagt sie. »Und wenn der Oberleutnant kommt, Sie würden ihn wirklich nicht ausliefern?«

»Sie können sich darauf verlassen.«

»Aber das kann gefährlich sein für Sie!«

»Machen Sie sich darüber keine Sorgen«, beruhigt Frau Stallmach sie.

Joanna sieht ihre Gastgeberin mit einem dankbaren Blick an, drückt ihr die Hand und eilt davon.

So oft wie die letzten Tage bin ich diese Strecke in meiner ganzen Amtszeit zuvor nicht gefahren, sagt sich Major Börle. Eigentlich eine ganz schöne Gegend. Hier müsste man Urlaub machen können! Aber leider stehen die Zeichen auf Rückzug. Und ohne Eskorte darf ich mich hier ohnehin nie blicken lassen! Die werden mich im Gedächtnis behalten. Auch ohne den bevorstehenden krönenden Abschluss. Aber das muss ein Spektakel werden. Wenn wir schon von der Bühne abtreten, dann mit einem gewaltigen Getöse! Der Standartenführer soll mit mir zufrieden sein.

Dicht vor der Abzweigung des Weges zur Villa lässt er die Kolonne anhalten. Ehe er mit einigen Leuten vorfährt, befiehlt er Pelka, die Villa umstellen zu lassen.

Pelka erteilt die erforderlichen Anweisungen, und sofort beginnen die Polizisten auszuschwärmen.

Werner Schütt fährt inzwischen, von der anderen Seite kommend, einen holprigen Waldweg hinauf, wendet sein Fahrzeug und stellt es bergabwärts für die Abfahrt bereit. Dann eilt er geduckt zwischen Büschen und niedrigen Kiefern den flachen Abhang hinter der Villa hinunter.

Nora Stallmach räumt das Arbeitszimmer auf. Dabei öffnet sie das Fenster, um das Zimmer zu lüften. Da entdeckt sie in der Ferne mehrere Gestalten. Soldaten. Oder Polizisten? Ja, Polizisten sind es. Gewehre im Anschlag. Sie wollen offensichtlich das Haus umstellen. Beunruhigt geht sie in die Küche, um dort aus dem Fenster zu blicken. Da sieht sie dicht am Haus Werner Schütt. Er hat anscheinend die Absicht, um das Haus herumzugehen. Dort würden ihn die Polizisten in Empfang nehmen, die er von hier aus nicht wahrnehmen kann, weil ihm das Haus die Sicht verwehrt. Vielleicht kann er noch entkommen. Sie öffnet das Fenster und ruft leise: »Herr Schütt!«

Werner kommt an das Fenster, wo Frau Stallmach ihn erregt anspricht: »Sie müssen sofort weg. Durch die Schonung. Hier hinauf. Vielleicht schaffen Sie's noch, ehe sie das Haus umzingeln!«

»Wer?«, fragt Werner rasch.

»Polizisten, ein ganzer Pulk!«

»Wo ist Joanna?«

»In Sicherheit!«

Werner macht sofort kehrt, und Frau Stallmach beobachtet, wie er zwischen den Büschen verschwindet. Dann geht sie wieder in das Arbeitszimmer ihres Mannes und sieht, wie die ersten Polizisten in einigem Abstand links und rechts am Haus vorbeischleichen und es umstellen. Aber es ist nichts zu hören. Kein Schuss, kein Alarmsignal. Da, ein Fahrzeuggeräusch! Ein Polizeikübelwagen fährt vor die Villa. Börle steigt aus. Jetzt sind einige Bereitschaftspolizisten an der Haustür und klopfen. Nora Stallmach schließt auf. An ihr vorbei dringen vier, fünf Bewaffnete in die Diele und durchsuchen alle Zimmer. Nun tritt auch Börle ein, von Pelka begleitet.

»Was soll das alles?«, fragt ihn Nora Stallmach.

»Wo sind die beiden?«, will der Major wissen.

»Welche beiden?«

»Der Schütt und der Feldwebel!«

»Das fragen Sie mich? Die sind doch mit Ihnen weggefahren, gestern.«

»Und nicht wieder da gewesen?«

»Nein.«

»Dann holen Sie Ihr Dienstmädchen«, fordert Börle. »Sie ist weg. Heute Morgen gegangen.«

»Und da haben Sie nicht sofort Meldung gemacht?«, braust Börle auf.

»Wieso?«, stellt sich Nora erstaunt.

»Hat Ihnen denn Ihr Mann nicht gesagt, dass wir hinter dem Schütt und seinen Leuten her sind?«

»Ich soll anrufen, wenn Herr Schütt oder sein Feldwebel zurückkommen, das hat er mir gesagt. Aber es ist keiner von beiden da gewesen.«

Börle macht eine ärgerliche, wegwerfende Handbewegung. »Da haben Sie einen schönen Fisch durch die Maschen gehen lassen, Frau Stallmach. Es hätte Ihnen doch zu denken geben müssen, wenn Ihr Dienstmädchen so lautlos verschwindet!«

»Nach den Vorgängen der letzten Tage wundere ich mich über gar nichts mehr.«

Der Major verständigt sich durch einen Blick mit Pelka. Es hat keinen Zweck, sich mit der Frau aufzuhalten. Er bittet um die Erlaubnis, telefonieren zu dürfen, geht ins Arbeitszimmer, wählt die Nummer.

»Den Standartenführer, bitte! … Hier Börle.«

Nach einer Weile ist offenbar die Verbindung hergestellt.

»Bedaure, Standartenführer. In der Villa leider keinen Erfolg … Jawohl! … Jawohl! … Jawohl! … Habe verstanden: Abschluss Sägewerkaktion noch heute Abend. Maschinen sofort verladen. Nachts Transport nach Bielsko. Aktion Gefangene bei Einbruch der Dunkelheit … Selbstverständlich. Geht in Ordnung. Sie können sich auf mich verlassen, Standartenführer! … Wie? Dann sofort zu Ihnen? Sie schicken einen Wagen? Aber ich habe doch selbst … Verstehe … Jawohl! … Zu Befehl! … Heil Hitler, Standartenführer!«

Börle legt den Hörer nachdenklich auf die Gabel.

Und am anderen Ende der Leitung schlussfolgert Standartenführer Teschner: »Wenn sich ein Frosch zu kräftig aufbläht, platzt er.«

»Woher weißt du, dass die Aktion früher abgeschlossen werden soll?«, fragt Julian Joanna.

»Von Frau Stallmach«, antwortet sie.

»Ist denn das zuverlässig?«

»Es ist anzunehmen«, bestätigt Wincenty. »Die ganze Nacht musste mit voller Kraft gearbeitet werden.«

Boris nickt. »Vorhin, Wincenty war schon weg, da kam Börle mit einer Einheit Sicherheitspolizisten ins Werk und ordnete an, dass sofort mit dem Verladen der Maschinen begonnen wird.«

»Verdammt, die haben uns gerade noch gefehlt!« Bolesław springt auf, geht einige Schritte und setzt sich dann wieder.

Julian überlegt einen Augenblick. »Dann wird es Ernst! Mit dem Verladen der Maschinen wird für uns die höchste Alarmstufe ausgelöst. Alle Gruppen begeben sich in ihre Ausgangspositionen. Der Angriff beginnt, sobald in der Stollengegend das Feuer eröffnet wird. Bolesław führt dort das Kommando. Gibt es in Anbetracht des so viel früheren Zeitpunktes Schwierigkeiten?«

Die Anführer der Partisanengruppen verneinen. Nur ist noch unklar, ob Werner und Toni Erfolg hatten. Joanna soll melden, sobald sie eintreffen. Ihre Hauptaufgabe ist, mit einem Teil der befreiten Gefangenen eventuelle Reserven der Bereitschaftspolizei bei der Villa auszuschalten und den Zufahrtsweg zum Sägewerk zu blockieren oder zumindest zu stören.

»Alles hängt davon ab, dass unser Schlag überraschend und dann mit voller Wucht erfolgt!« Mit den Worten: »Damit ist die Aktion angelaufen!«, beendet Julian die Besprechung.

Boris und Bolesław liegen in einem Versteck, das ihnen einen guten Überblick über das Werkgelände gewährt. Dort brodelt es wie in einem kochenden Suppentopf. Polnische Arbeiter, sowjetische Gefangene, die Wachmannschaft für die Gefangenen, die Bereitschaftspolizisten wimmeln durcheinander. Börle gleicht dem Quirl, der alles in Bewegung hält. Jetzt kommt er in Begleitung Pelkas und zweier weiterer Polizisten auf den Stollen zu. Sie machen sich am Eingang zu schaffen, sehen sich die Decke genau an. Dann geht der Major mit Pelka auf das Verwaltungsgebäude zu. Die beiden anderen arbeiten mit Hammer und Meißel an der Wölbung des Stollens. Danach verschwinden sie ebenfalls, kehren aber bald mit einem Transportkarren zurück, auf dem sie zwei schwere Kisten in den Stollen fahren.

»Dynamit!«, flüstert Boris Bolesław zu.

»Dynamit?«, fragt Bolesław erstaunt. Dann fügt er, verstehend, hinzu: »So wollen sie es also machen!«

Bolesław überlegt fieberhaft, was das für den Angriff bedeutet. Dann lächelt er. Das ist gar nicht schlecht. Wenn sie sprengen wollen, müssen sie ihre Leute abziehen. Dann können wir die Gefangenen um so leichter befreien. Ohne Verluste. Wir dürfen aber die Kabel für die Zündung erst kurz vor der Sprengung durchtrennen. Sonst bekommen sie Wind von unserem Vorhaben. Also wenn sie ihre Posten zurückziehen, müssen wir zuschlagen. Es geht um Sekunden! Das ist eine Sache für Jan und Józef. Und angreifen dürfen wir erst, wenn die Kabel zerschnitten sind, andernfalls sind die Gefangenen verloren. Greifen wir hingegen jetzt sofort ein, dann sind die Maschinen noch nicht verladen, und wir könnten sie nicht abtransportieren. Außerdem wären unsere Verluste viel zu hoch. Nein, sollen sie ihre Leitung noch legen. Das Feuerwerk aber bekommen sie von uns!

Bolesław verständigt Boris von seiner Absicht. Der hält den Plan für gut, und Bolesław kriecht zu Jan und Józef. Die beiden suchen sich ein günstiges Versteck. Dann bezieht Bolesław wieder seinen Posten.

Eine Limousine fährt auf den Platz vor dem Werk. Ein Zivilist steigt aus, der dem Major von Teschner avisiert war, und begrüßt Börle. Dr. Stallmach kommt aus dem Büro, geht gleichfalls zum Major. Der ist an Ort und Stelle, als die letzte Maschine auf einen Tieflader gehievt wird. Dr. Stallmach scheint sich zu verabschieden. Er geht in Richtung Villa davon, seinen Mantel über dem angewinkelten linken Arm, die Aktentasche in der Rechten. Sein Schritt ist müde.

Jetzt ist es so weit. Die Gefangenen sammeln sich. Die

Wachmannschaften scheinen es eilig zu haben, alle sowjetischen Soldaten im Stollen unterzubringen. Die mächtigen Eichentore am Eingang werden geschlossen und von außen fest verriegelt. Jetzt bringen zwei Polizisten, offenbar die Feuerwerker, das Zündkabel an und spulen die Leitung ab. Die Posten ziehen sich zurück. Sie sind nur darauf bedacht, möglichst schnell aus der Gefahrenzone zu kommen. So besteht für Jan und Józef kein Risiko, als sie sich zu dem Zündkabel schlängeln, das einen schmalen Weg entlang gelegt ist, teilweise an Holzstapeln vorüberführend, die der Eile wegen nicht mehr abtransportiert werden konnten.

In gebührender Entfernung vom Stolleneingang haben sich die Wachmannschaften, die Gewehre schussbereit, postiert. Auch ein Teil von Börles Bereitschaftspolizisten steht dort einsatzbereit. Die anderen sind im Gebäude und auf dem Holzplatz damit beschäftigt, wichtige Unterlagen zu vernichten und die Häuser zur Sprengung vorzubereiten. Der eine Feuerwerker kniet am Zündkasten, der andere meldet Börle, der eben in Begleitung des Zivilisten die Vorbereitungen inspiziert, die Einsatzbereitschaft. Der Major sieht seinen Begleiter fragend an. Der nickt ihm zu. Börle tritt einen Schritt vor und befiehlt: »Zünden!«

Der Sicherheitspolizist dreht den Hebel bis zum Anschlag herum. Nichts erfolgt. Börles gespannte Erwartung wandelt sich in Verblüffung. Was ist denn da schon wieder los? Ist denn nicht einmal mehr auf die Technik Verlass? Betroffen blickt der Major seinen Begleiter an, in dessen Gesicht eine mokante Verächtlichkeit zu lesen ist. Börle wendet sich zornig dem Feuerwerker zu: »Was ist da los?«

Der Polizist hat flüchtig seinen Zündkasten überprüft und alles in Ordnung befunden. Jetzt richtet er sich auf und erwidert: »Muss ich erst feststellen.« Langsam geht er auf den Stolleneingang zu und lässt dabei das Zündkabel durch die Hand gleiten.

Joanna und Pawel nähern sich vorsichtig und schwer bepackt dem Platz, den die deutsche Gruppe besetzen soll, falls es Werner und Toni gelungen ist, sie zur Mitarbeit zu gewinnen.

Plötzlich wird Joanna von der Seite angesprochen: »Mahlzeit, Fräulein! Ich hätte mir gleich denken sollen, dass bei so schönem Wetter im Freien serviert wird.«

Joanna zuckt ein wenig zusammen. Aber dann hat sie Werner Schütts Stimme erkannt. Sie lächelt.

»Um ein Haar hätten sie mich an der Villa gefasst. Aber Frau Stallmach hat mich zum Glück davor bewahrt!«

»Mich auch«, erwidert Joanna. »Aber wo ist Toni?«

»Auf dem Weg hierher. Mit den jungen Soldaten. Ich bin vorausgefahren.«

»Um mich zu warnen?«

Werner lächelt und sagt dann: »Ach wo. Als Quartiermacher der Kompanie.«

»In der Villa?«

»Ich fühlte mich da schon fast zu Hause!«

Joanna will den Spaß nicht weitertreiben. Sie freut sich, dass Werner ihretwegen nochmals zur Villa gegangen ist, obwohl er sich des Risikos bewusst war.

»Wir sind übrigens schon mitten drin. Die Nazis brechen ihre Aktion ab. Sie verladen bereits die Maschinen.«

»Weshalb denn plötzlich diese Eile?«

»Die Rote Armee ist zum Angriff angetreten.«

»Aha. Gut. Toni und die Gruppe müssen jeden Augenblick da sein.«

»Hoffentlich bleibt ihnen noch die Zeit, einen Happen zu essen«, sagt Joanna und zeigt auf die beiden großen Rucksäcke, die sie und ihr Begleiter herangeschleppt haben.

»Ich denke schon«, erwidert Werner, denn eben sieht er Toni, Garzel und die Spitze der Kolonne durch den Hochwald auf die kleine Lichtung zukommen, an deren Rand sie sitzen.

Werner begrüßt alle, stellt ihnen die polnischen Kameraden vor und unterrichtet die Gruppe von der neuen Lage. Die Aktion stehe unmittelbar bevor. Joanna und ihr Begleiter verteilen Brot, Wurst, Butter an die hungrigen Jungs, die alles gierig verschlingen. Besondere Freude löst ein Behälter mit Tee aus, der zwar nicht mehr heiß, aber noch angenehm warm ist. Dann ziehen sich Joanna und Pawel wieder zurück, um Julian und Bolesław zu benachrichtigen, dass die deutsche Gruppe bereitsteht.

Der Polizist, der die Zündleitung überprüft, hält plötzlich ein Kabelende in der Hand. Durchgeschnitten! Auf diesen Augenblick hat Bolesław gewartet. Er feuert die erste Garbe aus seiner MPi ab. Der Polizist bricht getroffen zusammen. Während Börles Gruppe von beiden Flanken angegriffen wird, öffnen Jan, Józef und Boris den Stollen. Sie brechen das Schloss mit einer Eisenstange auf, lösen die Riegel und reißen die schweren Torflügel auf. Dabei helfen Gefangene von innen nach. Boris ruft seinen herausstürzenden Landsleuten zu: »Genossen, bleibt ruhig! Ihr seid unter Freunden!«

Sie sind sehr erregt, denn sie hören zwar die Schüsse, wissen aber nicht, was das Gefecht bedeutet. Mancherlei Befürchtungen, aber auch Hoffnungen werden wach. Boris ruft den Gefangenen zu, dass sie befreit sind und ihm folgen sollen. Sie vertrauen ihm, und er führt sie aus dem Stollen heraus und seitlich in den Hochwald hinein, während etwa hundert Meter entfernt ein erbittertes Gefecht zwischen Bolesławs Partisanen und Börles Polizisten entbrennt. Die Volkssturmmänner ziehen sich schießend zurück und gelangen dorthin, wo die jungen deutschen Soldaten bereitstehen sollen. Hoffentlich hat das geklappt, denkt Boris. Denn ehe unsere Leute bewaffnet sind und bis zur Straße, die nach Bielsko führt, vorstoßen, haben sich die Bewacher der Gefangenen längst in Sicherheit gebracht.

Die Bewaffnung der Gefangenen erfolgt reibungslos. Von Boris erfahren sie, welches Schicksal die Deutschen ihnen zugedacht hatten, und das beflügelt ihre Einsatzbereitschaft, trotz Hunger und Entkräftung. Börle hat beim ersten Feuerstoß seine Pistole gezogen und sofort zu schießen begonnen. Auch Teschners Mann hinter ihm ist schussbereit. Er beschränkt sich aber zunächst auf die Beobachtung der Vorgänge. Zuerst erfolgt der Angriff von beiden Seiten. Jetzt wird plötzlich auch aus der Richtung des Stollens von vorn das Feuer eröffnet. Die sowjetischen Gefangenen, mehr als zweihundert Mann, sind ungehindert im Wald verschwunden. Börle leistet mit seinen Leuten einen verzweifelten Widerstand. Die Volkssturmmänner machen sich dünn. Sie scheinen, dank des Widerstandes der Polizisten, davonzukommen. Jetzt hört man plötzlich auch noch Kampflärm auf dem Holzplatz und bei den Gebäuden. Da wendet der Zivilist sich um, macht seinem Chauffeur ein Zeichen, zielt aus fünf Meter Entfernung auf den Polizeimajor und drückt dreimal ab. Börle bricht zusammen. Mit großen Schritten eilt der Schütze auf die Limousine zu, als ein Feuerstoß aus Julians Gruppe auch ihn tötet. Sein Fahrer, ein SS-Mann, beobachtet das, fährt zum Hauptgebäude, springt aus seinem Wagen, eilt in das Büro des Direktors und versucht mit Pelka in der Villa zu telefonieren. Tatsächlich, es klappt. Die Partisanen haben offensichtlich versäumt, das Telefon zu kappen.

Pelka meldet sich: »Was ist los? Wir hören heftige Schießereien?«

Der SS-Mann: »Der Teufel ist los! Börle und Kommissar Wegscheider sind gefallen. Partisanen. Die Gefangenen ausgerückt. Die Bewacher auch. Beide Gruppen Richtung Villa. Unsere kämpfen verbissen. Die Lage ist aussichtslos. Einzige Chance, stoßen Sie in Richtung Werk vor, machen Sie Fahrzeuge bereit und decken Sie Rückzug. Aber sofort! Sonst ist alles verloren! Und noch eins ...« In diesem Augenblick wird die Tür aufgerissen. Ehe der SS-Mann seine Pistole hoch hat und schießen kann, wird er selbst von einem Feuerstoß getroffen, bricht zusammen und reißt das Telefon mit zu Boden.

Pelka hört die Schüsse, dann undefinierbare Geräusche, schließlich ist die Leitung tot. Einen Augenblick verharrt er unschlüssig. Dann kommandiert er: »Aufsitzen!«

Wie die Wiesel sind Pelkas Leute in den Fahrzeugen. Börle hat sie als Reserve und zur Sicherung der Kraftwagen bei der Villa stationiert und dem Leutnant unterstellt. Pelka hat den ausdrücklichen Befehl, bei Gefechtslärm die Höhe hinter der Villa zu besetzen und gegebenenfalls den Rückzug Börles und seiner Leute zu decken. Börle ist tot. Wegscheider auch. Das steht fest. Also gibt es nur noch eins, schnellstens weg! Oder erst telefonieren? Das kann Kopf und Kragen kosten! Teschner ist sowieso nicht in der Lage, uns hier noch zu helfen. Also weg! Dann kann man sehen, was zu tun ist. Wer weiß, wie die Frontlage ist. Nur den Anschluss nicht verpassen! Er wendet sich Dr. Stallmach und seiner Frau zu, die ziemlich verstört in den Sesseln sitzen: »Kommen Sie, rasch! Ehe es zu spät ist!«

Dr. Stallmach erhebt sich und nimmt seine Tasche, in die er seine Dokumente getan hat. Es hat keinen Sinn, sich der Aufforderung des Leutnants zu widersetzen. Schließlich kann man auch nicht wissen, wie sich die Polen nach den Vorfällen der letzten Zeit verhalten. Auch wenn sie persönlich den Polen nichts getan haben, müssen sie doch das Schicksal der Deutschen hier teilen. Und das heißt jetzt offensichtlich Flucht!

Frau Stallmach hat die wichtigsten Dinge schon für alle Fälle in einem kleinen Köfferchen bereitstehen.

»Lassen Sie alles stehen und liegen. Ab die Post!«, drängt Pelka.

Dr. Stallmach nimmt seine Aktentasche, seine Frau ihr Köfferchen, in der Diele greifen beide noch nach einem wetterfesten Mantel. Draußen werden schon die Motoren angelassen. Es reicht gerade noch zu einem flüchtigen Abschiedsblick. Die Haustür, in der Eile nicht richtig verschlossen, pendelt im Luftzug hin und her.

Pelka bietet dem Ingenieur und seiner Frau die Plätze auf dem Rücksitz von Börles Kübelwagen an. Er selbst nimmt den Platz des Majors ein. Kaum sitzen die drei, startet der Fahrer, als ginge es um den großen Preis von Deutschland auf dem Nürburgring! Der behäbige Bereitschaftswagen hat große Mühe, dem kleinen, spritzigen Kübelwagen zu folgen.

Zwei Einsatzgruppen sind aus den Resten von Hauptmann Garzels Einheit gebildet worden. Die eine, unter des Hauptmanns Leitung, hat den Auftrag, dort Stellung zu beziehen, wo sich die Straße von Bielsko in den Weg zum Werk und einen zweiten zur Villa gabelt. Dieser Gruppe ist Toni Burian zugeteilt. Die zweite Gruppe, unter der

Leitung des Oberleutnants Schütt, besetzt die westlich der Kreuzung gelegene Anhöhe und steht bereit, eventuelle von der Villa zum Werk vorrückende Verstärkungen anzugreifen, aber auch Gruppen von hinten zu fassen, die sich auf diese Höhe oder zur Villa zurückziehen wollen, solange die befreiten sowjetischen Gefangenen und die Partisanen den Weg von der anderen Seite nicht gesperrt haben. Gegebenenfalls ist sie aber auch in der Lage, die andere Gruppe zu unterstützen. Der Oberfeldwebel Weigel steht Werner Schütt zur Seite. Beide können durch Weigels Feldstecher sowohl die Vorgänge am Werk als auch an der Villa beobachten. Werner Schütt registriert, dass die Befreiung der Gefangenen gelingt. Er sieht auch, dass sich einige Wachleute fluchtartig direkt auf ihre Anhöhe zurückziehen. Es bleibt ihm auch nicht verborgen, dass sich Börles Polizisten heftiger wehren, als den Partisanen lieb sein kann. Andererseits ist es nur eine Frage der Zeit, bis der Widerstand gebrochen sein wird. An der Villa bleibt es zunächst ruhig. Dann beobachtet er den fluchtartigen Aufbruch und sieht, dass die Familie Stallmach mit den Polizisten fährt. Was wird aus den beiden werden?

Werner konzentriert sich wieder auf das Geschehen am Sägewerk. Die Polizeifahrzeuge, das ist Garzels und Tonis Angelegenheit. Die Männer vom Volkssturm hingegen gehen seiner Gruppe ins Garn. Von Börles Leuten werden sie niemand mehr zu sehen bekommen. Die kämpfen tatsächlich bis zum letzten Mann. Die Gefangennahme der kriegsmüden Volkssturmleute macht keine Schwierigkeiten.

Toni Burian hat die Geräusche der herankommenden Fahrzeuge längst gehört. Garzel gibt das Zeichen: Feuerbereitschaft. Die Jungs bringen ihre Gewehre, Maschinenpistolen und ein MG 42 in Anschlag. Toni liegt am weitesten in Richtung Villa vorgeschoben. Er sieht den Kübelwagen zuerst und erkennt die Stallmachs. Er kann gerade noch verhindern, dass Garzel das Feuer eröffnen lässt. Der Kübelwagen biegt mit einem kreischenden Geräusch in Richtung Bielsko ein. Aus dem nachfolgenden großen Bereitschaftswagen aber entkommt keiner. Sechs Polizisten sind tot, sechs schwer verletzt. »Warum haben wir den PKW durchgelassen?«, will Hauptmann Garzel wissen.

»Es war nicht anders möglich. Dr. Stallmach und seine Frau saßen drin, ich wollte sie retten, sie haben uns sehr geholfen.«

»Ein Polizeioffizier war aber auch dabei! Der kann Verstärkung heranholen.«

»Bis dahin sind wir über alle Berge.«

»Trotzdem, ein Risiko.«

»Gewiss, aber es schien mir richtiger, zwei Menschen zu retten, die künftig, hoffe ich, an unserer Seite stehen werden, als einen Pelka zur Strecke zu bringen. Er wird seinem Schicksal nicht entgehen.«

Der Kampflärm um das Werk flaut ab. Nur einzelne Schüsse fallen noch, hie und da. Dann herrscht Stille.

Rolf Bogner, Walter Rettich, Günter Ehlert stehen vor dem ausgebrannten Polizeifahrzeug. Keiner sagt ein Wort. Die Erlebnisse der letzten Wochen haben sie ernster und reifer werden lassen, als Jungs mit sechzehn, siebzehn Jahren sonst sind. Sie sammeln die brauchbaren Waffen und die Munition ein, decken die Toten mit Mänteln oder Zeltbahnen zu. Toni und Garzel kümmern sich um die Verwundeten. Günter Ehlert und Walter Rettich erhalten den Auftrag, Werner Schütts Kübelwagen zu holen und die Verwundeten in die Villa zu transportieren. Sowjetische Soldaten übernehmen die Kontrolle an der Straße nach Bielsko.

Hauptmann Garzel marschiert mit den Jungs ebenfalls zur Villa und bezieht dort Quartier.

Werner und Toni fahren zum Werk. Als sie eintreffen, beginnt gerade der Abtransport der Maschinen. Joanna Weglowska gibt einem Fahrer die Anweisung, wohin er fahren soll. Sie winkt Werner und Toni zu. Julian begrüßt sie. Bolesław, Jan, Józef, alle sind zur Stelle. Auch Boris. Die Partisanen bereiten sich auf den Abmarsch vor, die befreiten sowjetischen Gefangenen auch. Die deutsche Gruppe soll ihnen in ein sicheres Bergversteck folgen, bis die sowjetischen Streitkräfte da sind. Dann werden sie in Gefangenschaft gehen.

»Und ihr?«, fragt Julian Werner, Toni und Boris.

»Wir marschieren auch«, sagt Boris.

»In entgegengesetzter Richtung!«, ergänzt Toni. Und Werner Schütt fügt nachdenklich hinzu: »Ja, wir haben noch einen weiten Weg.«